ROBE DE MARIÉ

Né à Paris, Pierre Lemaitre a notamment enseigné la littérature à des adultes avant de se consacrer à l'écriture. Ses trois premiers romans, *Travail soigné* (publié chez Le Masque en 2006 et prix du Premier roman de Cognac 2006), *Robe de marié* (publié chez Calmann-Lévy en 2009 et prix du Meilleur polar francophone 2009) et *Cadres noirs* (publié chez Calmann-Lévy en 2010 et prix du Polar européen du *Point* 2010), lui ont valu un succès critique et public exceptionnel et l'ont révélé comme un maître du roman noir et du thriller. Ses romans sont traduits dans une vingtaine de langues et plusieurs sont en cours d'adaptation cinématographique. En 2014 paraîtra *Rosy and John*, une nouvelle enquête de l'inspecteur Camille Verhoeven, publié en exclusivité au Livre de Poche. *Au revoir là-haut*, son dernier roman paru aux Éditions Albin Michel, a reçu le prix Goncourt 2013.

PIERRE LEMAITRE

Robe de marié

CALMANN-LÉVY

p.lemaitre_robedemarie@yahoo.fr

© Calmann-Lévy, 2009.
ISBN : 978-2-253-12060-5 – 1ʳᵉ publication LGF

Pour Pascaline, évidemment,
sans qui rien de tout ça…

SOPHIE

Assise par terre, le dos contre le mur, les jambes allongées, haletante.

Léo est tout contre elle, immobile, la tête posée sur ses cuisses. D'une main, elle caresse ses cheveux, de l'autre elle tente de s'essuyer les yeux, mais ses gestes sont désordonnés. Elle pleure. Ses sanglots deviennent parfois des cris, elle se met à hurler, ça monte du ventre. Sa tête dodeline d'un côté, de l'autre. Parfois, son chagrin est si intense qu'elle se tape l'arrière de la tête contre la cloison. La douleur lui apporte un peu de réconfort mais bientôt tout en elle s'effondre de nouveau. Léo est très sage, il ne bouge pas. Elle baisse les yeux vers lui, le regarde, serre sa tête contre son ventre et pleure. Personne ne peut s'imaginer comme elle est malheureuse.

1

Ce matin-là, comme beaucoup d'autres, elle s'est réveillée en larmes et la gorge nouée alors qu'elle n'a pas de raison particulière de s'inquiéter. Dans sa vie, les larmes n'ont rien d'exceptionnel : elle pleure toutes les nuits depuis qu'elle est folle. Le matin, si elle ne sentait pas ses joues noyées, elle pourrait même penser que ses nuits sont paisibles et son sommeil profond. Le matin, le visage baigné de larmes, la gorge serrée sont de simples informations. Depuis quand ? Depuis l'accident de Vincent ? Depuis sa mort ? Depuis la première mort, bien avant ?

Elle s'est redressée sur un coude. Elle s'essuie les yeux avec le drap en cherchant ses cigarettes à tâtons et ne les trouvant pas, elle réalise brusquement où elle est. Tout lui revient, les événements de la veille, la soirée… Elle se souvient instantanément qu'il faut partir, quitter cette maison. Se lever et partir, mais elle reste là, clouée au lit, incapable du moindre geste. Épuisée.

Lorsqu'elle parvient enfin à s'arracher du lit et à avancer jusqu'au salon, Mme Gervais est assise dans le canapé, calmement penchée sur son clavier.

– Ça va ? Reposée ?

– Ça va. Reposée.

– Vous avez une petite mine.

– Le matin, je suis toujours comme ça.

Mme Gervais enregistre son fichier et fait claquer le couvercle de son ordinateur portable.

– Léo dort encore, lui dit-elle en se dirigeant vers le portemanteau d'un pas décidé. Je n'ai pas osé aller le voir, j'ai eu peur de le réveiller. Comme il n'y a pas d'école aujourd'hui, il valait mieux qu'il dorme, qu'il vous laisse un peu tranquille…

Pas d'école aujourd'hui. Sophie se souvient vaguement. Une affaire de réunion pédagogique. Debout près de la porte, Mme Gervais a déjà passé son manteau.

– Il faut que je vous laisse…

Elle sent qu'elle n'aura pas le courage d'annoncer sa décision. D'ailleurs, même avec du courage, elle n'en aurait pas le temps. Mme Gervais a déjà fermé la porte derrière elle.

Ce soir...

Sophie entend son pas claquer dans l'escalier. Christine Gervais ne prend jamais l'ascenseur.

Le silence s'est installé. Pour la première fois depuis qu'elle travaille ici, elle allume une cigarette en plein milieu du salon. Elle se met à déambuler. Elle ressemble à la survivante d'une catastrophe, tout ce qu'elle voit lui semble vain. Il faut partir. Elle se sent moins pressée maintenant qu'elle est seule, debout et qu'elle tient une cigarette. Mais elle sait qu'à cause de Léo, il faut se préparer à partir. Pour se donner le temps de recouvrer ses esprits, elle va jusqu'à la cuisine et met la bouilloire en marche.

Léo. Six ans.

Dès qu'elle l'a vu, la première fois, elle l'a trouvé beau. C'était quatre mois plus tôt, dans ce même salon de la rue Molière. Il est entré en courant, il a stoppé net devant elle et l'a regardée fixement en penchant un peu la tête, signe chez lui d'une intense réflexion. Sa mère a simplement dit :

— Léo, voici Sophie, dont je t'ai parlé.

Il l'a observée un long moment. Après quoi il a simplement dit : « D'accord » et s'est avancé vers elle pour l'embrasser.

Léo est un enfant gentil, un peu capricieux, intelligent et terriblement vivant. Le travail de Sophie consiste à l'emmener à l'école le matin, à le reprendre le midi puis le soir et à le garder jusqu'à l'heure imprévisible à laquelle Mme Gervais ou son mari parviennent à rentrer. Son heure de sortie varie donc de 5 heures de l'après-midi à 2 heures du matin. Sa disponibilité a été un atout décisif pour obtenir ce poste : elle n'a pas de vie personnelle, ça s'est vu dès le premier entretien. Mme Gervais a bien tenté de faire de cette disponibilité un usage discret, mais le quotidien prime toujours sur les principes et il n'a pas fallu deux mois pour qu'elle devienne un rouage indispensable dans la vie de la famille. Parce qu'elle est toujours là, toujours prête, toujours disponible.

Le père de Léo, long quadragénaire sec et rugueux, est chef de service au ministère des Affaires étrangères. Quant à son épouse, grande femme élégante au sourire incroyablement séduisant, elle tente de concilier les exigences de son poste de statisticienne dans une société d'audit avec celles de mère de Léo et de femme d'un futur secrétaire d'État. Tous deux gagnent très bien leur vie. Sophie a eu la sagesse de ne pas en profiter au moment de négocier son salaire. En fait, elle n'y a même pas pensé parce que ce qu'on lui proposait suffisait à ses besoins. Mme Gervais a augmenté ses gages dès la fin du deuxième mois.

Léo, quant à lui, ne jure plus que par elle. Elle semble la seule à pouvoir obtenir sans effort ce qui, à sa mère, demanderait des heures. Ce n'est pas, comme elle pouvait le craindre, un enfant gâté avec des exigences tyranniques, mais un gamin calme et qui sait écouter. Évidemment, il a ses têtes, mais Sophie est très bien placée dans sa hiérarchie. Tout en haut.

Chaque soir, vers 18 heures, Christine Gervais appelle pour prendre des nouvelles et annoncer son heure de retour d'un ton embarrassé. Au téléphone, elle s'entretient toujours quelques minutes avec son fils puis avec Sophie, à qui elle tâche d'adresser quelques mots un peu personnels.

14

Ces tentatives ont peu de succès : Sophie s'en tient, sans volonté particulière, aux généralités d'usage dans lesquelles le compte rendu de la journée occupe la place essentielle.

Léo est couché chaque soir à 20 heures précises. C'est important. Sophie n'a pas d'enfant mais elle a des principes. Après lui avoir lu une histoire, elle s'installe pour le reste de la soirée devant l'immense écran de télévision extra-plat capable de recevoir à peu près tout ce qui se fait en matière de chaînes satellites, cadeau déguisé que Mme Gervais lui a fait au second mois de son travail, quand elle a constaté qu'elle était devant l'écran quelle que soit l'heure de son retour. À plusieurs reprises, Mme Gervais s'est étonnée qu'une femme de trente ans, visiblement cultivée, se contente d'un emploi aussi modeste et passe toutes ses soirées devant un petit écran, même devenu grand. Lors de leur premier entretien, Sophie lui a dit qu'elle avait suivi des études de communication. Mme Gervais ayant souhaité en savoir plus, elle a mentionné son DUT, expliqué qu'elle avait travaillé pour une entreprise d'origine anglaise mais sans préciser à quel poste, qu'elle avait été mariée mais qu'elle ne l'était plus. Christine Gervais s'est contentée de ces renseignements. Sophie lui avait été recommandée par une de ses amies d'enfance, directrice d'une agence d'intérim qui, pour une raison qui reste mystérieuse, a trouvé Sophie sympathique lors de leur seul entretien. Et puis il y avait une urgence : la précédente nurse de Léo venait de donner son congé sans crier gare et sans préavis. Le visage calme et grave de Sophie a inspiré confiance.

Au cours des premières semaines, Mme Gervais a lancé quelques sondes pour en savoir plus sur sa vie, mais elle a renoncé avec délicatesse, pressentant à ses réponses qu'un « drame terrible mais secret » avait dû ravager son existence, petit reste de romantisme comme on en trouve partout, même chez les grands bourgeois.

Comme il arrive souvent, lorsque la bouilloire s'arrête, Sophie est perdue dans ses pensées. Chez elle, c'est un état qui peut durer longtemps. Des sortes d'absence. Son cerveau semble se figer autour d'une idée, d'une image, sa pensée s'enroule autour, très lentement, comme un insecte, elle perd la notion du temps. Puis, par une sorte d'effet de gravité, elle retombe dans l'instant présent. Elle reprend alors sa vie normale là où elle s'est interrompue. C'est toujours comme ça.

Cette fois, c'est curieusement le visage du docteur Brevet qui surgit. Voilà bien longtemps qu'elle n'y avait pas repensé. Ça n'est pas comme ça qu'elle le voyait. Au téléphone, elle avait imaginé un homme grand, autoritaire, et c'était une petite chose, on aurait dit un clerc de notaire impressionné d'être autorisé à recevoir des clients secondaires. Sur le côté, une bibliothèque avec des bibelots. Sophie voulait rester assise. Elle avait dit ça en entrant, je ne veux pas m'allonger. Le docteur Brevet avait fait un signe avec les mains, manière de dire que ça ne posait pas de problème. « Ici, on ne s'allonge pas », avait-il ajouté. Sophie avait expliqué, comme elle pouvait. « Un carnet », avait décrété enfin le docteur. Sophie devait noter tout ce qu'elle faisait. Peut-être que de ses oublis, elle se faisait « tout un monde ». Il fallait tâcher de voir les choses objectivement, avait dit le docteur Brevet. De cette manière, « vous pourrez mesurer exactement ce que vous oubliez, ce que vous perdez ». Alors Sophie s'était mise à tout noter. Elle avait fait ça, quoi, trois semaines… Jusqu'à la séance suivante. Et pendant cette période, elle en avait perdu, des choses ! Elle en avait oublié, des rendez-vous, et deux heures avant d'aller retrouver le docteur Brevet, elle s'était même rendu compte qu'elle avait perdu son carnet. Impossible de remettre la main dessus. Elle avait tout retourné. Est-ce ce jour-là qu'elle était retombée sur le cadeau d'anniversaire de Vincent ? Celui qu'elle avait été incapable de trouver au moment de lui faire la surprise.

Tout se mélange, sa vie est un tel mélange…

Elle verse l'eau dans le bol et termine sa cigarette. Vendredi. Pas d'école. Normalement elle n'a la garde de Léo toute la journée que le mercredi, et parfois le week-end. Elle l'emmène ici et là, au gré de leurs envies et des occasions. Jusqu'à présent, ils se sont pas mal amusés tous les deux, et souvent disputés. Partant, tout va bien.

Du moins jusqu'à ce qu'elle commence à ressentir quelque chose de trouble puis de gênant. Elle n'a pas voulu y attacher d'importance, elle a tenté de chasser ça comme une mauvaise mouche, mais c'est revenu avec insistance. Son attitude auprès de l'enfant s'en est ressentie. Rien d'alarmant au début. Seulement quelque chose de souterrain, de silencieux. Quelque chose de secret qui les concernerait tous les deux.

Jusqu'à ce que la vérité lui apparaisse soudain, la veille, au square Dantremont.

Cette fin mai à Paris a été très belle. Léo a voulu une glace. Elle s'est assise sur un banc, elle ne se sentait pas bien. Elle a d'abord attribué ce malaise au fait qu'ils étaient au square, lieu qu'elle déteste entre tous parce qu'elle passe son temps à éviter les conversations des mères de famille. Elle a su décourager les tentatives incessantes des habituées qui, maintenant, se gardent bien de l'aborder, mais elle a encore fort à faire avec les occasionnelles, les nouvelles venues, les passagères, sans compter les retraitées. Elle n'aime pas le square.

Elle feuillette distraitement une revue lorsque Léo vient se poster devant elle. Il la regarde sans intention particulière, en mangeant sa glace. Elle lui rend son regard. Et elle comprend, à ce moment exactement, qu'elle ne pourra plus se cacher ce qui maintenant est une évidence : inexplicablement, elle a commencé à le détester. Il la regarde toujours fixement et elle est affolée de voir à quel point tout ce qu'il est lui est devenu insupportable, son visage de chérubin, ses lèvres dévorantes, son sourire imbécile, ses vêtements ridicules.

Elle a dit : « On s'en va » comme elle aurait dit : « Je m'en vais. » La machine dans sa tête s'est remise en marche. Avec ses trous, ses manques, ses vides, ses inepties… Tandis qu'elle se dirige d'un pas pressé vers la maison (Léo se plaint qu'elle marche trop vite), des images l'assaillent en désordre : la voiture de Vincent écrasée contre un arbre et des gyrophares clignotant dans la nuit, sa montre au fond d'un coffret à bijou, le corps de Mme Duguet dévalant l'escalier, l'alarme de la maison qui rugit en pleine nuit… Les images se mettent à défiler dans un sens puis dans l'autre, de nouvelles images, d'anciennes. La machine à vertige a repris son mouvement perpétuel.

Sophie ne fait pas le compte de ses années de folie. Ça remonte à si loin… À cause de la souffrance sans doute, elle a l'impression que le temps a compté double. Une pente douce au début et au fil des mois, l'impression d'être dans un toboggan, de dévaler à toute vitesse. Sophie était mariée à cette époque. C'était avant… tout ça. Vincent était un homme très patient. Chaque fois que Sophie repense à Vincent, il lui apparaît dans une sorte de fondu enchaîné : le Vincent jeune, souriant, éternellement calme se confond avec celui des derniers mois, au visage épuisé, au teint jaune, aux yeux vitreux. Au début de leur mariage (Sophie revoit avec exactitude leur appartement, c'est à se demander comment, dans une même tête, peuvent cohabiter tant de ressources et tant de carences), il n'y avait eu que de la distraction. C'était le mot : « Sophie est distraite », mais elle se consolait parce qu'elle l'avait toujours été. Puis sa distraction était devenue de la bizarrerie. Et en quelques mois tout s'était brutalement déglingué. Oubli des rendez-vous, des choses, des gens, elle se mit à perdre des objets, des clés, des papiers, à les retrouver, des semaines plus tard, dans les endroits les plus incongrus. Malgré son calme, Vincent s'était peu à peu tendu. On pouvait comprendre. À force… Oublier sa pilule, perdre les cadeaux d'anniversaire, les décorations de Noël… Ça agace les caractères les mieux trempés. Sophie se mit alors à tout noter, avec le soin scrupuleux d'une droguée en démarche d'abstinence. Elle perdit les carnets. Elle perdit sa voiture, des amis, elle fut arrêtée pour vol, ses perturbations contaminèrent peu à peu tous les compartiments de sa vie et elle commença, comme une alcoolique, à dissimuler ses manques, à tricher, à masquer pour que ni Vincent ni personne ne s'aperçoive de rien. Un thérapeute lui proposa une hospitalisation. Elle refusa, jusqu'à ce que la mort vienne s'inviter dans sa folie.

Tout en marchant, Sophie ouvre son sac, y plonge la main, allume une cigarette en tremblant, aspire profondément. Elle ferme les yeux. Malgré le bourdonnement qui lui emplit la tête et le malaise qui la ravage, elle s'aperçoit que Léo n'est plus à ses côtés. Elle se retourne et le voit loin derrière, debout au milieu du trottoir, les bras croisés, le visage fermé, refusant obstinément d'avancer. La vision de cet enfant boudeur, planté au milieu du trottoir, la remplit soudain d'une rage terrible. Elle revient sur ses pas, s'arrête juste devant lui et lui allonge une gifle sonnante.

C'est le bruit de cette gifle qui la réveille. Elle a honte, elle se retourne pour voir si quelqu'un l'a vue. Il n'y a personne, la rue est calme, seule une moto passe lentement à leur hauteur. Elle regarde l'enfant qui se frotte la joue. Il lui rend son regard, sans pleurer, comme s'il sentait vaguement que tout ça ne le concerne pas vraiment.

Elle dit : « On rentre », d'un ton définitif.

Et c'est tout.

Ils ne se sont plus parlé de toute la soirée. Chacun avait ses raisons. Elle s'est vaguement demandé si cette gifle n'allait pas lui causer des problèmes avec Mme Gervais, tout en sachant que cela lui était égal. Maintenant elle devait partir, tout se passait comme si elle était déjà partie.

Comme un fait exprès, ce soir-là, Christine Gervais est rentrée tard. Sophie dormait sur le canapé tandis que sur l'écran un match de basket se poursuivait dans un déluge de cris et d'ovations. Le silence l'a réveillée lorsque Mme Gervais a éteint le poste.

– Il est tard…, s'est-elle excusée.

Elle a regardé la silhouette en manteau plantée devant elle. Elle a grogné un « non » cotonneux.

– Vous voulez dormir ici ?

Lorsqu'elle rentre tard, Mme Gervais lui propose toujours de rester, elle refuse et Mme Gervais paie le taxi.

En un instant, Sophie a revu le film de cette fin de journée, la soirée silencieuse, les regards fuyants, Léo, grave, qui a écouté patiemment l'histoire du soir en pensant visiblement à autre chose. Et recevant d'elle le dernier baiser avec une peine si visible qu'elle s'est surprise à dire :

— C'est rien, poussin, c'est rien. Je m'excuse…

Léo a fait « oui » de la tête. Il a semblé à cet instant que la vie adulte venait de faire brutalement irruption dans son univers et qu'il en était, lui aussi, épuisé. Il s'est endormi aussitôt.

Cette fois, Sophie a accepté de rester dormir, tant son abattement était grand.

Elle serre entre ses mains le bol de thé maintenant froid sans s'émouvoir de ses larmes qui tombent lourdement sur le parquet. Pendant un court instant, une image est là, le corps d'un chat cloué contre une porte en bois. Un chat noir et blanc. Et d'autres images encore. Que des morts. Il y a beaucoup de morts dans son histoire.

Il est temps. Un regard à la pendule murale de la cuisine : 9 h 20. Sans s'en rendre compte, elle a allumé une autre cigarette. Elle l'écrase nerveusement.

— Léo !

Sa propre voix la fait sursauter. Elle y entend de l'angoisse sans savoir d'où elle vient.

— Léo ?

Elle se précipite dans la chambre de l'enfant. Sur le lit, les couvertures sont bombées, dessinant une forme de montagne russe. Elle respire, soulagée et sourit même vaguement. L'évanouissement de sa peur l'entraîne malgré elle vers une sorte de tendresse reconnaissante.

Elle s'avance près du lit en disant :

– Allons bon, où est-il ce petit garçon… ?

Elle se retourne.

– Peut-être ici…

Elle fait claquer légèrement la porte de l'armoire en pin tout en surveillant le lit du coin de l'œil.

– Non, pas dans l'armoire. Dans les tiroirs peut-être…

Elle repousse un tiroir, une fois, deux fois, trois fois en disant :

– Pas dans celui-ci… Pas dans celui-là… Eh bien non… Où peut-il bien être… ?

Elle s'approche de la porte et, d'une voix plus forte :

– Bon, eh bien, puisqu'il n'est pas là, je m'en vais…

Elle referme bruyamment la porte mais reste dans la chambre, fixant le lit et la forme des draps. Elle guette un mouvement. Et un malaise la saisit, un creux dans l'estomac. Cette forme est impossible. Elle reste là figée, les larmes montent à nouveau mais ce ne sont plus les mêmes, ce sont celles d'autrefois, celles qui irisent le corps d'un homme en sang effondré sur son volant, celles qui accompagnent ses mains à plat sur le dos de la vieille femme lorsque celle-ci est propulsée dans l'escalier.

Elle s'avance vers le lit d'un pas mécanique et arrache les draps d'un seul geste.

Léo est bien là, mais il ne dort pas. Il est nu, recroquevillé, les poignets attachés aux chevilles, la tête penchée entre les genoux. De profil, son visage est d'une couleur effrayante. Son pyjama a servi à l'attacher solidement. À son cou, un lacet serré si fort qu'il a dessiné une profonde rainure dans la chair.

22

Elle se mord le poing mais ne parvient pas à retenir un vomissement. Elle se penche en avant, évite *in extremis* de se retenir au corps de l'enfant, mais elle ne peut faire autrement que s'appuyer sur le lit. Aussitôt, le petit corps bascule vers elle, la tête de Léo vient cogner contre ses genoux. Elle le serre si fort contre elle que rien ne peut les empêcher de tomber l'un sur l'autre.

Et la voici maintenant là, assise par terre, le dos contre la cloison avec, contre elle, le corps de Léo inerte, glacé… Ses propres hurlements la bouleversent comme s'ils venaient de quelqu'un d'autre. Elle baisse les yeux vers l'enfant. Malgré le rideau de larmes qui brouille sa vue, elle mesure l'étendue du désastre. Elle caresse ses cheveux d'une main mécanique. Son visage, beige et marbré, est tourné vers elle, mais ses yeux fixes sont ouverts sur le vide.

2

Combien de temps ? Elle ne sait pas. Elle rouvre les yeux. La première chose qui vient à elle, c'est l'odeur de son tee-shirt plein de vomissures.

Elle est toujours assise par terre, le dos contre le mur de la chambre, à regarder le sol, obstinément, comme si elle voulait que plus rien ne bouge, ni sa tête, ni ses mains, ni ses pensées. Rester là, immobile, se fondre dans le mur. Quand on arrête, tout doit s'arrêter, non ? Mais cette odeur lui soulève le cœur. Elle remue la tête. Mouvement minimal vers la droite, du côté de la porte. Quelle heure est-il ? Mouvement inverse, minimal, vers la gauche. Dans son champ de vision, un pied de lit. C'est comme un puzzle : il suffit d'une seule pièce pour reconstituer mentalement l'ensemble. Sans bouger la tête, elle remue à peine les doigts, sent une chevelure, remonte comme une nageuse vers la surface où l'horreur l'attend mais elle s'arrête aussitôt, transpercée par une décharge électrique : le téléphone vient de se mettre à hurler.

Sa tête, cette fois, n'a pas hésité et s'est tournée immédiatement vers la porte. C'est de là que vient la sonnerie, du poste le plus proche, celui du couloir, sur la table en merisier. Elle baisse les yeux un instant et l'image du corps de l'enfant la percute : couché sur le côté, sa tête sur ses genoux, dans une immobilité qui le fait ressembler à un tableau.

Il y a là, à demi allongé sur elle un enfant mort, une sonnerie de téléphone qui ne veut pas s'arrêter et Sophie, qui a la garde de cet enfant, qui répond ordinairement au téléphone, assise contre le mur, la tête dodelinant d'un côté à l'autre, à respirer ses vomissures. La tête lui tourne, le malaise la saisit de nouveau, elle va s'évanouir. Son cerveau est en train de fondre, sa main se tend désespérément, comme celle d'une naufragée. C'est une impression due à son affolement mais il lui semble que la sonnerie a monté d'un ton. Elle n'entend plus que cela maintenant, qui lui transperce le cerveau, la remplit et la paralyse. Les mains en avant puis sur le côté, en aveugle, elle cherche à tâtons un appui, trouve enfin quelque chose de dur, à droite, à quoi s'accrocher pour ne pas sombrer tout à fait. Et cette sonnerie qui n'en finit pas, qui ne veut pas s'arrêter… Sa main a agrippé le coin de la tablette où est posée la lampe de chevet de Léo. Elle serre de toutes ses forces et cet exercice musculaire fait un instant refluer le malaise. Et la sonnerie s'arrête. De longues secondes s'écoulent. Elle retient sa respiration. Son cerveau compte, lentement... quatre, cinq, six... la sonnerie s'est arrêtée.

Elle passe un bras sous le corps de Léo. Il ne pèse rien. Elle parvient à déposer sa tête sur le sol et, dans un effort démesuré, à se mettre à genoux. Maintenant le silence est revenu, presque palpable. Elle respire par à-coups, comme une femme qui accouche. Un long filet de salive coule de la commissure de ses lèvres. Sans tourner la tête, elle regarde dans le vide : elle cherche une présence. Elle pense : il y a quelqu'un ici, dans l'appartement, quelqu'un qui a tué Léo, quelqu'un qui va me tuer moi aussi.

À cet instant, la sonnerie du téléphone retentit à nouveau. Une nouvelle décharge électrique lui traverse le corps de bas en haut. Elle cherche autour d'elle. Trouver quelque chose, vite... La lampe de chevet. Elle la saisit, tire d'un coup sec. Le fil électrique cède et elle avance dans la pièce, lentement, en direction de la sonnerie, un pas après l'autre, elle tient la lampe comme une torche, comme une arme, sans se rendre compte du dérisoire de la situation. Mais il est impossible d'entendre la moindre présence avec ce téléphone qui rugit, qui hurle, sans varier, avec cette sonnerie qui vrille l'espace, mécanique, obsédante. Elle est à la porte de la chambre lorsque brutalement le silence se fait. Elle s'avance et brusquement, sans savoir pourquoi, elle est certaine qu'il n'y a personne dans l'appartement, qu'elle est seule.

Sans même réfléchir, sans hésiter, elle pousse jusqu'au bout du couloir, vers les autres pièces, sa lampe en berne à bout de bras, le fil traînant au sol. Elle revient vers le salon, entre dans la cuisine puis en ressort, ouvre des portes, toutes les portes.

Seule.

Elle s'écroule dans le canapé et lâche enfin la lampe de chevet. Sur son tee-shirt les vomissures semblent fraîches. Le dégoût la saisit de nouveau. D'un geste, elle ôte le tee-shirt, le jette par terre, se relève aussitôt et s'avance jusqu'à la chambre de l'enfant. La voici maintenant, adossée au chambranle, regardant le petit corps mort couché sur le côté, les bras croisés sur ses seins nus, pleurant tout doucement... Il faut appeler. Ça ne sert plus à rien, mais il faut appeler. La police, le Samu, les pompiers, on appelle qui dans ces cas-là ? Mme Gervais ? La peur lui mord le ventre.

Elle voudrait bouger mais elle ne peut pas. Mon Dieu, Sophie, dans quel merdier tu t'es mise ? Comme si ça ne suffisait pas déjà... Tu devrais partir tout de suite, là maintenant, avant que le téléphone sonne à nouveau, avant que la mère, inquiète, d'un coup de taxi ne débarque ici avec ses cris, ses larmes, la police, les questions, les interrogatoires.

Sophie ne sait plus quoi faire. Appeler ? Partir ? Elle a le choix entre deux mauvaises solutions. C'est toute sa vie, ça.

Elle se redresse, enfin. Quelque chose en elle s'est décidé. Elle se met aussitôt à courir dans l'appartement d'une pièce à l'autre en pleurant, mais ses gestes sont désordonnés, ses déplacements sans objet, elle entend sa propre voix qui geint comme celle d'une enfant. Elle tente de se répéter : « Concentre-toi, Sophie. Respire et tâche de penser. Il faut t'habiller, te laver le visage, prendre tes affaires. Vite. Et partir. Tout de suite. Rassemble tes affaires, fais ton sac, dépêche-toi. » Elle a tellement couru à travers toutes les pièces qu'elle est un peu désorientée. Quand elle passe devant la chambre de Léo, elle ne peut s'empêcher de s'arrêter une fois encore et ce qu'elle voit en premier, ce n'est pas le visage figé et cireux de l'enfant mais son cou et le lacet marron dont l'extrémité serpente sur le sol. Elle le reconnaît. C'est celui de ses chaussures de marche.

3

Il y a des choses dont elle ne se souvient plus, dans cette journée. Ce qu'elle revoit ensuite, c'est l'horloge de l'église Sainte-Élisabeth marquant 11 h 15.

Le soleil donne à plein et ses tempes battent à tout rompre. Sans compter l'épuisement. L'image du corps de Léo l'envahit à nouveau. C'est comme si elle se réveillait une seconde fois. Elle tente de se raccrocher… à quoi… Une vitre sous sa main. Une boutique. Le verre est froid. Elle sent des gouttes de sueur couler sous ses aisselles. Glacées.

Qu'est-ce qu'elle fait là ? Et d'abord, où est-elle ? Elle veut regarder l'heure mais elle n'a plus sa montre. Elle était pourtant sûre de l'avoir… Non, peut-être pas. Elle ne se souvient plus. Rue du Temple. Bon Dieu, il ne lui a pas fallu une heure et demie pour venir jusqu'ici… Qu'est-ce qu'elle a fait de tout ce temps ? Elle est allée où ? Et d'abord, Sophie, où vas-tu ? Tu as marché depuis la rue Molière jusqu'ici ? Tu as pris le métro ?

Le trou noir. Elle sait qu'elle est folle. Non, elle a besoin de temps, c'est tout, d'un peu de temps pour se concentrer. Voilà, c'est ça, elle a dû prendre le métro. Elle ne sent plus son corps mais seulement la sueur qui coule le long de ses bras, des gouttes qui ruissellent, lancinantes, et qu'elle éponge en plaquant son coude contre son corps. Elle est habillée comment ? Est-ce qu'elle a l'air d'une folle ? La tête trop pleine, bourdonnante, des images en pagaille. Réfléchir, faire quelque chose. Mais quoi ?

Elle croise sa silhouette dans une vitrine et elle ne se reconnaît pas. Elle pense d'abord que ça n'est pas vraiment elle. Mais non, c'est bien elle, seulement, il y a quelque chose d'autre… Quelque chose d'autre, mais quoi ?

Elle jette un œil sur l'avenue.

Marcher et tenter de réfléchir. Mais ses jambes refusent de la porter. Il n'y a plus que sa tête qui fonctionne encore un peu, dans un bourdonnement d'images et de mots qu'elle tente de calmer en reprenant sa respiration. Sa poitrine est serrée comme dans un étau. Tandis que d'une main elle s'appuie sur la vitrine, elle tente de rassembler ses pensées.

Tu t'es enfuie. C'est ça, tu as eu peur et tu t'es enfuie. Quand on va découvrir le corps de Léo, on va te chercher. On va t'accuser de… Comment dit-on ? Un truc avec « assistance »… Concentre-toi.

En fait, c'est simple. Tu avais la garde de l'enfant et quelqu'un est venu le tuer. Léo…

Là, tout de suite, elle n'a pas d'explication à ce qui lui arrive. Il faudrait réfléchir, elle en est incapable. Sa pensée bute sans cesse sur le même constat : ce qui lui arrive est impossible.

Elle lève les yeux. Elle connaît cet endroit. C'est tout près de chez elle. Voilà, c'est ça, tu t'es enfuie et tu rentres chez toi.

Venir ici est une folie. Si elle avait toute sa tête, jamais elle ne serait revenue jusqu'ici. On va la chercher. On doit déjà la chercher. Une nouvelle vague de fatigue la terrasse. Un café, là, à droite. Elle entre.

Elle va s'installer dans le fond de la salle. Intense effort de réflexion. D'abord se situer dans l'espace. Elle est assise dans le fond et fixe fébrilement le visage du garçon qui s'approche, son regard fait rapidement le tour de la salle pour voir par quelle trajectoire elle pourra se ruer vers la sortie si… mais il ne se passe rien. Le garçon ne pose pas de question, il se contente de la regarder d'un air blasé. Elle commande un café. Le garçon rebrousse chemin vers le comptoir d'un pas fatigué.

Voilà, d'abord se fixer dans l'espace.

Rue du Temple. Elle est à… voyons, trois, non, quatre stations de métro de chez elle. Voilà, quatre stations : Temple, République, un changement et puis… Quelle est la quatrième station, bon Dieu ! Elle y descend tous les jours, elle a emprunté cette ligne des centaines de fois. Elle en revoit nettement l'entrée, l'escalier avec ses rampes de fer, le kiosque à journaux juste au coin avec ce type qui dit toujours : « Putain, quel temps, hein ? »… Merde !

Le garçon lui apporte son café, pose à côté le ticket de caisse : un euro dix. Est-ce que j'ai de l'argent ? Elle a posé son sac à main devant elle, sur la table. Elle ne s'est même pas rendu compte qu'elle le portait.

Elle agit sans mémoire, automatiquement, l'esprit vide, sans se rendre compte de rien. C'est comme ça que tout s'est passé. C'est à cause de ça qu'elle s'est enfuie.

Se concentrer. Comment s'appelle cette putain de station ? Sa venue jusqu'ici, son sac, sa montre… Quelque chose agit en elle, comme si elle était deux. Je suis deux. L'une qui tremble de peur devant ce café qui refroidit et l'autre qui marchait, qui agrippait son sac, qui oubliait sa montre et qui rentre maintenant chez elle comme si de rien n'était.

Elle se prend la tête entre les mains et sent ses larmes couler. Le garçon la regarde, tout en essuyant ses verres d'un air faussement détaché. Je suis folle et ça se voit… Il faut partir. Se lever et partir.

Une brusque montée d'adrénaline l'envahit : si je suis folle, peut-être toutes ces images sont-elles fausses. Peut-être tout cela n'est-il qu'un cauchemar éveillé. Elle est passée de l'autre côté. C'est ça, un cauchemar, rien d'autre. Elle a rêvé de tuer cet enfant. Ce matin, elle prend peur et s'enfuit ? J'ai eu peur de mon propre rêve, voilà tout.

Bonne-Nouvelle ! Voilà, la station de métro, c'est Bonne-Nouvelle ! Non, il y en a une autre, juste avant. Mais cette fois, ça revient tout seul : Strasbourg-Saint-Denis.

Elle, sa station, c'est Bonne-Nouvelle. Elle en est certaine, elle la revoit très bien maintenant.

Le garçon la regarde bizarrement. Elle s'est mise à rire à haute voix. Elle pleure et tout à coup, elle rit aux éclats.

Tout ça est-il bien réel ? Il faudrait savoir. En avoir le cœur net. Téléphoner. On est quoi ? Vendredi... Léo n'est pas à l'école. Il est à la maison. Léo doit être à la maison.

Seul.

Je me suis enfuie et l'enfant est seul.

Il faut appeler.

Elle attrape son sac, l'ouvre comme si elle le déchirait. Elle fouille. Le numéro est en mémoire. Elle s'essuie les yeux pour voir défiler les numéros. Ça sonne. Une, deux, trois... Ça sonne et personne ne répond. Léo n'a pas d'école, il est seul dans l'appartement, ça sonne et personne ne décroche... La transpiration coule de nouveau, dans son dos, cette fois. « Merde, décroche ! » Elle continue de compter les sonneries, machinalement, quatre, cinq, six. Un déclic puis un vide et enfin une voix qu'elle n'attend pas. C'est Léo qu'elle voulait et c'est sa mère qui lui répond : « Bonjour, vous êtes bien chez Christine et Alain Gervais... » Cette voix calme et déterminée la glace jusqu'aux os. Qu'attend-elle pour raccrocher ? Chaque mot la plaque sur sa chaise. « Nous sommes absents pour le moment… » Sophie écrase la touche du téléphone.

C'est fou ce qu'il lui faut d'effort pour aligner deux idées élémentaires… Analyser. Comprendre. Léo sait parfaitement répondre au téléphone, c'est même une fête pour lui que de vous devancer, de décrocher, de répondre, de demander qui parle. Si Léo est là, il doit répondre, sinon, c'est qu'il n'est pas là, c'est tout simple.

Merde, où peut bien être ce petit con s'il n'est pas à la maison ! Il ne peut pas ouvrir la porte tout seul. Sa mère a fait monter un système de verrouillage au temps où il commençait à crapahuter un peu partout et où elle se méfiait de lui. Il ne répond pas, il ne peut pas être sorti : la quadrature du cercle, ce truc. Où est ce con de même !

Réfléchir. Il est quoi, 11 h 30.

Sur la table, les objets épars échappés de son sac. Dans le lot, il y a même un tampon Nett. De quoi elle a l'air. Au comptoir, le garçon discute avec deux types. Des habitués sans doute. On doit parler d'elle. Regards croisés, vaguement fuyants. Elle ne peut pas rester là. Il faut partir. À la volée, elle attrape tout ce qui se trouve sur la table, le fourre dans son sac et se rue vers la sortie.

– Un dix !

Elle se retourne. Les trois hommes la regardent drôlement. Elle fouille dans son sac, extirpe à grand-peine deux pièces, les pose sur le comptoir et sort.

Il fait toujours beau. Elle enregistre machinalement les mouvements de la rue, les passants qui marchent, les voitures qui roulent, les motos qui démarrent. Marcher. Marcher et réfléchir. Cette fois, l'image de Léo lui apparaît de manière précise. Elle peut distinguer jusqu'au moindre détail. Ce n'est pas un rêve. L'enfant est mort et elle est en fuite.

La femme de ménage doit arriver à midi ! Aucune raison que quelqu'un entre dans l'appartement avant midi. Ensuite, le corps de l'enfant sera retrouvé.

Alors il faut partir. Être prudente. Le danger peut venir de n'importe où, n'importe quand. Ne pas rester en place, bouger, marcher. Ramasser ses affaires, fuir, vite, avant qu'on la retrouve. S'éloigner juste le temps de réfléchir. De comprendre. Quand elle sera au calme, elle pourra analyser. Elle reviendra avec toutes les explications, c'est ça. Mais maintenant, partir. Pour aller où ?

Elle s'arrête en pleine rue. La personne qui la suit se heurte à elle. Elle balbutie une excuse. Elle est debout au beau milieu du trottoir, regarde autour d'elle. Il y a beaucoup de mouvement sur le boulevard. Et un soleil terrible. La vie perd un peu de sa folie.

Voilà, le fleuriste, la boutique d'ameublement. Faire vite. Son regard accroche la pendule dans le magasin de meubles : 11 h 35. Elle s'engouffre dans le hall de l'immeuble, fouille, sort sa clé. Du courrier dans la boîte. Ne pas perdre de temps. Troisième étage. La clé à nouveau, celle du verrou, puis celle de la serrure. Ses mains tremblent, elle pose son sac au sol, elle doit s'y reprendre à deux fois, elle tente de respirer bien à fond, la seconde clé tourne enfin, la porte s'ouvre.

Elle reste sur le seuil, la porte grande ouverte : à aucun moment elle n'a pensé qu'elle pouvait avoir mal calculé. Qu'elle pouvait déjà être attendue par la police… Le silence règne sur le palier. La lumière familière de son appartement vient s'échouer à ses pieds. Elle reste là, figée, mais elle n'entend que ses propres battements de cœur. Soudain elle sursaute :

une clé dans une porte. Sur le palier, à droite. La voisine. Sans même réfléchir, elle se précipite chez elle. La porte claque avant qu'elle ait pu la rattraper. Elle s'arrête dans son mouvement, elle écoute. Le vide, si souvent désespérant, est cette fois rassurant. Elle s'avance lentement dans la pièce vide. Un œil sur le réveil : 11 h 40. À peu près. Ce réveil n'a jamais été tout à fait exact. Mais dans quel sens ? Elle croit se souvenir qu'il avance. Mais pas sûr.

Tout se met en route en même temps. Dans la penderie, elle attrape sa valise, ouvre les tiroirs de la commode, enfourne des vêtements sans trier puis elle court à la salle de bains, rafle le dessus de la tablette et fait tomber le tout dans un sac. Un œil alentour. Les papiers ! Dans le secrétaire : passeport, argent. Combien y a-t-il ? Deux cents euros. Le carnet de chèques ! Où est ce putain de carnet de chèques ? Dans mon sac. Elle vérifie. Un œil à nouveau autour d'elle. Mon blouson. Mon sac. Les photos ! Elle revient sur ses pas, ouvre le premier tiroir de la commode, attrape l'album. Son regard croise, sur le dessus de la commode, le cadre avec la photo de son mariage. Elle saisit le tout, le jette dans la valise, la ferme.

Tendue, l'oreille collée contre la porte, elle écoute. Encore une fois, ses battements de cœur occupent tout l'espace. Elle pose les deux mains contre la porte, bien à plat. Se concentrer. Elle n'entend rien. Elle empoigne sa valise, ouvre la porte à la volée : personne sur le palier, elle tire la porte derrière elle, elle ne prend même pas la peine de fermer à clé. Elle descend l'escalier en courant. Un taxi passe. Elle l'arrête. Le type veut mettre le bagage dans le coffre. Pas le temps ! Elle l'enfourne sur le siège arrière, elle monte.

Le type a dit :

— On va où ?

Elle ne sait pas. Elle hésite un instant.

– Gare de Lyon.

Lorsque le taxi démarre, elle regarde par la vitre arrière. Rien de particulier, quelques véhicules, des passants. Elle respire. Elle doit avoir une tête de folle. Dans le rétroviseur, le chauffeur la regarde avec méfiance.

4

Dans les situations d'urgence, c'est drôle comme les idées s'enchaînent presque malgré soi. Elle a crié :

– Arrêtez !

Surpris par le commandement, le taxi a pilé. Ils n'ont même pas fait cent mètres. Le chauffeur n'a que le temps de se retourner, elle est déjà sortie.

– Je reviens tout de suite. Vous m'attendez !

– Bah, ça m'arrange pas trop, moi…, dit le chauffeur.

Il regarde la valise qu'elle a jetée sur la banquette arrière. Ni la valise ni la cliente ne lui inspirent une confiance démesurée. Elle hésite. Elle a besoin de lui, et tout est maintenant si compliqué… Elle ouvre son sac, en sort un billet de cinquante euros et le lui tend.

– Ça va comme ça ?

Le chauffeur regarde le billet mais il ne le prend pas.

– Bon, ça va, allez-y, dit-il, mais faites vite…

Elle traverse la rue et se précipite dans les locaux de l'agence. Les lieux sont presque vides. Derrière le comptoir, un visage qu'elle ne connaît pas, une femme, mais elle y vient si peu souvent… Elle sort son carnet de chèques et le pose devant elle.

– Je voudrais la situation de mon compte, s'il vous plaît...

L'employée regarde ostensiblement l'horloge murale, ramasse le carnet de chèques, tapote sur son clavier et détaille ses ongles pendant que l'imprimante crépite. Ses ongles et sa montre. L'imprimante donne l'impression de réaliser un travail extraordinairement difficile et demande près d'une minute pour cracher dix lignes de texte et de chiffres. Le seul chiffre qui intéresse Sophie est à la fin.

– Et sur mon livret...

L'employée soupire.

– Vous avez le numéro ?

– Non, je ne m'en souviens pas, désolée...

Elle a l'air franchement désolée. Elle l'est. L'horloge marque 11 h 56. Elle est maintenant la seule cliente. L'autre employé de comptoir, un type très grand, s'est levé, a traversé l'agence et commence à baisser les stores. Une lumière totalement artificielle, clinique, remplace progressivement la lumière du jour. Avec cette lumière tamisée, moite, s'installe un silence vibrant, ouaté. Sophie ne se sent pas bien. Pas bien du tout. L'imprimante a crépité de nouveau. Elle regarde les deux chiffres.

– Je vais prendre six cents sur le compte courant et... disons... cinq mille sur le livret... ?

Elle a terminé sa phrase comme une question, comme une demande d'autorisation. Faire attention à ça. De l'assurance.

De l'autre côté du comptoir, un petit souffle de panique.

– Vous désirez clôturer vos comptes ? demande l'employée.

– Oh non... (Non, tu es cliente, c'est toi qui décides.) J'ai seulement besoin de liquidités. (C'est bien, ça, le coup des « liquidités », ça fait sérieux, adulte.)

– C'est que…

L'employée regarde, dans l'ordre, Sophie, le carnet de chèques qu'elle tient entre ses mains, l'horloge murale qui poursuit sa course vers midi, le collègue qui s'est accroupi devant les portes vitrées pour les fermer à clé, qui tire le dernier store et les regarde maintenant avec une impatience mal contenue. Elle hésite sur la conduite à adopter.

La chose semble maintenant beaucoup plus compliquée que prévu. L'agence fermée, il est midi, le taxi a dû voir les stores descendre…

Elle dit, en esquissant un sourire :

– C'est que, moi aussi, je suis pressée…

– Un instant, je vais voir…

Pas le temps de la retenir, elle a déjà poussé le petit portillon du comptoir et frappe à la porte du bureau d'en face. Dans son dos, Sophie sent le regard du collègue préposé à la porte qui préférerait manifestement être préposé à la table du déjeuner. C'est désagréable de sentir quelqu'un, comme ça, dans son dos. Mais tout est désagréable dans cette situation, surtout le type qui arrive, escortant l'employée du guichet.

Lui, elle le connaît, elle ne se souvient plus de son nom, mais c'est lui qui l'a reçue le jour où elle a ouvert son compte. La trentaine épaisse, un visage un peu brutal, le genre à prendre ses vacances en famille, à jouer à la pétanque en disant des conneries, à porter des chaussettes de ville avec ses nu-pieds, à prendre vingt kilos dans les cinq prochaines années, des maîtresses pour l'heure du déjeuner, à mettre ses collègues au courant, le genre cadre dragueur d'agence BNP, avec la chemise jaune, le « Mademoiselle » bien appuyé. Le genre con.

Le con est là, devant elle. À ses côtés, l'employée semble plus petite. C'est l'effet de l'autorité. Sophie comprend bien ce que doit être ce type. Elle sent sa transpiration un peu partout. Elle s'est fichue dans une vraie souricière.

– On me dit que vous souhaitez retirer… (là, le type se penche vers l'écran de l'ordinateur comme s'il prenait connaissance de l'information pour la première fois) la quasi-totalité de vos liquidités.

– C'est interdit ?

À l'instant même, elle comprend qu'elle n'a pas choisi la bonne solution. La solution frontale avec ce genre de con, c'est directement la guerre.

– Non, non, ce n'est pas interdit, c'est que…

Il se retourne, adresse un regard paternel à l'employée, postée près du portemanteau :

– Vous pouvez y aller, Juliette, je fermerai, ne vous en faites pas.

La mal-nommée Juliette ne se le fait pas dire deux fois.

– Vous n'êtes peut-être pas satisfaite des services de notre agence, madame Duguet ?

Les portes claquent dans le fond de l'agence, le silence est plus pesant encore que tout à l'heure. Elle réfléchit le plus vite possible…

– Oh non… C'est seulement que… je pars en voyage, voilà. J'ai besoin de liquidités.

Le mot « liquidités » ne sonne plus aussi juste que tout à l'heure, il a maintenant une tonalité plus pressée, précipitée, louche, vaguement combinarde.

– Besoin de liquidités…, répète le type. C'est que, normalement, pour des sommes aussi importantes, nous préférons prendre rendez-vous avec nos clients. Aux heures ouvrables… Des questions de sécurité, vous comprenez.

Le sous-entendu est si évident, si ressemblant au personnage, qu'elle le giflerait. Elle s'accroche à l'idée qu'elle a besoin, absolument besoin de cet argent, que son taxi ne va pas attendre toute la journée, qu'elle doit sortir, qu'elle doit s'en sortir.

— Mon départ s'est décidé brutalement. Très brutalement. Je dois absolument partir. Je dois absolument disposer de cette somme.

Elle regarde le type et, en elle, quelque chose cède, un peu de dignité, elle soupire, elle va faire ce qu'il faut, elle se dégoûte un peu mais vaguement.

— Je comprends tout à fait votre embarras, monsieur Musain. (Le nom du type lui est revenu comme ça, comme un petit signe de confiance retrouvée.) Si j'avais eu le temps de vous appeler, de vous prévenir, je l'aurais fait. Si j'avais pu choisir l'heure de mon départ, je ne serais pas venue à l'heure de la fermeture. Si je n'avais pas besoin d'argent, je ne vous dérangerais pas. Mais j'en ai besoin. J'ai besoin de tout ça. Tout de suite.

Musain lui adresse un bon sourire suffisant. Elle sent que la partie est maintenant mieux engagée.

— La question est aussi de savoir si nous disposons de cette somme en espèces…

Sophie sent descendre une suée blanche et froide.

— Mais je vais voir, a dit Musain.

Il a dit ça et il a disparu. Dans son bureau. Pour téléphoner ? Pourquoi a-t-il besoin d'entrer dans son bureau pour voir ce qu'il y a dans le coffre ?

Elle regarde, désemparée, la porte de l'agence, tous stores baissés, la porte du fond par laquelle les deux employés sont partis déjeuner et qui a fait un bruit métallique de porte blindée. Un nouveau silence s'installe, plus lent, plus menaçant que le précédent. Le type téléphone, c'est sûr. À qui ? Mais il revient déjà. Il s'approche d'elle, mais pas du côté du comptoir comme

38

tout à l'heure, de son côté à elle, sourire engageant. Il est très près, vraiment très près.

— Je crois que nous allons pouvoir arranger ça, madame Duguet, lâche-t-il dans un souffle.

Elle se fend d'un sourire crispé. Le type ne bouge pas. Il sourit en la fixant bien en face. Elle non plus ne bouge pas, continue de sourire. C'est ça qu'il fallait. Sourire. Répondre à la demande. Le type se retourne et s'éloigne.

À nouveau seule. 12 h 06. Elle se précipite vers les stores, en soulève quelques lames. Son taxi attend toujours. Elle ne distingue pas le chauffeur. Il est là, voilà ce qu'elle note. Mais il va falloir faire vite. Très vite.

Elle a repris sa position de cliente accoudée au comptoir lorsque le type remonte de son antre. Il a compté cinq mille six cents euros. Il prend la place de l'employée, tapote sur le clavier de l'ordinateur. L'imprimante reprend son travail, laborieusement. En attendant, Musain la regarde et sourit. Elle se sent toute nue. Elle signe enfin le reçu.

Musain n'a pas lésiné sur les recommandations. Après quoi, il a mis l'argent dans une enveloppe kraft et la lui a tendue d'un air satisfait.

— Une jeune femme, mince comme vous, dans la rue, avec une pareille somme, je ne devrais pas vous laisser faire… C'est très imprudent…

« Mince comme vous » ! Je rêve !

Elle prend l'enveloppe. C'est très épais. Elle ne sait pas comment s'y prendre, elle la fourre dans la poche intérieure de son blouson. Musain la regarde d'un air dubitatif.

— C'est le taxi, balbutie-t-elle. Il doit m'attendre dehors et s'inquiéter… Je rangerai tout ça plus tard…

— Bien sûr, dit le Musain.

Elle part.

– Attendez !

Elle se retourne, prête à tout, prête à le frapper, mais elle le voit qui sourit.

– Après la fermeture, il faut sortir par ici.

Il désigne une porte, derrière lui.

Elle le suit jusqu'au fond de l'agence. Un couloir très étroit et, tout au bout, la sortie. Il manipule les serrures, la porte blindée glisse sur elle-même mais ne s'ouvre pas entièrement. Le type est là, devant. Il prend presque toute la place.

– Eh bien, voilà…, dit-il.

– Je vous remercie…

Elle ne sait pas ce qu'elle doit faire. Le type reste là, à sourire.

– Et vous allez où… ? Si ça n'est pas indiscret.

Vite trouver quelque chose, n'importe quoi. Elle sent bien qu'elle réfléchit trop longtemps, qu'elle devrait avoir une réponse toute prête, mais rien ne vient.

– Dans le Midi…

Son blouson n'est pas entièrement fermé. Quand elle a pris les billets, elle a remonté la fermeture Éclair à mi-chemin. Musain regarde son cou, il sourit toujours.

– Dans le Midi… C'est bien, le Midi…

Et à ce moment-là, il tend la main vers elle et repousse discrètement l'enveloppe qui contient les billets et dont le coin apparaît à l'échancrure du blouson. Sa main frôle ses seins un très court instant. Il n'a rien dit mais sa main ne revient pas tout de suite. Elle a besoin, vraiment besoin de le gifler mais quelque chose d'ultime, de terrible la retient. La peur. Elle pense même un très court instant que le type pourrait la tripoter là, comme ça, que, tétanisée, elle ne dirait rien. Elle a besoin de cet argent. Est-ce que ça se voit tant que ça ?

– Ouais, continue Musain, c'est vraiment pas mal, le Midi...

Sa main est de nouveau libre et il lisse doucement le revers de son blouson.

– Je suis pressée...

Elle a dit ça en s'esquivant sur la droite, du côté de la porte.

– Je comprends, dit Musain en s'écartant légèrement.

Elle se faufile vers la sortie.

– Alors, bon voyage, madame Duguet. Et... à bientôt ?

Il lui serre longuement la main.

– Merci.

Elle se précipite sur le trottoir.

Rançon de la peur d'être coincée là, de ne plus pouvoir sortir, d'être à la merci de ce crétin bancaire, une vague de haine l'envahit. Maintenant qu'elle est dehors, que tout est terminé, elle lui taperait bien la tête contre le mur, à ce type. Tandis qu'elle court vers le taxi, elle sent encore ses doigts la frôler et, presque physiquement, le soulagement qu'elle aurait à l'empoigner par les deux oreilles et à lui cogner le crâne contre le mur. Parce que c'est sa tête qui est insupportable, à ce con ! Tout ça a éveillé en elle une telle colère... Voilà, elle lui empoigne les oreilles et lui tape la tête contre le mur. Ça rebondit avec un bruit affreux, sourd et profond, le type la regarde comme si toute l'absurdité du monde l'avait envahi, mais à cette expression succède le rictus de la douleur, elle cogne la tête du type contre le mur, trois fois, quatre, cinq, dix fois, et le rictus fait progressivement place à une sorte de gel, d'immobilité, ses yeux vitreux regardent dans le vague. Elle s'arrête, soulagée, ses mains sont pleines du sang qui coule de ses oreilles. Il a des yeux de mort comme dans les films, fixes.

Le visage de Léo surgit alors devant elle, mais avec de vrais yeux de mort. Pas du tout comme dans les films.

Vertige.

5

— Bon, alors, qu'est-ce qu'on fait ?

Elle lève les yeux. Elle est devant le taxi, figée.

— Ça va pas… ? Vous n'allez pas vous trouver mal, au moins ?

Non, ça va aller, tu montes dans le taxi, Sophie, tu fous le camp. Il faut te calmer, tout va bien. C'est simplement de la fatigue, tout ça est une dure épreuve, c'est tout, ça va aller, concentre-toi.

Pendant le trajet, le chauffeur ne cesse de la dévisager dans son rétroviseur. Elle tente de se rassurer en regardant le paysage qu'elle connaît si bien, la République, les quais de Seine, le pont d'Austerlitz là-bas au fond. Elle commence à respirer. Son rythme cardiaque ralentit. Avant tout il faut se calmer, prendre de la distance, réfléchir.

Le taxi est arrivé gare de Lyon. Comme elle règle la course, debout devant la portière, le chauffeur la fixe à nouveau, inquiet, intrigué, apeuré, on ne sait pas, un peu de tout ça, soulagé aussi. Il empoche les billets et démarre. Elle attrape sa valise et se dirige vers le panneau des départs.

Envie de fumer. Elle fouille ses poches, fébrilement. Tellement envie, pas le temps de chercher. Au bureau de tabac, trois personnes devant elle. Elle commande enfin un paquet, non deux, la fille se retourne, prend deux paquets, les pose sur le comptoir.

– Non, trois…

– Finalement, c'est un, deux ou trois ?

– Une cartouche.

– C'est sûr ?

– Me faites pas chier ! Et un briquet.

– Lequel ?

– M'en fous, n'importe quoi !

Elle attrape nerveusement la cartouche, fouille ses poches, empoigne de l'argent, ses mains tremblent tellement que tout s'étale sur la pile de revues devant le comptoir. Elle regarde derrière elle et tout autour en ramassant ses billets de cinquante euros, elle en fourre dans toutes ses poches, vraiment ça ne va pas, ça ne va pas du tout, Sophie. Un couple la dévisage. Juste à côté, visiblement gêné, un gros mec fait semblant de regarder ailleurs.

Elle ressort du bureau de tabac sa cartouche de cigarettes dans une main. Son regard tombe sur le panneau imprimé en rouge conseillant aux voyageurs de se méfier des pickpockets… Quoi faire maintenant ? Elle hurlerait si elle pouvait, mais curieusement, elle ressent quelque chose qui est souvent revenu par la suite, quelque chose de très étrange, de presque rassurant, comme au cœur de ces grandes peurs enfantines où, du fond de l'angoisse, émerge la ténue mais absolue certitude que tout ce que l'on vit n'est pas si vrai que cela, qu'au-delà de la peur, il y a une protection, là, quelque part, que quelque chose d'inconnu nous protège… L'image de son père surgit un court instant puis disparaît.

Réflexe magique.

Sophie sait parfaitement, au fond d'elle, que c'est seulement un moyen très enfantin de se rassurer.

Trouver des toilettes, se recoiffer, se reconcentrer, ranger les billets proprement, décider d'une destination, d'un plan, voilà ce qu'il faut faire. Et allumer une cigarette, tout de suite.

Elle déchire le papier de la cartouche, trois paquets tombent par terre. Elle les ramasse, empile blouson et cartouche sur la valise, sauf un paquet qu'elle ouvre. Elle prend une cigarette, l'allume. Un nuage de bien-être envahit son ventre. Première seconde de bonheur depuis une éternité. Et puis, presque aussitôt, ça lui monte à la tête. Elle ferme les yeux pour reprendre ses esprits et quelques instants plus tard, ça va mieux. Voilà, deux ou trois minutes de cigarette, comme une paix retrouvée. Elle fume, les yeux fermés. À la fin de quoi, elle écrase sa cigarette, fourre la cartouche dans sa valise et se dirige vers le café qui fait face aux quais de départ.

Au-dessus d'elle, *Le Train bleu*, avec son grand escalier tournant et, derrière les portes vitrées, les salons aux plafonds vertigineux, toutes ces tables blanches, ce brouhaha de brasserie, ses couverts en argent, les fresques pompier sur les murs. Vincent l'a emmenée là un soir, il y a si longtemps. Tout ça est si loin.

Elle a remarqué une table libre sur la terrasse couverte. Elle commande un café, demande les toilettes. Elle ne veut pas laisser sa valise là. Quant à l'emmener dans les toilettes… Elle regarde autour d'elle. À droite une femme, à gauche une autre femme. Les femmes, pour ça, c'est mieux. Celle de droite doit avoir à peu près son âge, elle feuillette un magazine en fumant une cigarette. Sophie choisit celle de gauche, plus âgée, plus dense, plus sûre d'elle ; elle fait un signe pour désigner sa valise mais son visage, en soi, est un message si fort qu'elle n'est pas certaine d'avoir été bien comprise. Pourtant, le regard de la femme semble dire :

« Allez-y, je suis là. » Un vague sourire, le premier depuis des millénaires. Pour le sourire aussi, les femmes, c'est mieux. Elle ne touche pas à son café. Elle descend les marches, refuse de croiser son image dans les miroirs, entre directement dans une cabine, ferme la porte, descend son jean et sa culotte, s'assoit, pose ses coudes sur ses genoux et se met à pleurer.

Au sortir de la cabine, dans la glace, son visage. Dévasté. C'est fou ce qu'elle se sent vieille et usée. Elle se lave les mains, passe de l'eau sur son front. Quelle fatigue... Alors remonter, boire un café, fumer une cigarette et réfléchir. Ne plus s'affoler, agir maintenant avec prudence, bien analyser. Facile à dire.

Elle reprend l'escalier. Elle arrive sur la terrasse et tout de suite la catastrophe lui saute aux yeux. Sa valise a disparu, la femme aussi. Elle hurle : « Merde ! » et se met à taper rageusement du poing sur la table. La tasse de café tombe à la renverse, se brise, tous les regards se tournent vers elle. Elle se retourne vers l'autre femme, celle de la table de droite. Et instantanément, à presque rien, l'ombre d'un regard, Sophie comprend que cette fille a tout vu, qu'elle n'est pas intervenue, qu'elle n'a pas dit un mot, pas esquissé un geste, rien.

– Évidemment, vous n'avez rien vu... !

C'est une femme d'une trentaine d'années, grise des pieds à la tête, avec un visage triste. Sophie s'approche. Elle essuie ses larmes d'un revers de manche.

– T'as rien vu, hein, salope !

Et elle la gifle. Des cris, le garçon se précipite, la fille se tient la joue, se met à pleurer sans un mot. Tout le monde accourt, que se passe-t-il, voici Sophie dans l'œil du cyclone, beaucoup de monde, le garçon l'attrape par les deux bras et crie : « Vous vous calmez ou j'appelle les flics ! » D'un geste des épaules, elle se dégage et se met à courir, le garçon hurle, court après elle, la foule les suit, dix mètres, vingt mètres, elle ne sait plus où aller, la main du garçon tombe sur son épaule, impérative :

— Vous payez le café ! hurle-t-il.

Elle se retourne. Le type la regarde d'un air fébrile. Leurs regards se heurtent dans une guerre des volontés. Lui, c'est un homme. Sophie sent qu'il va y tenir, à cette victoire, il en est déjà rouge. Alors elle sort son enveloppe, dans laquelle il n'y a que des grosses coupures, ses cigarettes tombent, elle ramasse le tout, il y a maintenant tellement de monde autour d'eux, elle respire à fond, renifle, essuie à nouveau ses larmes d'un revers de main, prend un billet de cinquante, le fourre dans la main du garçon. Ils sont au milieu de la gare, un large cercle de badauds et de voyageurs interrompus par l'intérêt du fait divers. Le garçon plonge la main dans sa poche ventrale pour lui rendre la monnaie et Sophie sent, à la lenteur appliquée de ses gestes, qu'il est en train de vivre son heure de gloire. Il prend un temps infini, sans regarder autour, concentré, comme si le public n'existait pas et qu'il était là dans son rôle le plus naturel, celui de l'autorité calme. Sophie sent ses nerfs se tendre. Ses mains la démangent. Toute la gare semble s'être donné rendez-vous autour d'eux. Le garçon compte scrupuleusement, de deux à cinquante en posant chaque billet et chaque pièce dans sa main ouverte, tremblante. Sophie ne voit que le sommet de son crâne blanchâtre, les gouttelettes de sueur à la naissance des cheveux clairsemés. Envie de vomir.

Sophie prend sa monnaie, se retourne et traverse la foule des curieux, complètement égarée.

Elle marche. Elle a l'impression de tituber mais non, elle marche droit, simplement elle est si fatiguée. Une voix.

– On peut aider ?

Rauque, sourde.

Elle se retourne. Dieu quelle déprime. Le pochard qui est là, en face d'elle, c'est toute la misère du monde, le SDF majuscule.

– Non, ça va aller, merci…, lâche-t-elle.

Puis elle se remet en route.

– Parce qu'y faut pas s'gêner, hein ! On est tous dans la même ga…

– Barre-toi et me fais pas chier !

Le type bat en retraite immédiatement en grognant quelque chose qu'elle fait semblant de ne pas comprendre. Tu as peut-être tort, Sophie. Peut-être que c'est lui qui a raison, peut-être que tu en es là, malgré tes grands airs. SDF.

« Dans ta valise, il y avait quoi ? Des fringues, des conneries, le plus important, c'est l'argent. »

Elle fouille fébrilement ses poches et pousse un soupir de soulagement : ses papiers sont bien là, avec son argent. L'essentiel est préservé. Alors, encore une fois, réfléchir. Elle sort de la gare en plein soleil. Devant elle, la ligne des cafés, des brasseries, partout des voyageurs, des taxis, des voitures, des bus. Et juste là, un petit muret en béton qui matérialise la file d'attente des taxis. Quelques personnes sont assises, certaines lisent, un homme téléphone d'un air absorbé, son agenda sur les genoux. Elle s'avance, s'assoit à son tour, sort son paquet de cigarettes, et fume en fermant les yeux. Se concentrer. Brusquement, elle pense à son téléphone portable. Ils vont la mettre sur écoute. Ils vont voir qu'elle a tenté d'appeler chez les Gervais. Elle ouvre son appareil, elle en sort fébrilement la carte

SIM et la jette dans la bouche d'égout. Même le téléphone, le jeter.

Elle est venue à la gare de Lyon par réflexe. Pourquoi ? Pour aller où ? Mystère… Elle cherche. Et voilà, elle se souvient : Marseille, c'est ça, là où elle est allée avec Vincent, il y a si longtemps. Ils sont descendus en riant dans un hôtel très moche, près du Vieux-Port, parce qu'ils n'avaient rien trouvé d'autre et qu'ils avaient terriblement envie de se fourrer entre les draps. Quand le type de l'accueil avait demandé leur nom, Vincent avait dit : « Stefan Zweig » parce que c'était leur auteur préféré à cette époque. Il avait fallu l'épeler. Le type leur avait demandé s'ils étaient polonais. Vincent avait répondu : « Autrichiens. D'origine… » Ils sont descendus une nuit sous un faux nom, incognito, c'est pour cela que… Et l'idée la frappe : son réflexe a été d'aller là où elle est déjà allée, Marseille ou ailleurs, peu importe, mais dans un lieu connu, même vaguement, parce que c'est rassurant et ça, c'est exactement ce qu'on va attendre d'elle. On va la chercher là où il est plausible qu'elle aille et c'est exactement ce qu'il ne faut pas faire. À partir de maintenant, il faut oublier tous tes repères, Sophie, c'est vital. Il faut imaginer. Faire des choses que tu n'as jamais faites, aller là où tu ne seras pas attendue. Soudain, l'idée de ne plus pouvoir se rendre chez son père la fait paniquer. Il y a près de six mois qu'elle n'est pas allée le voir et c'est maintenant une destination impossible. Sa maison doit être surveillée, son téléphone sur écoute lui aussi. La silhouette inaltérable du vieil homme est devant elle ; éternellement longiligne et solide, comme taillée dans le chêne, aussi vieux, aussi fort. Sophie avait choisi Vincent sur le même modèle : long, calme, serein. C'est ça qui va lui manquer. Lorsque tout s'est écroulé, qu'il n'est plus resté que les ruines de sa vie, après la mort de Vincent, son père a été la dernière chose à rester debout. Elle ne pourra plus aller le voir, ni parler avec lui. Tout à fait seule au monde, comme s'il était mort lui aussi. Elle ne parvient pas à imaginer à quoi pourra ressembler un monde où son père sera vivant, quelque part, mais où elle ne pourra plus lui parler ni l'entendre. Comme si elle-même était morte.

Cette perspective lui donne alors le vertige, comme si elle entrait, sans espoir de retour, dans un autre monde, hostile, un monde où rien ne serait connu, où tout serait risque, où toute spontanéité devrait être abandonnée : faire sans cesse du nouveau. Elle ne sera plus jamais en sécurité nulle part, il n'y aura pas un lieu où elle pourra donner son nom, Sophie n'est plus personne, juste une fugitive, quelqu'un qui est mort de peur, avec une vie d'animal, entièrement tournée vers la survie, le contraire même de la vie.

Un épuisement la saisit : tout cela vaut-il vraiment la peine ? Qu'est-ce que c'est que la vie, maintenant ? Bouger, ne pas rester en place... Tout cela est voué à l'échec, elle n'est pas de taille à lutter. Elle n'a pas l'âme d'une fugitive, elle n'est qu'une criminelle. Elle ne saura jamais. On va te retrouver si facilement... Un long soupir de rémission lui échappe : se rendre, aller à la police, dire ce qui est vrai, qu'elle ne se souvient de rien... que tout cela devait arriver un jour, qu'il y a en elle une telle rancune, une telle haine pour le monde... Il vaut mieux tout arrêter là. Elle ne veut pas de cette vie qui l'attend. Mais à quoi ressemblait donc sa vie, avant ? Il y a longtemps déjà qu'elle ne ressemblait plus à rien. Elle a maintenant le choix entre deux existences inutiles... Elle est si fatiguée... Elle se dit : « Il faut arrêter. » Et pour la première fois, cette solution lui semble concrète. « Je vais me rendre », et elle n'est même pas surprise d'employer une expression de meurtrière. Il n'a pas fallu deux ans pour qu'elle devienne folle, pas une nuit pour qu'elle redevienne une criminelle, pas deux heures pour devenir une femme traquée, avec son cortège de peurs, de suspicion, de ruses, d'angoisses, de tentatives d'organisation, d'anticipation et même, maintenant, son vocabulaire. C'est la seconde fois de sa vie qu'elle mesure à quel point une vie normale peut basculer, en une seconde, dans la folie, dans la mort. C'est fini. Tout doit se terminer là. Elle ressent un grand bien-être maintenant. Même la terreur d'être internée, qui l'a tant fait courir, s'estompe. L'hôpital psychiatrique maintenant n'est plus l'enfer mais une sorte de solution douce. Elle écrase sa cigarette, en allume une autre. Après celle-là, j'y vais. Une dernière cigarette et puis après, c'est dit, elle téléphone, elle fait le 17. C'est ça ? Le 17 ? Peu importe maintenant, elle parviendra bien à se faire comprendre, à expliquer. Tout vaut mieux que ces heures qu'elle vient de passer. Tout, plutôt que cette folie.

Elle souffle la fumée loin d'elle, en expirant très fort, et c'est exactement à ce moment qu'elle entend la voix de la femme.

6

— Je suis désolée…

La fille en gris est là, tenant nerveusement son petit sac à main. Elle esquisse ce qui chez elle doit ressembler à un sourire. Sophie n'est même pas surprise.

Elle la regarde un moment, puis :

– C'est rien, dit-elle, laissez tomber. Il y a des jours comme ça.

– Je suis désolée, répète la fille.

– Vous n'y pouvez rien, laissez tomber.

Mais la fille reste plantée là, comme une nouille. Sophie la regarde vraiment pour la première fois. Pas si laide, triste. La trentaine, un visage long, des traits fins, des yeux vifs.

– Qu'est-ce que je peux faire ?

– Me rapporter ma valise ! Ça serait une bonne idée, ça, de me rapporter ma valise !

Sophie se lève et prend le bras de la fille.

– Je suis un peu remontée. Ne vous en faites pas. Il faut que je parte maintenant.

– Vous aviez des objets de valeur ?

Elle se retourne.

– Je veux dire… Dans la valise, vous aviez des objets de valeur ?

– Suffisamment pour avoir envie de les emmener.

– Qu'allez-vous faire ?

Bonne question. N'importe qui répondrait : je vais rentrer chez moi. Mais Sophie est sèche, rien à dire, nulle part où aller.

– Je vous offre un café ?

La jeune femme la regarde avec insistance. Ce n'est pas une proposition, ça ressemble à une supplique. Elle ne sait pas pourquoi, Sophie dit simplement :

– Au point où j'en suis…

Une brasserie en face de la gare.

Sans doute à cause du soleil, la fille s'est tout de suite dirigée vers la terrasse, mais Sophie veut être au fond. Elle a dit : « Pas en vitrine. » La fille lui a rendu son sourire.

On ne sait pas quoi se dire, on attend les cafés.

– Vous arrivez ou vous partez ?

– Hein ? Oh, j'arrive. De Lille.

– Par la gare de Lyon ?

C'est mal parti. Sophie a une brusque envie de planter la fille là, avec ses scrupules tardifs et son air de chien battu.

– J'ai changé de gare…

Elle improvise. Et elle enchaîne aussitôt :

– Et vous ?

– Non, moi je ne voyage pas.

La fille hésite sur la suite et choisit la diversion :

– J'habite ici. Je m'appelle Véronique.

– Moi aussi, répond Sophie.

– Vous vous appelez Véronique aussi ?

Sophie se rend compte que tout sera beaucoup plus difficile que prévu, qu'elle n'a pas eu le temps de se préparer à ce genre de question, que tout reste à faire. Se mettre dans un autre état d'esprit.

Elle fait un vague geste d'assentiment qui peut vouloir dire à peu près n'importe quoi.

– C'est drôle, dit la fille.

– Ça arrive…

Sophie allume une cigarette, tend son paquet. La fille allume sa cigarette avec une sorte de grâce. Incroyable ce que cette fille, caparaçonnée dans son uniforme gris, est différente vue de près.

– Vous faites quoi ? demande Sophie. Dans la vie…

– Traductrice. Et vous ?

En quelques minutes, au fil de la conversation, Sophie s'est inventé une nouvelle vie. Ça fait un peu peur au début, et puis, finalement, c'est comme un jeu, il suffit de penser tout le temps aux règles. D'un seul coup, elle a un choix extraordinaire. Pourtant, elle fait comme ces gagnants à la loterie qui pourraient refaire leur vie et qui s'achètent le même pavillon que les autres. Alors la voici devenue Véronique, enseignante en arts plastiques dans un lycée lillois, célibataire, venue quelques jours voir ses parents en banlieue parisienne.

– L'Académie de Lille est en vacances ? demande Véronique.

C'est ça le problème : l'enchaînement qui risque d'entraîner trop loin…

– J'ai pris un congé. Mon père est malade. Enfin… (elle sourit), de vous à moi, pas vraiment malade : j'avais envie de quelques jours à Paris. Je devrais avoir honte…

– Où habitent-ils ? Je peux vous déposer, j'ai une voiture.

– Non, ça ira très bien, vraiment, non, merci…

– Ça ne me dérange pas du tout.

– C'est gentil à vous, mais ça ne sera pas nécessaire.

Elle a dit ça d'une voix coupante, du coup le silence s'installe à nouveau entre elles.

– Ils vous attendent ? Vous devriez peut-être leur téléphoner ?

– Oh non !

Elle a répondu trop vite : du calme, du sang-froid, prends ton temps, Sophie, ne dis pas n'importe quoi…

– En fait, je devais arriver demain matin…

– Ah, dit Véronique en écrasant sa cigarette. Vous avez mangé ?

C'est bien la dernière chose à laquelle elle pouvait penser.

– Non.

Elle regarde l'horloge murale : 13 h 40.

– Alors je peux vous inviter à déjeuner ? Pour m'excuser… pour la valise… J'habite juste à côté… Je n'ai pas grand-chose mais on doit bien trouver quelque chose de mangeable dans le frigo.

Ne rien faire comme avant, Sophie, souviens-toi. Aller là où personne ne t'attend.

— Pourquoi pas, répond-elle.

On se sourit. Véronique règle les consommations. Au passage, Sophie achète deux paquets de cigarettes et lui emboîte le pas.

Boulevard Diderot. Immeuble bourgeois. Elles ont marché côte à côte en continuant à échanger les banalités d'usage. À peine arrivée devant l'immeuble de Véronique, Sophie regrette déjà. Elle aurait dû dire non, elle aurait dû partir. Elle devrait déjà être loin de Paris, dans une direction improbable. Elle a accepté par faiblesse, par fatigue. Alors elle suit mécaniquement, elles entrent dans le hall de l'immeuble, Sophie se laisse guider comme une visiteuse occasionnelle. L'ascenseur. Véronique appuie sur le bouton du quatrième, ça brinquebale, ça crisse, ça secoue, ça monte quand même et ça s'arrête brutalement, dans un hoquet. Véronique sourit :

— Ce n'est pas le confort…, s'excuse-t-elle en ouvrant son sac à la recherche de sa clé.

Ce n'est pas le confort, mais ça vous sent la bourgeoisie friquée dès l'entrée. L'appartement est grand, vraiment grand. Le salon est une pièce double à deux fenêtres. À droite, le salon en cuir fauve, à gauche, le piano quart de queue, au fond la bibliothèque…

— Entrez, je vous en prie…

Sophie entre là comme dans un musée. Tout de suite, le décor lui rappelle, sur un mode mineur, l'appartement de la rue Molière où en ce moment même…

Machinalement, elle cherche l'heure, la trouve sur une petite horloge dorée posée sur la cheminée d'angle : 13 h 50.

Dès leur arrivée, Véronique s'est précipitée dans la cuisine, soudain animée, presque pressée. Sophie entend sa voix et répond distraitement en examinant les lieux. Son regard s'attache une fois encore à la pendulette. Les minutes ne passent pas. Elle respire à fond. Faire attention à ses réponses, murmurer des : « Oui, bien sûr… » et tenter de reprendre ses esprits. C'est un peu comme si elle s'éveillait d'une nuit trop agitée et qu'elle se retrouvait dans un lieu inconnu. Véronique s'agite, parle vite, elle ouvre des placards, met en route le micro-ondes, claque la porte du réfrigérateur, dresse une table. Sophie demande :

– Je peux vous aider… ?

– Non, non, dit Véronique.

Une parfaite petite maîtresse de maison. En quelques minutes, il y a sur la table une salade, du vin, du pain presque frais (« Il est d'hier », « ça ira très bien… ») qu'elle tranche d'un couteau très appliqué.

– Alors, traductrice…

Sophie cherche un sujet de conversation. Ce n'est plus la peine. Maintenant qu'elle est chez elle, Véronique est devenue bavarde.

– Anglais et russe. Ma mère est russe : ça aide !

– Vous traduisez quoi ? Des romans ?

– Je voudrais bien, mais je travaille plutôt sur des sujets techniques : des courriers, des brochures, des choses comme ça.

La conversation suit un cours sinueux, on parle de travail, de famille. Sophie s'improvise des relations, des collègues, une famille, une belle vie toute neuve, en prenant soin de s'éloigner le plus possible de la réalité.

– Et vos parents, où habitent-ils, déjà ? demande Véronique.

– Chilly-Mazarin.

C'est venu d'un coup, elle ne sait pas d'où ça sort.

– Ils font quoi ?

– Je les ai mis à la retraite.

Véronique a débouché le vin, elle sert une fricassée de légumes avec des lardons.

– C'est du surgelé, je vous préviens…

Sophie a découvert subitement qu'elle avait faim. Elle mange, elle mange. Le vin lui donne une agréable sensation de bien-être. Heureusement, Véronique est assez bavarde. Elle s'en tient à des généralités mais elle a un solide sens de la conversation, mêlant futilités et anecdotes. Tout en mangeant, Sophie attrape des bribes d'informations sur ses parents, ses études, le petit frère, le voyage en Écosse… Le flot se tarit au bout d'un moment.

– Mariée ? demande Véronique en désignant la main de Sophie.

Malaise…

– Plus maintenant.

– Et vous la gardez quand même ?

Penser à la retirer. Sophie improvise.

– L'habitude, je suppose. Et vous ?

– J'aurais bien aimé prendre l'habitude.

Elle a répondu avec un sourire gêné qui cherche une complicité de femmes. En d'autres circonstances, peut-être, se dit Sophie. Mais pas là…

– Et… ?

– Ça sera pour une autre fois, je crois.

Elle apporte du fromage. Pour quelqu'un qui n'a rien dans son frigo…

– Et donc, vous vivez seule ?

Elle hésite.

– Oui…

Elle penche la tête sur son assiette, puis la relève, regarde Sophie bien en face, comme pour la provoquer.

– Depuis lundi… C'est pas vieux.

– Ah…

Ce que Sophie sait, c'est qu'elle ne veut pas savoir. Ne pas s'en mêler. Elle veut finir son repas et partir. Elle n'est pas bien. Elle veut partir.

– Ça arrive, dit-elle bêtement.

– Oui, dit Véronique.

On cause encore un peu mais il y a quelque chose de brisé dans la conversation. Un petit malheur privé s'est installé entre elles.

Et le téléphone sonne.

Véronique tourne la tête vers le couloir, comme si elle attendait que le correspondant entre dans la pièce. Elle soupire. Une sonnerie, deux. Elle s'excuse, se lève, s'avance vers le couloir. Elle décroche.

Sophie termine son verre de vin, se ressert, regarde par la fenêtre. Véronique a repoussé la porte mais sa voix parvient au salon, étouffée. Situation gênante. Elle ne serait pas dans le couloir de l'entrée, Sophie prendrait son blouson et partirait comme ça, maintenant, sans rien dire, comme une voleuse. Elle perçoit quelques mots, tente machinalement de recomposer la conversation.

La voix de Véronique est grave et dure.

Sophie se lève, fait quelques pas pour s'éloigner de la porte mais la distance ne change rien à l'affaire, la voix maintenant sourde de Véronique s'entend comme si elle était là, dans la pièce. Ce sont des mots terribles de rupture banale. La vie de cette fille ne l'intéresse pas (« Terminé, je t'ai dit : c'est terminé »). Sophie se fout de ses amours ratées, elle s'approche de la fenêtre (« Nous en avons parlé cent fois, on ne va pas recommencer maintenant… ! »). Sur sa gauche, un petit secrétaire. L'idée vient juste de germer en elle. Elle se penche pour mesurer le cours de la conversation. On en est à : « Fous-moi la paix, je te dis », ça lui laisse encore un peu de temps, elle abaisse doucement le panneau central du secrétaire et découvre, au fond, deux rangées de tiroirs. « Ce genre de choses, ça n'a aucune prise sur moi, je t'assure… » Dans le second, elle trouve des billets de deux cents, pas nombreux. Elle en compte quatre. Elle les fourre dans sa poche en continuant de chercher. Sa main (« Tu t'imagines peut-être m'impressionner avec ça ? ») rencontre la couverture rigide du passeport. Elle l'ouvre mais elle en remet l'examen à plus tard. Elle le fourre dans sa poche. Sophie attrape un carnet de chèques entamé. Le temps de filer vers le canapé et de fourrer le tout dans la poche intérieure de son blouson et on en est à : « Pauvre type ! » Puis il y a un « Pauvre mec ! » et enfin un « Pauvre con ! ».

Et le téléphone est violemment raccroché. Silence. Véronique reste dans le couloir. Sophie tâche de prendre une mine de circonstance, une main sur son blouson.

Véronique revient enfin. Elle s'excuse gauchement, tente de sourire :

— Je suis désolée, vous devez être… Je suis désolée…

— Ça ne fait rien…

Sophie enchaîne :

— Je vais vous laisser.

— Non, non, dit Véronique. Je vais faire du café.

— Il vaut mieux que je parte…

— Il y en a pour une minute, je vous assure !

Véronique s'essuie les yeux d'un revers de main, tente un sourire.

— C'est idiot…

Sophie se donne un quart d'heure et, quoi qu'il arrive, elle part.

De la cuisine, Véronique commente :

– Depuis trois jours, il n'arrête pas de m'appeler. J'ai tout essayé, j'ai débranché, mais pour mon travail, ça n'est pas très pratique. Laisser sonner, ça me crispe. Alors de temps en temps, je vais boire un café… Il va bien se lasser, mais c'est un drôle de type. Le genre qui s'accroche, quoi…

Elle pose des tasses sur la table basse du salon.

Sophie se rend compte qu'elle a abusé du vin. Le décor s'est mis lentement en mouvement autour d'elle, l'appartement bourgeois, Véronique, tout commence à se mélanger, arrive bientôt le visage de Léo, la pendulette posée sur la cheminée, la bouteille de vin vide sur la table, la chambre d'enfant quand elle y entre, avec le lit bombé par les couvertures, les tiroirs qui claquent et le silence quand elle prend peur. Les objets dansent devant ses yeux, l'image du passeport qu'elle fourre dans la poche de son blouson. Une onde la submerge, tout semble s'éteindre progressivement, fondu au noir. De très loin, elle perçoit la voix de Véronique qui demande : « Ça ne va pas ? », mais c'est une voix qui vient du fond d'un puits, une voix qui résonne, Sophie sent son corps se ramollir, puis s'affaisser et subitement, tout s'éteint.

Là encore, c'est une scène qu'elle revoit très bien. Aujourd'hui, elle pourrait dessiner chaque meuble, chaque détail, jusqu'au papier peint du salon.

Elle est allongée sur le canapé, une jambe pendante posée au sol, elle se masse les yeux à la recherche d'une ombre de conscience, elle les ouvre par intermittence, et sent que quelque chose en elle résiste, qui veut rester dans son sommeil, loin de tout. Elle est si épuisée depuis ce matin, il s'est passé tant de choses… Elle s'accoude enfin, se tourne vers le salon et ouvre les yeux avec lenteur.

Juste au pied de la table gît le corps de Véronique, baignant dans une mare de sang.

Son premier geste est de lâcher le couteau de cuisine qu'elle tient à la main et qui tombe sur le parquet avec un bruit sinistre.

Comme un rêve. Elle se lève et titube. Machinalement, elle tente d'essuyer sa main droite sur son pantalon, mais le sang est déjà trop sec. Son pied glisse dans la mare qui s'étale lentement sur le parquet et elle se raccroche *in extremis* à la table. Elle tangue un instant. En fait, elle est ivre. Sans s'en rendre compte, elle a attrapé son blouson, elle le traîne derrière elle, comme une laisse. Comme un fil de lampe. Elle parvient au couloir en s'appuyant aux murs. Là, son sac. Ses yeux sont de nouveau brouillés de larmes, elle renifle. Et elle tombe sur les fesses. Elle enfouit son visage entre ses bras roulés dans son blouson. Sensation bizarre sur le visage, elle relève la tête. Son blouson a traîné dans le sang et elle vient d'essuyer ses joues dessus… Lave-toi le visage avant de sortir, Sophie. Lève-toi.

Mais l'énergie lui manque. C'est trop. Cette fois, elle s'allonge sur le sol, la tête contre la porte d'entrée, prête à retomber dans le sommeil, prête à tout plutôt qu'à affronter cette réalité. Elle ferme les yeux. Et soudain, comme si des mains invisibles la soulevaient par les épaules… Aujourd'hui encore, elle reste incapable de dire ce qui s'est passé, mais la voici de nouveau assise. Puis de nouveau debout. Titubante mais debout. Elle sent monter en elle une résolution sauvage, un truc très animal. Elle s'avance dans le salon. D'où elle est, elle ne distingue que les jambes de Véronique, à demi sous la table. Elle s'approche. Le corps est couché sur le côté, le visage disparaît derrière les épaules. Sophie s'approche un peu plus, se penche : tout le chemisier est noir de sang. Il y a une large plaie en plein milieu du ventre, là où est entré le couteau. L'appartement est silencieux. Elle s'avance jusqu'à la chambre. Ces dix pas lui ont coûté toute l'énergie dont elle disposait et elle s'assoit sur le coin du lit. Un mur de la chambre est couvert de portes de placard. Les deux mains sur les genoux, Sophie s'approche péniblement de la première et l'ouvre. Il y a là de quoi rhabiller un orphelinat. Elles ont à peu près la même taille. Sophie ouvre la seconde porte, la troisième, trouve enfin une valise qu'elle lance sur le lit, grande ouverte. Elle choisit des robes parce qu'elle n'a pas le temps de chercher ce qui pourra aller avec les jupes. Elle prend trois jeans usés. Le mouvement la fait remonter à la vie. Sans même y réfléchir, elle sélectionne ce qui lui ressemble le moins. Derrière la porte suivante, elle trouve les tiroirs avec les sous-vêtements. Elle en jette une poignée dans la valise. Pour les chaussures, d'un simple coup d'œil, elle voit que la gamme va du plus moche au plus laid. Elle ponctionne deux paires de choses et une paire de tennis. Puis elle s'assoit sur la valise pour la fermer et elle la tire jusqu'à l'entrée où elle l'abandonne près de son sac. Dans la salle de bains, elle se lave les joues sans se regarder. Elle aperçoit dans la glace la manche droite de son blouson noircie par le sang, elle le retire immédiatement, comme s'il était en feu. De retour dans la chambre, elle ouvre de nouveau le placard, prend quatre secondes pour choisir un blouson, opte pour un bleu sans aucun caractère. Le temps de fourrer dans les poches tout ce qui se trouvait dans le sien, elle est à la porte de l'appartement, l'oreille collée contre le panneau.

Elle se revoit parfaitement. Elle ouvre la porte délicatement, saisit la valise d'une main, son sac de l'autre, descend sans précipitation, le cœur retourné, le visage maintenant sec de larmes, comme à bout de souffle. Dieu que cette valise est lourde. Sans doute parce qu'elle est épuisée. Quelques pas et elle tire la porte cochère, débouche sur le boulevard Diderot et prend tout de suite à gauche, dos à la gare.

7

Elle a posé sur le lavabo le passeport ouvert sur la photographie et elle se regarde dans la glace. Son regard fait plusieurs allers et retours. Elle reprend le passeport en main et consulte la date de délivrance : 1993. C'est assez vieux pour passer. Véronique Fabre, née le 11 février 1970. Pas trop de différence. À Chevreaux. Elle ne se fait même pas une vague idée de l'endroit où Chevreaux peut bien se trouver. Quelque part au centre de la France ? Rien à en dire. Se renseigner.

Traductrice. Véronique a dit qu'elle traduisait du russe et de l'anglais. Sophie, les langues... Un peu d'anglais, très peu d'espagnol, et tout ça est maintenant si loin. Si elle doit justifier de sa profession, rien n'ira plus, mais elle ne voit pas comment cette catastrophe pourrait arriver. Trouver d'autres langues improbables, le lituanien ? L'estonien ?

La photo, très impersonnelle, montre une femme banale, aux cheveux courts, aux traits communs. Sophie se regarde dans la glace. Son front est plus haut, son nez plus large, son regard même est si différent... Il faut pourtant faire quelque chose. Elle se penche et ouvre le sac plastique dans lequel elle a enfourné tout ce qu'elle vient d'acheter au Monoprix du boulevard : des ciseaux, une trousse de maquillage, des lunettes noires, de la teinture pour cheveux. Un dernier coup d'œil dans la glace. Et elle se met au travail.

8

Elle tente de lire son destin. Debout sous le panneau d'affichage, sa valise posée par terre à côté d'elle, elle parcourt les destinations, les horaires, les numéros des voies. Qu'elle choisisse telle destination plutôt que telle autre et tout peut basculer. Dans un premier temps, éviter les TGV dans lesquels on reste enfermé. Chercher une ville peuplée dans laquelle se fondre sans difficulté. Prendre un billet pour le terminus mais descendre avant, pour le cas où l'employé du guichet se souviendrait de sa commande. Elle rafle une série de dépliants et, sur la table ronde d'un snack, confectionne un parcours savant qui, après six correspondances, peut la conduire de Paris à Grenoble. Le voyage sera long, le temps pour elle de se reposer.

Les guichets automatiques sont littéralement pris d'assaut. Elle passe devant les comptoirs. Elle veut choisir. Pas de femmes, qui sont réputées plus observatrices. Pas un homme trop jeune à qui elle risquerait de plaire vaguement et qui se souviendrait d'elle. Elle trouve son bonheur en fin de comptoir et prend sa place dans la file d'attente. C'est un système où chacun se dirige vers le premier guichet libre. Il va falloir manœuvrer subtilement pour obtenir celui qu'elle veut.

Elle retire ses lunettes de soleil. Elle aurait dû le faire plus tôt pour ne pas se faire remarquer. Il faudra y penser maintenant. La file d'attente est longue mais son tour arrive encore un peu tôt pour elle, elle s'avance discrètement, fait semblant de ne pas voir une resquilleuse passer devant elle et se retrouve exactement où elle voulait. Il y a un dieu pour les criminelles. Elle tâche d'affermir sa voix, fait mine de fouiller dans son sac en demandant un billet pour Grenoble par le train de 18 h 30.

– Je vais voir s'il reste de la place, répond l'employé qui pianote immédiatement sur son terminal.

Elle n'a pas pensé à ça. Elle ne peut plus changer de destination, ni renoncer à prendre un billet, ce petit fait pourrait rester dans la mémoire de l'employé qui fixe son écran en attendant la réponse du service central. Elle ne sait pas quoi faire, hésite à se retourner et à partir, tout de suite, vers une autre gare, une autre destination.

– Désolé, répond enfin l'employé en la regardant pour la première fois, celui-ci est complet.

Il tape sur son clavier.

– Il reste des places dans le 20 h 45…

– Non, merci…

Elle a parlé trop vite. Elle tente de sourire.

– Je vais réfléchir…

Elle sent que ça se passe mal. Ce qu'elle dit n'est pas crédible, ce n'est pas ce que dirait une voyageuse normale en pareil cas, mais rien d'autre ne lui est venu. Il faut déguerpir. Elle reprend son sac. Le client suivant est déjà derrière elle et attend sa place, pas de temps à perdre, elle se détourne et s'en va.

Il lui faut maintenant trouver un autre guichet, une autre destination mais aussi une autre stratégie, demander autrement pour pouvoir choisir sans hésiter. Malgré son casting, l'idée que le guichetier va se souvenir d'elle la tétanise. C'est à ce moment-là qu'elle aperçoit l'enseigne Hertz dans le hall de la gare. À cette heure-ci, son nom est connu, repéré, recherché, mais pas celui de Véronique Fabre. Elle peut régler en espèces, par chèque. Et une voiture, c'est tout de suite l'autonomie, la liberté de mouvement, cette pensée emporte tout, elle pousse déjà la porte vitrée de l'agence.

Vingt-cinq minutes plus tard, un employé suspicieux lui fait faire le tour d'une Ford Fiesta bleu marine pour constater son excellent état. Elle lui répond par un sourire volontariste. Elle a eu le temps de réfléchir et se sent maintenant forte pour la première fois depuis des heures. On s'attend sans doute à ce qu'elle s'éloigne rapidement de Paris. Dans l'immédiat, sa stratégie repose sur deux décisions : ce soir, prendre une chambre dans un hôtel de banlieue parisienne, demain, acheter une paire de plaques d'immatriculation et le matériel nécessaire pour changer celles-ci.

Tandis qu'elle s'enfonce dans la banlieue parisienne, elle se sent un peu libérée.

« Je suis vivante », pense-t-elle.

Ses larmes commencent à remonter.

9

Mais où est passée Sophie Duguet ?

LE MATIN | 13.02.2003 | 14 h 08

Les experts étaient pourtant formels et, selon les sources, le pronostic ne variait que de quelques heures : au pire, Sophie Duguet serait arrêtée sous quinzaine.

Or, il y a maintenant plus de huit mois que la femme la plus recherchée de France a disparu.

Communiqué après communiqué et au fil des confé-
rences de presse et des déclarations, police judiciaire et
ministère de la Justice ne cessent de se renvoyer la balle.
Rappel des faits.

Le 28 mai dernier, peu avant midi, la femme de ménage
de M. et Mme Gervais découvre le corps du petit Léo, six
ans. L'enfant a été étranglé dans son lit avec une paire de
lacets de chaussures de montagne. L'alerte est aussitôt
donnée. Très vite, les soupçons se portent sur sa nurse,
Sophie Duguet, née Auverney, vingt-huit ans, qui avait la
charge de l'enfant et qui demeure introuvable. Les pre-
mières constatations sont accablantes pour la jeune
femme : l'appartement n'a pas été fracturé, Mme Gervais,
la maman, a laissé Sophie Duguet dans l'appartement le
matin vers 9 heures alors qu'elle pensait l'enfant encore
en train de dormir… L'autopsie révélera qu'à cette heure,
l'enfant était déjà mort depuis longtemps, sans doute
étranglé dans son sommeil au cours de la nuit.
La police judiciaire espérait d'autant plus une arresta-
tion rapide que, dans les jours qui suivirent, ce crime pro-
voqua des torrents d'indignation. Sa médiatisation devait
sans doute beaucoup au fait que la petite victime était le
fils d'un proche collaborateur du ministre des Affaires
étrangères. On se souvient que l'extrême droite, en la
personne de Pascal Mariani, et quelques associations,
dont certaines sont pourtant réputées dissoutes, en profi-
tèrent pour réclamer le rétablissement de la peine de
mort pour les « crimes particulièrement odieux »,
bruyamment relayées en cela par le député de droite Ber-
nard Strauss.
Selon le ministère de l'Intérieur, cette cavale n'avait
guère de chance de se prolonger. La rapidité de la réac-
tion de la police n'avait sans doute pas permis à Sophie
Duguet de quitter le territoire. Aéroports et gares res-
taient en état d'alerte. « Les rares cavales réussies ne le
doivent qu'à l'expérience et à une intense préparation »,
assurait avec confiance le commissaire Bertrand, de la

police judiciaire. Or, la jeune femme ne disposait que de moyens financiers très réduits et n'avait pas de relations susceptibles de l'aider efficacement, à l'exception de son père, Patrick Auverney, architecte retraité, immédiatement placé sous surveillance par la police.

Selon le ministère de la Justice, cette arrestation était l'affaire de « quelques jours ». L'Intérieur se risquait même à pronostiquer un délai maximum de « huit à dix jours ». Plus prudente, la police évoquait « quelques semaines au plus… ». Il y a de cela plus de huit mois.

Que s'est-il passé ? Personne ne le sait précisément. Mais le fait est là : Sophie Duguet s'est littéralement volatilisée. Avec un aplomb étonnant, la jeune femme a quitté l'appartement où gisait le corps du petit Léo. Elle est passée à son domicile ramasser des papiers et des vêtements, elle est ensuite allée à sa banque, où elle a retiré la quasi-totalité de ce qu'elle possédait. Sa présence à la gare de Lyon est avérée, après quoi on perd totalement sa trace. Les enquêteurs sont certains que rien de tout cela, ni l'assassinat de l'enfant ni les modalités de sa fuite, n'était prémédité. Cela laisse inquiet sur la capacité de Sophie Duguet à improviser.

Presque tout reste mystérieux dans cette affaire. Les véritables motivations de la jeune femme, par exemple, sont inconnues. Tout au plus les enquêteurs ont-ils évoqué le fait qu'elle a sans doute été durement éprouvée par deux deuils successifs, celui de sa mère, le docteur Catherine Auverney, à qui elle semblait très attachée, décédée en février 2000 d'un cancer généralisé, puis celui de son époux, Vincent Duguet, un ingénieur chimiste de trente et un ans qui, resté paralysé à la suite d'un accident de la route, s'est suicidé l'année suivante. Le père de la jeune femme – et, semble-t-il, son unique soutien – reste sceptique sur ces hypothèses mais refuse de communiquer avec la presse.

Cette affaire est rapidement devenue un véritable casse-tête pour les autorités. Le 30 mai, soit deux jours après le meurtre du petit Léo, le corps de Véronique

67

Fabre, une traductrice de trente-deux ans, est en effet retrouvé à son domicile parisien par son ami, Jacques Brusset. La jeune femme a reçu plusieurs coups de couteau dans le ventre. L'autopsie révèle bientôt que le crime a été commis le jour même de la fuite de Sophie Duguet, sans doute en début d'après-midi. Et l'analyse de l'ADN prélevé sur les lieux du crime atteste, sans l'ombre d'un doute, de la présence de Sophie Duguet dans l'appartement de la victime. Une voiture a par ailleurs été louée par une jeune femme disposant des papiers volés au domicile de Véronique Fabre. Tous les regards se tournent naturellement vers la jeune fugitive.

Bilan provisoire : deux jours après sa fuite, la jeune femme était déjà suspectée d'un double meurtre. La traque redouble alors, mais sans résultat...

Appel à témoin, surveillance de tous les lieux où elle aurait pu trouver refuge, mise en alerte de nombreux « indics », pour l'heure, rien n'y a fait et on se demande même si Sophie Duguet ne serait pas parvenue à quitter la France... Les autorités judiciaires et policières se renvoient discrètement la responsabilité, mais sans enthousiasme : il ne semble pas que cette cavale (pour l'instant réussie) doive quelque chose à des erreurs techniques de part ou d'autre, mais principalement à la détermination farouche de la jeune femme, à une préméditation très bien calculée (contrairement à l'hypothèse de la police) ou à un sens exceptionnel de l'improvisation. La préfecture nie avoir appelé en renfort un spécialiste des situations de crise...

Les filets sont tendus, nous assure-t-on de toutes parts. Il ne reste qu'à attendre. À la PJ, on croise les doigts en espérant que les prochaines nouvelles de Sophie Duguet ne seront pas l'annonce d'un nouveau meurtre... Et pour les pronostics, on se montre évidemment plus que réservé. On hésite entre demain, après-demain et jamais.

10

Sophie marche de façon mécanique, ses hanches ne bougent pas. Elle avance droit devant elle, à la manière d'un jouet à ressort. Après un trop long moment de marche, son rythme se ralentit lentement. Alors elle s'arrête, où qu'elle soit, puis repart, empruntant toujours le même mouvement saccadé.

Ces derniers temps, elle a considérablement maigri. Elle mange peu et n'importe quoi. Elle fume beaucoup, dort mal. Le matin elle s'éveille brusquement, se redresse tout d'un bloc, ne pense à rien, essuie les larmes sur son visage et allume sa première cigarette. Depuis longtemps les choses se passent ainsi. Elles se sont passées ainsi ce matin du 11 mars, comme les autres jours. Sophie occupe un appartement meublé dans un quartier excentré. Elle n'y a ajouté aucune touche personnelle. C'est toujours le même papier peint défraîchi, la même moquette usée, le même canapé épuisé. Sitôt levée, elle allume le téléviseur, un poste antédiluvien qui reçoit toutes les chaînes avec de la neige. Qu'elle le regarde ou pas (en fait, elle passe devant le poste un nombre d'heures considérable), le téléviseur reste allumé. Elle a même pris pour habitude de n'éteindre que le son lorsqu'elle sort. Comme elle rentre souvent très tard, de la rue elle peut voir la fenêtre de son appartement illuminée par des lumières bleues tressautantes. Son premier geste, en rentrant, est de remettre le son. Elle a laissé bien des nuits le poste allumé, s'imaginant que dans son sommeil, son esprit restera connecté au son des émissions et que cela lui évitera les cauchemars. Peine perdue. Du moins se réveille-t-elle avec une présence diffuse, les émissions météo du début de matinée, lorsque le sommeil la quitte au bout de deux heures, le téléachat, devant lequel elle peut rester rivée des heures entières, le journal de la mi-journée quand elle s'assomme volontairement.

Sophie coupe le son et sort. Elle descend l'escalier, allume une cigarette avant de pousser la porte cochère et, comme elle le fait d'habitude, fourre ses mains dans ses poches pour en cacher le tremblement incessant.

— Tu bouges un peu ton cul ou tu veux de l'élan ?

L'heure de pointe. Le fast-food bruisse comme une ruche, des familles entières font la queue au comptoir, les effluves de la cuisine emplissent la salle, les serveuses courent, les clients laissent les plateaux sur les tables avec, dans l'espace fumeurs, des mégots écrasés dans les barquettes en polystyrène, des gobelets de soda renversés, il y en a jusque sous les tables. Sophie s'attelle à la serpillière. Les clients l'enjambent en portant leurs plateaux, dans son dos un groupe de lycéens fait un bruit infernal.

— Laisse tomber, dit Jeanne en passant, c'est un gros con.

Jeanne, une fille maigre au visage vaguement cubiste, est la seule personne avec qui elle est parvenue à sympathiser. Le gros con, quant à lui, n'est nullement gros. Il peut avoir trente ans. Très brun, grand, bodybuilder en soirée, cravaté comme un chef de rayon de grand magasin, il se montre particulièrement sourcilleux sur trois points : les horaires, les salaires et le cul des serveuses. À l'heure du coup de feu, il « mène sa clique » avec une fermeté de légionnaire, et l'après-midi il passe la main sur le cul des filles les plus patientes, les autres ayant rapidement regagné la porte de sortie. Tout va bien pour lui. Tout le monde ici sait qu'il magouille avec son enseigne, que l'hygiène est un concept décoratif et pourquoi il aime passionnément son métier : bon an mal an, il empoche vingt mille euros au noir et saute une quinzaine de serveuses prêtes à tout pour conquérir ou conserver un emploi très inférieur à toutes les normes sociales. Tandis qu'elle passe la serpillière sur le carrelage, Sophie le voit qui la regarde. En fait il ne la regarde pas vraiment. Il évalue, l'air de celui qui pourrait se l'offrir quand il le voudra. Son regard exprime assez bien son sentiment. Ses « filles » sont ses choses. Sophie poursuit son travail en se disant qu'elle ne devra pas tarder à trouver ailleurs.

Il y a six semaines qu'elle travaille ici. Il l'a reçue sans ménagement, lui proposant d'emblée une solution pratique à son problème permanent.

— Tu veux une fiche de paie ou du pognon ?

— Du pognon, a dit Sophie.

Il a dit :

— C'est quoi ton nom ?

— Juliette.

— Allons-y pour Juliette.

Elle a commencé le lendemain même, sans contrat de travail, payée en espèces ; elle ne choisit jamais ses horaires, se voit imposer des coupures aberrantes pendant lesquelles elle n'a pas même le temps de rentrer chez elle, hérite des nocturnes plus souvent que les autres et rentre à la nuit. Elle fait mine de souffrir alors que tout ça l'arrange. Elle a trouvé un logement dans un quartier excentré, à la limite du boulevard occupé par les prostituées dès la tombée de la nuit. Elle n'est pas connue dans son quartier, qu'elle quitte tôt le matin pour rentrer à l'heure où ses voisins sont rivés à leur télé ou couchés. Les soirs où son service se termine trop tard, après le dernier bus, elle s'offre un taxi. Elle profite de ses coupures pour prendre ses marques, chercher un autre logement, un autre travail où on ne lui demandera rien. C'est sa technique depuis le début : elle se pose quelque part et se met immédiatement à la recherche d'un autre point de chute, un autre job, une autre chambre… Ne jamais rester en place. Tourner. Au début, circuler sans papiers lui a semblé assez facile, quoique épuisant. Elle dormait toujours très peu, s'appliquait à changer d'itinéraire au moins deux fois par semaine, où qu'elle soit. En repoussant, ses cheveux ont permis une autre coupe. Elle a acheté des lunettes avec des verres blancs. Elle reste attentive à tout. Changer de situation régulièrement. Elle a déjà fait quatre villes. Et celle-ci n'est pas la plus désagréable de toutes. Le plus désagréable, c'est le travail.

Le lundi est la journée la plus compliquée : trois coupures inégales et une amplitude de travail de plus de seize heures. Vers 11 heures, alors qu'elle marchait dans une avenue, elle a décidé de s'installer quelques minutes (« Jamais plus, Sophie, dix minutes maximum ») à une terrasse et de boire un café. Elle a ramassé à l'entrée un journal gratuit aux publicités tapageuses et allumé une cigarette. Le ciel commençait à se couvrir. En buvant son café, elle s'est mise à réfléchir aux semaines à venir (« Toujours anticiper, toujours »). Elle a feuilleté le journal distraitement. Des pages entières consacrées à des publicités pour les téléphones portables, les innombrables annonces de voitures d'occasion… et tout à coup elle s'est arrêtée, a posé sa tasse, écrasé sa cigarette, en a allumé une autre, nerveusement. Elle a fermé les yeux. « Ce serait trop beau, Sophie, non, réfléchis bien. »

Mais elle a beau réfléchir… C'est compliqué mais là, sous ses yeux, elle a peut-être le moyen d'en sortir, la solution définitive, coûteuse en tout mais d'une sûreté sans égale.

Un dernier obstacle, et de taille celui-là, et ensuite tout peut changer.

Sophie s'absorbe un long moment dans sa réflexion. Elle est même tentée, tant son esprit bouillonne, de prendre des notes, mais se l'interdit. Elle se donne quelques jours de réflexion, après quoi, si la solution lui semble toujours bonne, elle effectuera les démarches.

C'est la première fois qu'elle déroge à la règle : elle reste plus d'un quart d'heure à la même place.

Sophie n'arrive pas à dormir. À l'abri chez elle, elle peut se risquer à prendre des notes pour tenter d'y voir plus clair. Tous les éléments sont maintenant rassemblés. Ça tient en cinq lignes. Elle allume une nouvelle cigarette, relit ses notes puis elle les brûle dans le vide-ordures. Tout est maintenant suspendu à une double condition : trouver la bonne personne, et avoir suffisamment d'argent. En arrivant quelque part, sa première précaution a toujours été de placer à la consigne de la gare une valise contenant tout ce qui sera nécessaire en cas de fuite. Outre des vêtements et tout ce qu'il faut pour changer d'apparence (teinture, lunettes, maquillage, etc.), son bagage contient onze mille euros. Mais ça, elle n'a pas idée de ce que ça pourrait coûter. Et si elle n'avait pas assez ?

Comment ce château de cartes pourrait-il tenir debout ? C'est une folie, trop de conditions à réunir. À la réflexion, il lui apparaît qu'à chaque obstacle technique elle a répondu « Ça devrait aller », mais que l'accumulation de toutes ces réserves considérées chacune comme secondaire rend son projet totalement irréaliste.

Elle a appris à se méfier d'elle-même. C'est peut-être même ce qu'elle fait de mieux. Elle prend une profonde inspiration, cherche ses cigarettes et se rend compte qu'elle n'en a plus qu'une. Le réveil marque 7 h 30. Elle ne commence qu'à 11 heures.

Vers 23 heures, elle quitte le restaurant. Il a plu dans l'après-midi, mais la soirée est belle, fraîche. À cette heure-là, elle sait qu'avec un peu de chance… Elle descend le boulevard, prend sa respiration, se demande une dernière fois si elle ne dispose pas d'un autre moyen, sachant très bien qu'elle a fait l'inventaire complet des rares solutions qui s'offrent à elle. Et qu'elle n'a pas trouvé mieux que ça. Tout va se jouer sur son intuition. L'intuition, tu parles…

Les voitures rôdent, s'arrêtent, vitre baissée, pour se renseigner sur les tarifs et évaluer la marchandise. D'autres font demi-tour à l'extrémité du boulevard puis reviennent dans le sens inverse. Au début, lorsqu'elle rentrait tard, elle hésitait à passer là, mais le détour était long et puis, au fond, elle s'était rendu compte que ça ne lui déplaisait pas : elle avait réduit au minimum ses relations avec le monde extérieur et elle trouvait quelque chose de réconfortant à répondre, en riveraine qu'on commence à connaître, au salut vaguement familier de ces femmes qui, comme elle, se demandaient peut-être si elles parviendraient un jour à s'en sortir.

Le boulevard est éclairé de place en place. Sur sa première portion, c'est le boulevard du sida. Les filles très jeunes, comme électrisées, semblent en permanence dans l'attente de la prochaine dose. Elles sont assez jolies pour tapiner sous la lumière. Plus loin, les autres se réfugient dans la pénombre. Et plus loin encore, dans le noir presque complet, c'est le coin des travestis, dont les visages maquillés aux joues bleues émergent parfois de la nuit comme des masques de carnaval.

C'est encore après qu'habite Sophie, dans une partie à la fois plus calme et plus glauque. La femme à laquelle elle a pensé est là. Une cinquantaine d'années, blonde décolorée, plus grande que Sophie, avec un corsage volumineux qui doit attirer une certaine clientèle. Elles se regardent et Sophie s'arrête devant elle.

— Je suis désolée... J'ai besoin d'un renseignement.

Sophie entend sa voix résonner, claire, nette. Elle est même surprise de son assurance.

Et avant que la femme ait eu le temps de répondre :

— Je peux payer, ajoute-t-elle en laissant apercevoir la coupure de cinquante euros qu'elle tient au creux de sa main.

La femme la dévisage un court instant puis regarde autour d'elle, sourit vaguement et dit, d'une voix enrouée par les cigarettes :

— Ça dépend du renseignement...

— J'ai besoin d'un papier..., dit Sophie.

— Quel papier ?

— Extrait d'acte de naissance. N'importe quel nom, ce qui m'intéresse, c'est la date. Enfin... l'année. Vous savez peut-être où je peux m'adresser...

Dans son scénario idéal, Sophie rencontrait une sorte de compassion, de connivence même, mais c'était un accès de romantisme. Il ne pouvait s'agir que d'une relation d'affaires.

— J'ai besoin de ça... dans des conditions raisonnables... Je vous demande juste un nom, une adresse...

— Ça ne se passe pas comme ça.

La femme tourne les talons avant que Sophie ait pu faire le moindre geste. Elle reste plantée là, dans l'incertitude. Puis la femme se retourne et lâche simplement :

– Repasse ici la semaine prochaine, je vais me renseigner…

La femme tend la main et attend, les yeux rivés à ceux de Sophie. Celle-ci hésite, fouille dans son sac, sort un second billet qui disparaît aussitôt.

Maintenant que sa stratégie est arrêtée, et parce qu'elle ne voit aucune solution qui lui semble meilleure, Sophie n'attend pas le résultat de sa première démarche pour entamer la seconde. Sans doute un secret désir de forcer le destin. Le surlendemain, comme elle dispose d'une coupure en plein milieu de l'après-midi, elle part en reconnaissance. Elle prend soin de choisir une cible également éloignée du restaurant et de son domicile, à l'autre extrémité de la ville.

Elle descend de l'autobus boulevard Faidherbe et marche un long moment, se dirigeant à l'aide d'un plan pour ne pas avoir à demander son chemin. Elle dépasse volontairement l'agence, sans se presser, afin de jeter un coup d'œil à l'intérieur, mais tout ce qu'elle peut apercevoir, c'est un bureau vide avec des classeurs et quelques affiches sur les murs. Elle traverse alors la rue, fait demi-tour et entre dans un café qui lui permet de voir la devanture sans être remarquée. Son observation est aussi décevante que son passage : c'est typiquement le genre d'endroit où il n'y a rien à voir, le genre d'agence qui soigne son aspect impersonnel pour ne pas décourager les visiteurs. Quelques minutes plus tard, Sophie règle son café, traverse la rue d'un pas décidé et pousse la porte.

Le bureau est toujours vide mais la sonnerie de la porte d'entrée fait bientôt apparaître une femme d'une quarantaine d'années, à la couleur rousse un peu ratée, chargée de bijoux et qui lui tend la main comme si elles se connaissaient depuis l'enfance.

– Myriam Desclées, annonce-t-elle.

Son nom n'a pas plus l'air vrai que sa couleur de cheveux. Sophie répond par un « Catherine Guéral » qui, paradoxalement, sonne plus juste.

Manifestement, la directrice de l'agence se pique de psychologie. Elle a posé les coudes sur son bureau, pris son menton entre ses mains et regarde fixement Sophie avec un sourire mi-compréhensif mi-douloureux, censé témoigner d'une grande fréquentation de la douleur humaine. Sans compter les honoraires.

– On se sent seule, n'est-ce pas ? susurre-t-elle doucement.

– Un peu…, risque Sophie.

– Parlez-moi de vous, Catherine…

Mentalement, Sophie repasse rapidement le petit mémo qu'elle a patiemment préparé et dont tous les éléments ont été pensés, soupesés.

– Je m'appelle Catherine, j'ai trente ans…, commença-t-elle.

L'entretien aurait pu durer deux heures. Sophie sent bien que la directrice emploie toutes les ficelles, sans rechigner sur les plus grossières, pour la persuader qu'elle est « comprise », qu'elle a enfin trouvé l'oreille attentive et expérimentée dont elle a besoin, bref, pour l'assurer qu'elle est en de bonnes mains, de bonnes mains de maman universelle avec une âme sensible qui comprend tout à demi-mot, et qui le montre par des mimiques signifiant tantôt : « Inutile d'aller plus loin, j'ai tout compris », tantôt : « Je saisis exactement votre problème. »

Le temps de Sophie est compté. Elle demande, aussi maladroitement qu'elle le peut, des renseignements sur « la manière dont ça se passe », puis précise qu'elle doit bientôt retourner à son travail.

Dans ce genre de situation, c'est toujours la course contre la montre. L'un veut sortir, l'autre veut retenir. C'est une intense lutte d'influence au cours de laquelle se déroulent, à vitesse accélérée, toutes les phases d'une vraie petite guerre : attaques, esquives, redéploiements, intimidation, fausse retraite, changement de stratégie…

À la fin de quoi, Sophie en a marre. Elle sait ce qu'elle voulait savoir : le prix, le niveau de la clientèle, le système des rencontres, la garantie. Elle se contente de balbutier un « Je vais réfléchir » embarrassé mais convaincu et sort. Elle a fait tout ce qu'elle pouvait pour ne pas trop frapper l'imagination de la directrice. Elle a décliné sans hésitation faux nom, fausse adresse et faux numéro de téléphone. En repartant vers son bus, Sophie sait qu'elle ne reviendra jamais ici, mais elle a la confirmation de ce qu'elle espérait : si tout se passe bien, elle va bientôt pouvoir acquérir une belle identité toute neuve et totalement irréprochable.

Blanchie comme de l'argent sale, Sophie.

Grâce à un extrait d'acte de naissance établi sous un faux nom mais parfaitement en règle. Il ne lui reste plus qu'à recruter un mari, qui lui offrira un nouveau nom, irréprochable, au-dessus de tout soupçon…

Elle deviendra introuvable.

Une Sophie va disparaître, la voleuse, la tueuse, adieu Sophie-la-Dingue.

Sortie du trou noir.

Voici Sophie-la-Blanche.

11

Sophie n'a pas lu beaucoup de romans policiers, mais elle en a des images : une arrière-salle de bistrot dans un quartier louche, remplie d'hommes antipathiques qui jouent aux cartes dans une atmosphère enfumée ; au lieu de quoi elle se retrouve dans un grand appartement entièrement peint en blanc dont la baie vitrée domine la plus grande partie de la ville, devant un homme d'une quarantaine d'années, peu souriant il est vrai, mais visiblement civilisé.

Le lieu est la caricature de tout ce qu'elle déteste : le bureau vitré, les sièges design, la tenture abstraite au mur… le travail d'un décorateur qui aurait le goût de tout le monde.

L'homme est assis derrière son bureau. Sophie est restée debout. Un mot dans sa boîte aux lettres l'a convoquée là, à une heure impossible pour elle. Un simple mot avec une adresse et un horaire, rien d'autre. Elle a dû déserter le fast-food et elle est pressée.

— Ainsi, vous avez besoin d'un extrait d'acte de naissance…, dit simplement l'homme en la regardant.

— Ce n'est pas pour moi… c'est…

— Ne vous fatiguez pas, ça n'a pas d'importance…

Le regard de Sophie se concentre sur l'homme dont elle tente de retenir les traits. Plutôt la cinquantaine et à part ça, rien à en dire. Monsieur n'importe qui.

— Notre réputation sur ce marché est inattaquable. Nos produits sont de grande qualité, reprend l'homme, voilà notre secret.

Voix caressante et ferme. Donne le sentiment d'être entre des mains solides.

— Nous tenons à votre disposition une bonne et solide identité. Bien sûr, vous ne pourrez pas l'utiliser

éternellement, mais disons que pour un délai raisonnable, nos produits sont d'une qualité irréprochable.

– Combien ? demande-t-elle.

– Quinze mille euros.

– Je ne les ai pas !

Sophie a crié. L'homme est un négociateur. Il réfléchit un instant, puis annonce d'une voix définitive :

– Nous ne descendrons pas au-dessous de douze
mille.

C'est plus que ce qu'elle a. Et même si elle trouve
ce qui lui manque, elle n'aura plus un sou. Elle a
l'impression de se trouver dans un immeuble en feu
devant une fenêtre ouverte. Sauter ou pas. Et pas de
seconde chance. Elle tente d'évaluer sa position dans le
regard de son interlocuteur. Il ne bouge plus.

– Ça se passe comment ? demande-t-elle enfin.

– C'est très simple…, reprend l'homme.

Le fast-food bat son plein lorsque Sophie revient,
avec vingt minutes de retard sur son horaire. Dès son
entrée précipitée, elle aperçoit Jeanne qui grimace en
désignant l'extrémité du comptoir. Sophie n'a pas
même le temps d'aller jusqu'à son vestiaire.

– Tu te fous de ma gueule ?

Le gérant a fondu sur elle. Pour ne pas attirer l'attention de la clientèle, il s'est approché très près, comme
s'il voulait la frapper. Son haleine sent la bière. Il parle
en gardant les mâchoires serrées.

– Tu me refais ce coup-là, je te vire à coups de
pompe dans le cul !

Après quoi, la journée a été un enfer ordinaire,
les serpillières, les plateaux, le ketchup dégoulinant,
l'odeur de friture, les allées et venues sur le carreau collant de Coca renversé, les poubelles débordantes, et près
de sept heures plus tard, Sophie s'est rendu compte que,

toute à ses pensées, elle avait terminé son service depuis plus de vingt minutes. Elle ne regrette pas cette rallonge involontaire et se demande surtout comment les choses vont se passer maintenant. Parce qu'au milieu du tumulte, elle n'a cessé de penser à cette rencontre et aux échéances que l'homme lui a imposées. Tout de suite ou jamais. Le plan qu'elle a élaboré est valable. Ce n'est plus qu'une question de doigté et d'argent. Pour le doigté, depuis son passage à l'agence, elle sait qu'elle saura faire. Pour l'argent, il lui en manque un peu. Pas beaucoup. Un peu moins de mille.

Elle regagne le vestiaire, range sa blouse sur le portemanteau, change de chaussures et se regarde dans la glace. Elle a le teint épuisé des travailleurs au noir. Des mèches grasses lui tombent sur le visage. Enfant, il lui arrivait de se regarder dans un miroir, exactement au fond des yeux et, au bout d'un moment, elle ressentait une sorte de vertige hypnotique qui l'obligeait à se retenir au lavabo pour ne pas perdre l'équilibre. C'était un peu comme une plongée dans la part d'inconnu qui sommeille en nous. Elle fixe un instant ses pupilles jusqu'à ne plus voir que cela, mais avant qu'elle s'engloutisse dans son propre regard, la voix du gérant se fait entendre juste derrière elle.

– C'est pas si mal que ça…

Sophie se retourne. Il est campé à l'entrée, appuyé d'une épaule au chambranle de la porte. Elle ramène une mèche et lui fait face. Elle n'a pas le temps de réfléchir, les mots sortent tout seuls.

– J'ai besoin d'une avance.

Sourire. Indescriptible sourire dans lequel entrent toutes les victoires des hommes, même les plus sombres.

– Tiens donc… !

Sophie s'appuie au lavabo et croise les bras.

– Mille.

– Eh bah dis donc, mille, rien que ça…

– C'est à peu près ce qu'on me doit.

– C'est ce qu'on te devra à la fin du mois. Tu peux pas attendre ?

– Non, je ne peux pas.

– Ah…

Ils restent un long instant face à face et c'est dans les yeux de cet homme qu'elle trouve ce qu'elle cherchait un peu plus tôt dans le miroir, cette sorte de vertige, mais ça n'a plus du tout le même aspect intime. C'est seulement vertigineux et ça fait mal partout jusque dans le ventre.

– Alors ? demande-t-elle pour en sortir.

– On va voir… On va voir…

L'homme bouche la sortie et Sophie se revoit subitement à la sortie de la banque, quelques mois plus tôt. Un désagréable goût de déjà-vu. Mais aussi quelque chose de différent…

Elle s'avance pour sortir, mais l'homme la saisit au poignet.

– Ça doit pouvoir se faire, dit-il en articulant chaque syllabe. Tu passes me voir demain soir, après ton service.

Puis, en plaquant la main de Sophie sur son entrejambe, il ajoute :

– On verra ce qu'on peut faire.

C'est là toute la différence. Le jeu est ouvert, ce n'est pas une tentative de séduction mais l'affirmation d'une position de force, un marché concret entre deux personnes dont chacune peut apporter à l'autre ce qu'elle demande. Très simple. Sophie en est même surprise. Il y a vingt heures qu'elle est debout, neuf jours qu'elle n'a pas eu de repos, elle dort peu pour éviter les cauchemars, elle est épuisée, vidée, elle veut en finir, sa dernière, son ultime énergie passe dans ce projet, il faut en sortir, maintenant, quel qu'en soit le prix, ce sera de toute manière moins cher que cette vie-là, dans laquelle tout se consume, jusqu'aux racines de son existence.

Sans même le décider, elle ouvre la main et à travers le tissu elle saisit le pénis de l'homme en érection. Elle le fixe dans les yeux, mais elle ne le voit pas. Elle tient simplement sa queue dans sa main. Un contrat.

En montant dans le bus, elle se fait la remarque : s'il avait fallu lui faire une pipe là, tout de suite, elle l'aurait fait. Sans hésiter. Elle pense cela et n'en ressent aucune émotion. Ce n'est qu'une information, rien d'autre.

Sophie passe la nuit entière devant sa fenêtre à fumer des cigarettes. Là-bas, au loin, du côté du boulevard, elle voit le halo des réverbères et imagine les prostituées dans l'ombre, au pied des arbres, agenouillées devant des hommes qui regardent le ciel en leur tenant la tête.

Par quelle association d'idées la scène du supermarché lui est-elle revenue à l'esprit ? Les vigiles ont posé, sur la table en acier, des articles qu'elle n'a pas achetés mais qu'ils ont sortis de son sac. Elle essaie de répondre aux questions. Tout ce qu'elle veut, c'est que Vincent ne l'apprenne pas.

Si Vincent apprend qu'elle est folle, il la fera interner.

Dans une discussion avec des amis, il y a longtemps, il a dit ça, que « s'il avait une femme comme ça », il la ferait interner, il riait, c'était une plaisanterie, bien sûr, mais elle n'a jamais pu en détacher son esprit. La peur l'a prise là. Peut-être était-elle déjà trop folle pour faire la part des choses, pour ramener cette simple phrase à la dimension d'une anecdote. Pendant des mois elle a repensé à ça : si Vincent voit que je suis folle, il me fera interner...

Au matin, vers 6 heures, elle se lève de sa chaise, passe sous la douche, et s'allonge une heure avant de partir à son travail. Elle pleure calmement et fixe le plafond.

C'est comme une anesthésie. Quelque chose la fait agir, elle a l'impression d'être blottie au fond de son enveloppe corporelle, comme dans un cheval de Troie. Le cheval agit sans elle, il sait ce qu'il a à faire. Elle, n'a qu'à attendre en appliquant bien fort ses deux mains sur ses oreilles.

12

Jeanne, ce matin-là, a la tête des mauvais jours, mais lorsqu'elle voit Sophie arriver, elle semble catastrophée.

— Bah, qu'est-ce que t'as ? demande-t-elle.

— Rien, pourquoi ?

— T'as une tête… !

— Oui, répond Sophie en passant au vestiaire pour y prendre sa blouse, je n'ai pas très bien dormi.

Curieusement, elle n'a pas sommeil et ne ressent pas de fatigue. Ça viendra peut-être plus tard. Elle commence immédiatement par le sol de la salle du fond.

Mécanique. Tu prends la serpillière dans le seau, tu ne réfléchis pas. Tu l'essores et tu l'étends sur le sol. Quand la serpillière est devenue froide, tu la replonges dans le seau et tu recommences. Tu ne penses pas.

Tu vides les cendriers, tu les frottes rapidement, tu les reposes. Tout à l'heure, Jeanne va s'approcher et te dire : « T'as vraiment une drôle de tête… ! » Mais tu ne répondras pas. Tu n'auras pas vraiment entendu. Tu vas faire un signe vague. Tu ne parles pas. Tendue vers une fuite que tu sens grésiller en toi, la fuite nécessaire. Des images vont venir, encore des images, des visages, tu vas les chasser comme des mouches, en remontant cette mèche qui ne cesse de tomber dès que tu te penches. Automatique. Après, tu vas passer aux cuisines, dans l'odeur de friture. Près de toi, quelqu'un rôde. Tu lèves les yeux, c'est le gérant. Tu poursuis ton travail. Machinale. Tu sais ce que tu veux : partir. Vite. Alors tu travailles. Tu fais ce qu'il faut pour ça. Tu feras tout ce qu'il faut pour ça. Réflexe. Somnambule. Tu t'agites, tu attends. Tu vas partir. Il faut absolument que tu partes.

La fin du service se situe vers 23 heures. À ce moment-là, tout le monde est épuisé et c'est une lourde tâche pour le patron que de galvaniser ses troupes afin que tout soit prêt pour le lendemain. Alors il passe partout : en cuisine, dans les salles, en lançant : « Grouille-toi un peu, on va pas passer la nuit ici... » ou « Tu te magnes le cul, oui ou merde ! ». Grâce à quoi, vers 23 h 30, tout est terminé. La science du manager, en quelque sorte.

Ensuite, tout le monde part très vite. Il en reste toujours quelques-uns qui fument une cigarette devant la porte avant de s'éloigner, à échanger des banalités. Puis le patron fait un dernier tour, ferme les portes et met l'alarme.

Tout le monde est maintenant parti. Sophie passe au vestiaire, range sa blouse, ferme son placard, traverse les cuisines. Il y a là un couloir qui donne, au fond, sur une rue située à l'arrière du restaurant et une porte, à droite, celle du bureau. Elle frappe à la porte et entre sans attendre.

C'est une petite pièce cimentée dont les parpaings ont seulement été peints en blanc, meublée de bric et de broc, avec un bureau en acier chargé de papiers, de factures, un téléphone et une machine à calculer électrique. Derrière le bureau, un meuble en acier au-dessus duquel se trouve une lucarne assez sale donnant sur la cour, à l'arrière du restaurant. Le gérant est à son bureau, en train de téléphoner. Dès qu'elle pousse la porte, il sourit et, tout en poursuivant sa conversation, lui fait signe de s'installer. Sophie reste debout, appuyée contre la porte.

Il dit simplement : « À plus… » et raccroche. Puis il se lève et s'avance vers elle.

— Tu viens chercher ton avance ? demande-t-il d'une voix très basse. C'est combien déjà ?

— Mille.

— Ça doit pouvoir se faire…, dit-il en lui saisissant la main droite et en la portant à nouveau sur sa braguette.

Et ça se fait, effectivement. Comment ? Sophie ne se rappelle plus très bien, maintenant. Il a dit quelque chose comme : « On s'est compris, hein ? » Sophie a dû faire signe que oui, qu'ils s'étaient compris. En fait, elle n'écoutait pas vraiment, c'était comme une sorte de vertige en elle, quelque chose qui venait du fond d'elle mais qui laissait la tête toute vide. Elle aurait aussi bien pu tomber, là, de tout son poids et disparaître, fondre, s'évanouir dans le sol. Il a dû poser ses mains sur ses épaules et il a appuyé, assez fort, et Sophie s'est sentie glisser à genoux devant lui, ça non plus, elle ne sait plus vraiment. Après, elle a vu son sexe dressé s'enfoncer dans sa bouche. Elle a serré, elle ne se rappelle plus ce qu'elle faisait de ses mains. Non, ses mains ne bougeaient pas, elle n'était plus que sa bouche, simplement fermée sur la queue de ce type.

Qu'est-ce qu'elle a fait ? Rien, elle n'a rien fait, elle a laissé l'homme aller et venir dans sa bouche un long moment. Un long moment ? Peut-être pas. Le temps, c'est difficile à évaluer... Ça finit toujours par passer. Si, ça elle s'en souvient : il s'est énervé. Sans doute parce qu'elle n'était pas assez active, il est entré brusquement jusqu'au fond de sa gorge, elle a reculé la tête et s'est cognée contre la porte. Il a dû prendre sa tête entre ses mains, oui, sûrement, parce que ses mouvements de hanche sont devenus plus courts, plus fiévreux. Si, autre chose, il a dit : « Serre, bordel ! » En colère. Elle a serré, Sophie, elle a fait comme il fallait. Oui, elle a serré ses lèvres plus fort. Elle fermait les yeux, elle ne se souvient pas vraiment. Après... ? Après rien, presque rien. La queue du type s'est immobilisée une seconde, il a poussé un grognement rauque, elle a senti son sperme dans sa bouche, c'était très épais, âcre, fortement javellisé, elle a laissé venir tout ça dans sa bouche, comme ça, avec ses mains elle s'essuyait les yeux, c'est tout. Elle a attendu et puis à la fin, quand il a reculé, elle a craché par terre une fois, deux fois, quand il a vu ça, il a dit : « Salope ! », oui, c'est ça qu'il a dit, Sophie a recraché une fois encore en se retenant d'une main contre le sol en ciment. Et puis, quoi... il était là de nouveau devant elle, avec un air furieux. Elle était toujours dans la même position, elle avait mal aux genoux alors elle s'est relevée mais c'était très difficile de se remettre debout. Quand elle a été debout, elle s'est rendu compte pour la première fois qu'il était moins grand qu'elle le pensait. Il avait du mal à rentrer sa queue dans son pantalon, il avait l'air de ne pas savoir comment s'y prendre et se tortillait des hanches. Après quoi il s'est retourné, il est allé à son bureau puis il lui a fourré les billets dans la main.

Il regardait au sol tout ce que Sophie avait recraché, il a dit : « Allez, casse-toi… » Sophie s'est retournée, elle a dû ouvrir la porte et marcher dans le couloir, elle a dû aller jusqu'au vestiaire, non, elle est allée vers les toilettes, elle a voulu se rincer la bouche mais elle n'en a pas eu le temps, elle s'est vite retournée, elle a fait trois pas, elle s'est penchée sur la cuvette et elle a vomi. De ça, elle est certaine. Elle a tout vomi. Son ventre lui faisait même tellement mal, ses nausées venaient de si loin qu'elle a dû se mettre à genoux et s'appuyer des deux mains sur l'émail blanc. Elle tenait, tout froissés, les billets dans sa main. Des filaments de bave pendaient le long de ses lèvres, elle les a essuyés d'un revers de main. Elle n'avait même pas la force de se lever pour tirer la chasse d'eau et il régnait une odeur insupportable de vomissures. Elle a posé son front sur l'émail froid de la cuvette pour reprendre ses esprits. Elle s'est vue se lever, mais s'est-elle vraiment levée, elle ne sait plus, non, d'abord elle s'est allongée, dans le vestiaire, sur le banc de bois qui sert à se déchausser. Elle a posé sa main sur son front, comme si elle voulait empêcher les pensées de la submerger. Elle se tient la tête avec une main, l'autre derrière la nuque. Elle se retient au placard et se lève. Ce simple mouvement lui demande une énergie incroyable. Elle a la tête qui tourne, elle doit fermer les yeux un long moment pour retrouver son équilibre, et ça passe. Tout doucement, elle reprend ses esprits.

Sophie ouvre le placard, prend sa veste mais elle ne l'enfile pas, elle la tient seulement sur son épaule pour sortir. Elle fouille dans son sac. Pas facile d'une seule main. Alors elle pose son sac par terre, elle continue de fouiller. Un papier tout froissé, c'est quoi, un ticket de supermarché, un vieux ticket. Elle fouille encore et trouve un stylo. Elle griffe violemment le papier jusqu'à ce que le stylo se décide, elle écrit quelques mots et glisse le papier en force entre la porte et le montant d'un placard. Ensuite, quoi ? Elle tourne à gauche, non, c'est à droite, à cette heure-là, on sort par la porte du fond. Comme dans les banques. Le couloir est encore éclairé. C'est lui qui va fermer. Sophie s'avance dans le couloir, dépasse la porte du bureau, met la main sur la poignée en fer et commence à pousser. Un souffle d'air frais, l'air de la nuit, passe un court instant sur son visage mais elle n'avance pas. Au contraire, elle se retourne et regarde le couloir. Elle n'a pas envie que ça se termine comme ça. Alors elle revient sur ses pas, sa veste toujours pendue à l'épaule. Elle est devant la porte du bureau. Elle se sent calme. Elle change sa veste de main et ouvre la porte, tout doucement.

Le lendemain matin, il y avait un petit mot glissé dans la porte du vestiaire de Jeanne. « On se reverra dans une autre vie. Je t'embrasse. » Le mot n'était pas signé. Jeanne l'a fourré dans sa poche. Le personnel présent à ce moment a été réuni dans la salle, le rideau de fer est resté baissé. L'identité judiciaire était en plein travail là-bas, au fond du couloir. La police a pris les identités de tout le monde et a aussitôt conduit les premiers interrogatoires.

13

Il fait une chaleur d'enfer. Sophie tombe de fatigue, sans parvenir à trouver le sommeil. Pas très loin, elle perçoit les harmonies d'un bal. Musique électrique. Nuit électrique. Son esprit ne peut s'empêcher de repérer le titre de certaines chansons. Des trucs des années 1970. Elle n'a jamais aimé danser. Se sentait trop gauche. Juste un peu de rock, ici et là, et encore, toujours les mêmes pas.

Un coup de feu la fait sursauter : les premiers éclats du feu d'artifice. Elle se lève.

Elle pense aux papiers qu'elle va acheter. C'est *la* solution. C'est imparable.

Sophie a ouvert la fenêtre en grand, elle a allumé une cigarette et elle regarde les gerbes dans le ciel. Elle fume calmement. Elle ne pleure pas.

Mon Dieu, sur quelle route vient-elle de s'engager…

14

Le lieu est toujours aussi impersonnel. Le fournisseur la regarde entrer. Tous deux restent debout. Sophie sort de son sac une épaisse enveloppe, en extrait une liasse de billets et s'apprête à les compter.

– Ce ne sera pas nécessaire…

Elle lève les yeux. Et comprend immédiatement que quelque chose ne va pas.

– Voyez-vous, mademoiselle, notre travail obéit aux lois du marché…

L'homme s'exprime calmement, sans bouger.

– La loi de l'offre et de la demande, c'est vieux comme le monde. Nos tarifs ne sont pas indexés sur la valeur réelle de nos produits, mais sur l'intérêt que nos clients y portent.

Sophie sent une boule dans sa gorge. Elle avale sa salive.

– Et depuis notre première entrevue, reprend l'homme, les choses ont un peu changé… madame Duguet.

Sophie sent ses jambes se dérober, la pièce commence à tourner, elle s'appuie un instant sur le coin du bureau.

– Peut-être préférez-vous vous asseoir…

Sophie s'effondre plus qu'elle ne s'assoit.

– Vous…, commence-t-elle, mais les mots s'étranglent en cours de route.

– Rassurez-vous, vous n'êtes pas en danger. Mais nous avons besoin de savoir à qui nous avons affaire. Nous nous renseignons toujours. Et dans votre cas, ça n'a pas été facile. Vous êtes une femme très organisée, madame Duguet, la police en sait d'ailleurs quelque chose. Mais nous connaissons notre métier. Nous savons maintenant qui vous êtes, mais je vous assure que votre identité restera tout à fait confidentielle. Notre réputation ne peut souffrir la moindre indélicatesse.

Sophie a repris un peu ses esprits mais les mots pénètrent en elle très lentement, comme s'ils devaient d'abord percer une épaisse nappe de brouillard. Elle parvient à articuler quelques mots.

– Ce qui veut dire que… ?

Sa tentative s'arrête là.

– Ce qui veut dire que le prix n'est plus le même.

– Combien ?

– Le double.

Le visage de Sophie doit refléter sa panique.

– Je suis navré, dit l'homme. Vous voulez un verre d'eau ?

Sophie ne répond pas. C'est la ruine.

– Je ne peux pas…, dit-elle comme si elle se parlait à elle-même.

– Je suis certain que si. Vous avez manifesté des capacités étonnantes à rebondir. Sinon vous ne seriez pas là. Donnons-nous une semaine, si vous le voulez bien. Passé ce délai…

– Mais qu'est-ce qui me garantit…

– Hélas, rien, madame Duguet. Hormis ma parole. Mais croyez-moi, ça vaut toutes les assurances.

M. Auverney est un homme grand, le genre d'homme dont on dit qu'il est « encore vert », ce qui signifie qu'il vieillit, mais plutôt pas mal. Été comme hiver, il porte un chapeau. Celui-ci est en toile écrue. Comme il fait un peu chaud au bureau de poste, il le tient à la main. Lorsque l'employé lui fait signe, M. Auverney s'avance, pose son chapeau sur le bord du comptoir et tend l'avis. Il a préparé sa pièce d'identité. Depuis que Sophie est en cavale, il a appris à ne jamais se retourner parce qu'il sait qu'il a été surveillé. Peut-être l'est-il encore. Dans le doute, en quittant la poste, il entre aussitôt dans le bistrot voisin, commande un café et demande les toilettes. Le message est court : « souris_verte@msn.fr ». M. Auverney, qui ne fume plus depuis près de vingt ans, sort le briquet qu'il a pris la précaution d'emporter. Il brûle le message dans la cuvette des toilettes. Après quoi, il boit calmement son café. Il a posé ses coudes sur le rebord du comptoir, son menton sur ses deux mains croisées, dans la position d'un homme qui prend son temps. En réalité, parce que ses mains tremblent.

Deux jours plus tard, M. Auverney est à Bordeaux. Il entre dans un immeuble ancien dont le porche est lourd comme une porte de prison. Il connaît bien les lieux, il y a dirigé des travaux de réhabilitation, quelques années plus tôt. Il a fait le voyage tout spécialement pour entrer et sortir. Comme s'il jouait à chat. Il est venu là parce que lorsque l'on entre par le n° 28 de la rue d'Estienne-d'Orves et au terme d'un long périple par les caves, on ressort au 76 de l'impasse Maliveau. Lorsqu'il en débouche, la ruelle est vide. Là, une porte peinte en vert donne sur une cour, la cour donne sur les toilettes du *Balto* et le *Balto* donne sur le boulevard Mariani.

M. Auverney remonte tranquillement le boulevard jusqu'à la station de taxis et se fait conduire à la gare.

Sophie écrase la dernière cigarette de son paquet. Depuis le matin, le temps est couvert. Un ciel de coton. Et du vent. Le garçon, désœuvré à cette heure, flâne près de la porte, à côté de la table où Sophie a commandé un café.

— C'est du vent d'ouest, ça… Pleuvra pas.

Sophie lui répond par un sourire en demi-teinte. Ne pas discuter, mais ne pas se faire remarquer non plus. Après un ultime coup d'œil sur le ciel qui lui semble confirmer son diagnostic, le garçon retourne à son comptoir. Sophie observe sa montre. Depuis des mois qu'elle vit en cavale, elle est rompue à l'autodiscipline. Se lever à 14 h 25. Pas avant. Il y a exactement cinq minutes de parcours à pied. Elle feuillette, sans rien lire, les pages d'un magazine de filles. *Prévisions pour les scorpions. Êtes-vous tendance ? La play-list de Brit. Comment le rendre fou de vous ? Perdre cinq kilos tout de suite, c'est possible !*

Il est enfin 14 h 25. Sophie se lève après avoir déposé sa monnaie sur la table.

Vent d'ouest peut-être, mais sacrément froid. Elle relève le col de son blouson et traverse le boulevard. À cette heure-ci, la gare routière est quasi déserte.

Sophie n'a qu'une angoisse : que son père n'ait pas fait preuve d'autant de discipline qu'elle. Qu'il soit encore là. Qu'il ait voulu la voir. Avec un soulagement mêlé, elle constate que ses instructions ont été suivies à la lettre. Aucun visage connu parmi les rares consommateurs de la buvette. Le temps de traverser la salle, de descendre une volée de marches, et elle retire avec soulagement l'enveloppe marron de derrière le réservoir de la chasse d'eau. Lorsqu'elle rejoint la rue, les premières gouttes de pluie s'écrasent sur le trottoir. Vent d'ouest.

Le chauffeur de taxi est patient.

– Moi, du moment que le compteur tourne…, a-t-il dit.

Il y a près d'un quart d'heure qu'il est garé là, son client regarde distraitement au-dehors. Il a dit : « J'attends quelqu'un. » Il vient de passer le revers de la main sur la vitre embuée. C'est un homme qui prend de l'âge mais qui se tient droit. Une jeune femme qui attendait le passage au feu rouge traverse la chaussée d'un pas rapide en remontant le col de son blouson, parce que la pluie a commencé de tomber. Elle tourne rapidement la tête vers le taxi mais poursuit sa route et disparaît.

– Tant pis…, dit le client avec un soupir. On ne va pas attendre toute la journée. Ramenez-moi à l'hôtel.

Drôle de voix.

15

Marianne Leblanc. Un vrai tour de force que de parvenir à s'y faire. Sophie a toujours détesté ce prénom, sans savoir pourquoi. Une copine d'école qui lui a laissé de mauvais souvenirs, sans doute. Mais Sophie n'a pas choisi. On lui a donné ça : Marianne Leblanc, et une date de naissance éloignée de la sienne de plus de dix-huit mois. Aucune importance, d'ailleurs, Sophie n'a plus vraiment d'âge. On lui donnerait aussi bien trente ans que trente-huit. L'extrait d'acte de naissance est daté du 23 octobre. « Il n'est valable que trois mois. Ça va vous laisser le temps de vous retourner », a dit le fournisseur.

Elle le revoit cette nuit-là posant devant elle l'extrait d'acte de naissance puis comptant l'argent lentement. Il n'a même pas eu l'air satisfait des commerçants qui font une bonne affaire. Il est technique. C'est un homme froid. Sophie n'a sans doute pas dit un mot. Elle ne se souvient plus. Après, tout ce qu'elle voit, c'est son retour chez elle, les placards ouverts, la valise ouverte et elle qui fourre tout là-dedans sans ménagement, qui relève une mauvaise mèche, qui est prise de malaise et qui se retient à la porte de la cuisine. Elle prend à toute vitesse une douche froide, glacée même. Tout en se rhabillant, écrasée de fatigue, hébétée, elle fait rapidement le tour de l'appartement, vérifie si elle n'a rien oublié d'essentiel, mais de toute manière, elle ne voit plus rien. Elle est déjà dans l'escalier. C'est une nuit lente et claire.

16

Sophie a appris à flairer les studios illégaux, les sous-locations douteuses, les boulots au noir, en clair, toutes les combines foireuses qui lui permettent de s'immerger dans une nouvelle ville. Ici, elle a passé au crible les offres d'emploi, cherchant systématiquement les plus mauvais coups, ceux pour lesquels aucune référence ne sera exigée. Deux jours plus tard, elle rejoignait une équipe de nettoyage de bureaux composée de femmes africaines et arabes et menée de main ferme par une Alsacienne sadico-maternante. La paie est distribuée chaque quinzaine, en espèces. On estime, à Vit'Net', que le quota de travailleuses déclarées est atteint lorsque la moitié d'une équipe peut disposer de feuilles de paie. Sophie fait partie du lot de celles qui n'en ont pas. Pour la forme, mais en priant le ciel de n'avoir pas gain de cause, elle a fait semblant de renâcler.

Vers 22 heures, Sophie descend sur le trottoir. Le véhicule de ramassage passe la prendre, conduisant tour à tour chaque équipe, par roulement, d'une société d'assurances à une autre d'informatique. La « journée » se termine sur le coup de 6 heures du matin. Le casse-croûte de milieu de nuit se prend dans le véhicule, sur le chemin entre deux sites.

Elle n'a plus que deux mois et demi pour mener à bien son projet et il est absolument vital qu'elle y parvienne. Dès le début du mois, elle a commencé à faire ses premières rencontres. Elle s'est inscrite dans une seule agence. On verra plus tard s'il faut démultiplier, mais déjà une agence, ce n'est pas donné. Elle a raflé mille quatre cents euros dans le bureau du gérant, juste de quoi alimenter ses premières recherches.

L'identité de Marianne Leblanc lui a été garantie pour « un délai raisonnable », autant dire pas long-temps. Elle ne s'est donc fixé qu'un mot d'ordre : elle prendra le premier. On a beau être aux abois, trembler en permanence des pieds à la tête, maigrir à vue d'œil et dormir trois heures par jour, dès sa première rencontre, Sophie a compris que « premier » était un mot vide de sens. Elle avait établi sa check-list : un homme sans enfant, une vie transparente et pour le reste, elle ferait avec. Pour l'agence, elle a fait mine de n'être pas très arrêtée sur son choix d'homme. Elle a dit des mots idiots : « un homme simple », « une vie tranquille ».

17

René Bahorel, quarante-quatre ans, homme simple et tranquille.

Le rendez-vous a été pris dans une brasserie. Elle l'a reconnu tout de suite, un agriculteur joufflu qui exhale une terrible odeur de transpiration. Il ressemble à sa voix au téléphone. C'est un jovial.

– Je suis de Lembach, dit-il d'un air entendu.

Elle mettra vingt minutes à comprendre que cette référence signifie qu'il est viticulteur dans un recoin de la campagne profonde. Sophie a allumé une cigarette. Il a posé son doigt sur le paquet.

– Je vous le dis tout de suite, avec moi, faudra arrêter…

Il sourit largement, visiblement fier de manifester son autorité d'une manière qui lui semble délicate. Il est bavard, comme tous les gens qui vivent seuls. Sophie n'a pas grand-chose à faire, elle écoute et le fixe calmement. Ses pensées sont ailleurs. Elle a vraiment besoin de fuir. Elle se projette dans les premières concessions physiques avec cet homme et elle a aussitôt besoin d'une nouvelle cigarette. Il parle de lui, de son exploitation, son annulaire n'a jamais porté d'alliance, ou alors c'est très vieux. C'est peut-être la chaleur de la brasserie, le bruit dense qui monte des tables où les consommateurs commencent à commander des plats chauds, un vague malaise la saisit, lentement, et monte en passant par le ventre.

– … Remarquez, on a des subventions mais quand même… Et vous ?

La question est arrivée brutalement.

– Comment ça, moi ?

– Oui, vous en pensez quoi ? Ça vous intéresse ?

– Pas trop, en fait…

Sophie a répondu cela parce que quelle que soit la question, c'est la bonne réponse. René fait : « Ah. » Mais c'est un culbuto cet homme-là, il retombe toujours sur ses bases. On se demande comment ces gens-là peuvent finir sous leur tracteur. Son vocabulaire est restreint mais certains mots reviennent tout de même avec une insistance inquiétante. Sophie cherche à décrypter ce qu'elle entend.

– Votre mère vit avec vous…

René répond « oui » comme s'il pensait la rassurer. Quatre-vingt-quatre ans, la maman. Et toujours « vive comme une caille ». Ça fait peur. Sophie s'imagine allongée sous le poids de cet homme avec le spectre de la vieille rôdant dans le couloir, le bruit de ses chaussons, l'odeur de cuisine… Un court instant, elle revoit la mère de Vincent, face à elle, dos à l'escalier, Sophie pose ses mains sur ses épaules et pousse si fort que le corps de la vieille semble s'envoler, que ses pieds ne touchent même pas les premières marches, comme si elle avait reçu une décharge de fusil en pleine poitrine…

– Vous avez déjà fait beaucoup de rencontres, René ? demande Sophie en se penchant vers lui.

– C'est la première, dit-il comme s'il annonçait une victoire.

– Alors, prenez votre temps…

Elle a placé l'extrait d'acte de naissance dans une chemise en plastique transparent. Elle a peur de l'égarer, comme tant d'autres choses presque aussi importantes, peur de le perdre. Chaque soir, en partant, elle prend la chemise et parle à voix haute.

– J'ouvre la porte du placard...

Elle ferme alors les yeux, visualise le geste, sa main, le placard et répète : « J'ai ouvert la porte du placard... »

– J'ouvre le tiroir de droite, j'ai ouvert le tiroir de droite...

Elle répète ainsi chaque geste plusieurs fois, tente, dans un immense effort de concentration, de souder les mots et les gestes. Dès qu'elle rentre, avant même de se déshabiller, elle court au placard vérifier que la chemise transparente est toujours là. Et jusqu'à ce qu'elle l'y enferme de nouveau, elle l'accroche avec une pince en acier sur la porte du frigo.

Pourrait-elle le tuer un jour, ce mari inconnu qu'elle tente de trouver ? Non. Quand elle sera enfin à l'abri, elle retournera voir un quelconque docteur Brevet. Elle prendra deux carnets, trois s'il faut, elle recommencera à tout noter et cette fois, rien ne pourra l'en distraire. C'est comme une résolution d'enfant : si elle s'en sort, jamais plus elle ne se laissera déborder par sa folie.

18

Cinq rencontres plus tard, Sophie en est au même point. Théoriquement, on doit lui présenter des candidats correspondant à son cahier des charges, mais la directrice d'Odyssée, comme ces agents immobiliers qui parviennent à vous faire visiter des maisons qui ne correspondent en rien à votre recherche, toujours à court d'hommes, lui propose absolument tout ce qu'elle a. Au tout début, il y a eu un sergent-chef totalement idiot, puis un dessinateur industriel dépressif dont elle a appris, au bout de trois heures d'une conversation languissante, qu'il était divorcé avec deux enfants et que sa pension alimentaire mal négociée lui pompait les trois quarts de ses revenus de demandeur d'emploi.

Elle est sortie d'un salon de thé, écrasée de lassitude après avoir tenu le crachoir pendant deux larges heures à un ancien prêtre dont l'annulaire portait encore la marque d'une alliance sans doute retirée une heure plus tôt et cherchant à égayer une vie conjugale passablement démoralisante. Et puis ce grand type direct et sûr de lui qui lui a proposé un mariage blanc pour six mille euros.

Le temps s'est alors mis à passer de plus en plus vite. Sophie a beau se répéter qu'elle ne cherche pas un mari (elle recrute un candidat), il n'empêche : il va falloir se marier, coucher, vivre avec. Dans quelques semaines, dans quelques jours, elle n'aura même plus l'embarras du choix, il faudra faire avec ce qu'elle trouvera.

Le temps passe, sa chance est en train de passer elle aussi, et elle ne parvient pas à s'y résoudre.

19

Sophie est dans le bus. Aller vite. Ses yeux fixent le vide devant elle. Comment faire pour aller vite ? Elle regarde sa montre : juste le temps de rentrer et de dormir deux ou trois heures. Elle est épuisée. Elle remet ses mains dans ses poches. C'est curieux ce tremblement, c'est par moments. Elle regarde par la vitre. Madagascar. Elle tourne la tête et aperçoit un très court instant l'affiche qui a attiré son attention. Une agence de voyages. Elle n'est pas certaine. Mais elle se lève, appuie sur le bouton et guette l'arrêt suivant. Elle a l'impression de parcourir des kilomètres avant que le bus s'arrête enfin. Elle remonte le boulevard, de sa démarche de jouet mécanique. Ça n'était pas si loin, finalement. L'affiche montre une jeune femme noire au sourire naïf et charmant, portant une sorte de turban sur la tête, le genre de truc qui doit avoir un nom dans les mots croisés. Derrière elle, une plage de carte postale. Sophie traverse la rue et se retourne pour voir de nouveau l'affiche avec la distance. Manière de réfléchir.

– Affirmatif, a dit le sergent-chef. Moi, je n'aime pas tellement ça, vous savez, je suis pas un grand voyageur, mais enfin, on a des possibilités quand même. J'ai un copain, il est sergent-chef comme moi, il va partir à Madagascar. Remarquez, je comprends : sa femme est de là-bas. Et finalement, on ne le croirait pas mais il n'y en a pas tant que ça qui veulent quitter la métropole, vous savez ! Pas tant que ça… !

Pas tant que ça…

Elle y a réfléchi pendant tout le trajet. Juste avant d'arriver chez elle, elle pousse la porte d'une cabine téléphonique et fouille dans son sac.

– Bon, je sais, avait dit le petit sergent d'un air timide, ça fait mauvaise impression, enfin, je veux dire, on ne sait pas comment faire… Mais je ne peux quand même pas vous demander votre numéro de téléphone, alors voilà le mien. C'est mon numéro personnel. On ne sait jamais…

À la fin de leur entretien, le militaire n'avait déjà plus la superbe adoptée à son arrivée. L'air beaucoup moins conquérant.

– Je sens bien que je ne suis pas votre genre… Vous, ce qu'il vous faut, c'est un genre plus intellectuel.

Il avait souri gauchement.

– Allô… ? !
– Bonsoir, dit Sophie. C'est Marianne Leblanc, je vous dérange ?

En vérité, le sergent-chef n'est pas si petit que cela. Il fait même une demi-tête de plus que Sophie, mais toute son allure est empreinte d'une timidité qui semble le diminuer. Lorsque Sophie entre dans le café, il se lève d'une façon gauche. Elle le regarde d'une nouvelle manière mais, ancienne ou nouvelle, il n'y a rien d'autre à dire que cela : cet homme est assez laid. Elle tente de se rassurer : « Quelconque, plutôt », mais une petite voix lui souffle : « Non, laid. »

– Qu'est-ce que vous prendrez ?
– Je ne sais pas, un café ? Et vous ?
– La même chose… un café.

Et ils restent ainsi un long moment, à se sourire maladroitement.

– Je suis content que vous ayez rappelé… Vous tremblez toujours comme ça ?
– Je suis nerveuse.
– C'est un peu normal. Moi aussi, enfin, sans parler de moi… On ne sait pas vraiment quoi se dire, hein ?
– Peut-être qu'on n'a rien à se dire !

Elle regrette immédiatement.

– Je suis désolée…
– Négatif ! Je…

102

– Je vous en supplie, ne commencez pas à dire à tout bout de champ « négatif » et « affirmatif »... Je vous assure, c'est très pénible.

Elle a été brutale.

– J'ai l'impression de parler avec un ordinateur, dit-elle, manière de s'excuser.

– Vous avez raison. C'est la déformation professionnelle. Vous aussi, dans votre métier, vous devez en avoir, des habitudes, non ?

– Moi, je fais des ménages, alors, les habitudes, ce sont celles de tout le monde. Au moins de tous les gens qui font leur ménage eux-mêmes...

– C'est drôle, je ne vous l'ai pas dit la première fois, mais on ne dirait jamais que vous faites des ménages. Vous avez l'air plus instruite que ça...

– C'est que... J'ai fait des études mais ça ne me dit plus rien. On en reparlera une autre fois, ça ne vous embête pas ?

– Oh non, moi, rien ne m'embête, vous savez, je suis plutôt du genre facile à vivre...

Et cette seule sentence, prononcée avec cette sincérité désarmante, fait penser à Sophie qu'il n'y a peut-être rien de plus pénible dans l'existence que les gens faciles à vivre.

– Bon, dit Sophie, on va tout reprendre à zéro, vous voulez bien ?

– Mais on est déjà à zéro !

Au fond, il n'est peut-être pas si con que ça.

Un minuscule « pourquoi pas » s'insinue dans l'esprit de Sophie. Mais avant, il faut savoir : sa principale qualité, pour l'heure, c'est d'être mutable hors de métropole. C'est ce qu'il faut vérifier rapidement.

Sophie a opté pour la fin de journée. Ils sont là depuis une heure. Le sergent pèse chaque phonème pour ne pas prononcer la parole qui ferait couler irré-médiablement le faible radeau sur lequel il s'est embarqué.

– Bon, on va manger quelque chose ? propose Sophie.

– Si vous voulez…

Dès la première minute, les choses sont allées ainsi : cet homme est un faible, il est en demande, il voudra tout ce qu'elle voudra. Elle a un peu honte de ce qu'elle s'apprête à lui faire. Mais elle sait aussi ce qu'elle va devoir lui donner en échange. Selon elle, il n'est pas perdant. Ce qu'il cherche, c'est une femme. N'importe laquelle fera l'affaire. Une femme. Même Sophie fera l'affaire.

Quand ils sont sortis du café, c'est elle qui a opté pour la droite. Il n'a rien demandé et il a continué de jacasser gentiment en marchant à côté d'elle. Inof-fensif. Il se laisse mener là où Sophie le mènera. Tout ça vous a un goût terrible.

– Vous voulez aller où ? demande-t-elle.

– Je ne sais pas… Au *Relais* ?

Sophie est certaine qu'il a préparé ça depuis la veille.

– Qu'est-ce que c'est ?

– Un restaurant. Une brasserie… Je n'y suis allé qu'une fois, remarquez bien. Mais c'est pas mal. Enfin… je ne sais pas si vous aimerez…

Sophie parvient à sourire.

– On verra bien…

Et finalement, ça n'est pas si mal que ça. Sophie a craint un restaurant pour militaires mais elle n'a pas osé le demander.

– C'est très bien, dit-elle.

– Pour tout vous dire, j'y avais réfléchi avant. Je suis même passé devant, ce matin, pour repérer les lieux… Je ne m'en souvenais pas vraiment, vous comprenez…

– En fait, vous n'y êtes jamais venu, c'est ça ?

– Nég… Je sens qu'avec vous, ça ne va pas être facile de mentir, dit le sergent en souriant.

En le regardant choisir dans le menu (elle guette pour voir si ses yeux s'arrêtent longtemps sur les prix), elle se demande comment un type comme lui pourra sortir indemne d'une histoire pareille. Mais c'est chacun pour sa peau. Et puisqu'il veut une peau de femme, il faut bien qu'il accepte éventuellement d'y laisser la sienne. C'est un vrai mariage, en somme.

– Vous avez l'habitude de mentir aux femmes ? demande Sophie pour reprendre le fil de la conversation.

– Comme tous les hommes, je suppose. Mais pas plus. Plutôt moins, je crois. Enfin, je dois être dans la moyenne.

– Alors à notre première rencontre, vous m'avez menti sur quoi ?

Sophie a allumé une cigarette. Elle se souvient qu'il ne fume pas. Elle s'en fout. L'important est qu'il la laisse faire.

– Je ne sais pas… On n'a pas discuté bien longtemps.

– Pour mentir, certains hommes n'ont pas besoin de temps.

Il la regarde fixement.

– Je ne pourrai pas lutter…

– Pardon ?

– Avec votre conversation, je ne pourrai pas lutter. Je suis pas un causeur, je ne suis pas brillant comme type, vous savez. Oui, vous le savez. C'est peut-être même pour ça que vous m'avez choisi. Enfin, choisi, je me comprends.

– Mais qu'est-ce que vous dites ?

– Je me comprends.

– Si on était deux à comprendre, ça faciliterait peut-être la conversation.

Le serveur est arrivé à leur table. Sophie fait le pari mentalement.

– Qu'est-ce que vous prendrez ? demande-t-il.

– Entrecôte, salade. Et vous ?

– Eh bien…, dit-il en survolant la carte une dernière fois. Je vais faire pareil : entrecôte, salade.

« Gagné », pense Sophie.

– La cuisson ? demande le serveur.

– Saignante. Les deux saignantes, répond Sophie en écrasant sa cigarette.

Mon Dieu, quelle connerie !

– Vous disiez quoi ?

– Moi ? Rien, pourquoi ?

– C'est pour ça que je vous ai choisi… ? Ça veut dire quoi, ça ?

– Oh, ne vous en faites pas. Moi, je suis le gaffeur-né. C'est plus fort que moi. Ma mère disait tout le temps : dans le champ, s'il y a une bouse de vache (excusez l'expression), elle sera pour toi.

– J'ai un peu de mal à suivre.

– Pourtant je suis pas le type compliqué…

– Non, ça ne semble pas… Enfin, je veux dire…

– Ne vous excusez pas tout le temps, sinon on n'en sortira pas.

Le serveur apporte les entrecôtes salades indifférenciées. Ils commencent à manger en silence. Sophie se croit tenue de faire un compliment sur l'entrecôte mais se sent incapable de trouver un mot de plus. L'immense désert qui les sépare vient de s'étendre entre eux, insidieusement, comme une flaque qui gagne, qui gagne…

– C'est pas mal, oui…

– Oui, c'est bon. Très bon.

Mais rien à faire, vraiment, Sophie ne se sent pas le courage de reprendre la conversation, trop d'effort. Il faut manger son entrecôte et tenir. S'accrocher. Pour la première fois, elle le détaille. Un mètre soixante-seize, quatre-vingts peut-être. Sans doute pas mal fichu, des épaules larges, ça fait du sport à l'armée, des mains larges aux ongles bien tenus. Et pour le visage : une bonne tête de chien. Des cheveux qui devaient être raides lorsqu'ils n'étaient pas coupés aussi court, un nez un peu mou, un regard sans beaucoup d'expression. Oui, baraqué, quand même. Drôle qu'elle l'ait trouvé si petit la première fois. Sans doute sa manière d'être, un côté mal sorti de l'enfance. Une naïveté. D'un coup, Sophie l'envie. Elle envie sa simplicité et pour la première fois, c'est sans mépris. Elle comprend que jusqu'ici elle a vu en lui un objet et qu'elle l'a méprisé sans même le connaître. Elle a eu un réflexe d'homme.

– On a fait un nœud, n'est-ce pas ? demande-t-elle enfin.

– Un nœud… ?

– Oui, la conversation s'est un peu épuisée…

– Bah, c'est pas très facile…, dit-il enfin. Quand on trouve un sujet de conversation, ça va, on suit sa pente, mais quand on ne trouve rien… On était bien partis, au début, il aurait pas fallu que le serveur arrive à ce moment-là.

Sophie ne peut s'empêcher de sourire.

Maintenant, ce n'est plus de la fatigue. Plus du mépris non plus. C'est quoi ? Quelque chose de vain. De vide. C'est peut-être lui qui exhale ce vide, au fond.

– Bon, alors, vous faites quoi, déjà ?

– Transmissions.

– Nous voilà bien…

– Quoi ?

– C'est quoi les transmissions ? Expliquez-moi.

Le sergent-chef se lance. Une fois dans son élément, il a de la conversation. Elle n'écoute pas. Elle jette discrètement un regard sur l'horloge. Mais est-ce que ça aurait pu être autre chose ? Qu'espérait-elle ? Un nouveau Vincent ? Elle se revoit dans leur maison, tout au début. Le jour où elle a commencé la peinture du salon. Vincent est arrivé derrière elle, simplement. Il a seulement posé sa main, comme ça, sur sa nuque et Sophie s'est remplie de toute cette force…

– Vous vous en foutez, hein, des transmissions ?

– Pas du tout, au contraire !

– Au contraire ? Ça vous passionne ?

– Non, ça je ne dirais pas.

– Je sais ce que vous pensez, vous savez…

– Vous croyez ?

– Oui. Vous vous dites : « Il est gentil ce gars-là, avec ses histoires de transmissions, mais il est chiant comme la mort », excusez l'expression. Vous regardez l'heure, vous pensez à autre chose. Vous avez envie d'être ailleurs. Il vaut mieux que je vous le dise : moi aussi. Vous me mettez mal à l'aise, vous savez. Vous essayez d'être gentille parce qu'on ne peut pas faire autrement, on est là… alors on parle. On n'a pas grand-chose à se dire. Je me demande…

– Je vous demande pardon, j'étais ailleurs, c'est vrai… C'est que c'est drôlement technique, votre affaire…

– C'est pas seulement technique. C'est surtout que je ne vous plais pas. Je me demande…

– Oui.

– Je me demande pourquoi vous m'avez rappelé. Hein ? Qu'est-ce que vous voulez, au fond ? C'est quoi votre histoire, à vous ?

– Bah, ça peut prendre un an, deux ans, trois ans. Il y en a même qui ne l'obtiennent jamais. Mon copain, pour ça, il a eu plutôt de la chance.

À un moment, ils rient. À la fin du repas, elle ne sait plus de quoi. Ils marchent le long du fleuve. Un froid piquant. Après quelques dizaines de pas, elle a passé son bras sous le sien. Une courte connivence les a rapprochés. C'est que finalement, il n'a pas si mal manœuvré que cela : il a renoncé à briller. Il a dit des choses simples : « De toute façon, il vaut mieux rester soi-même. Parce que tôt ou tard, ce qu'on est, ça va se voir. Autant le savoir tout de suite, pas ? »

– Vous parlez des DOM-TOM…

– Ah, pas seulement ! On peut être muté à l'étranger aussi. Bon, c'est plus rare, c'est vrai.

Sophie fait ses calculs. Rencontre, mariage, départ, travail, séparation. Il y a peut-être une illusion à penser qu'elle sera plus à l'abri à quelques milliers de kilomètres. Mais intuitivement, elle pense qu'elle sera mieux cachée. Pendant qu'elle réfléchit, le sergent-chef énumère les amis qui ont été mutés, ceux qui ont demandé, ceux qui espèrent encore. Dieu que cet homme est ennuyeux et prévisible.

20

J'ai peur. Tous les morts remontent. La nuit. Je peux les compter, un à un. La nuit, je les vois assis à une table, côte à côte. La nuit. En bout de table, Léo, avec son lacet autour du cou. Il me regarde avec un air de reproche. Il demande : « Tu es folle, Sophie ? Pourquoi m'as-tu étranglé ? Tu es folle, c'est vrai ? » et son regard m'interroge et me transperce. Je connais son air dubitatif, il penche la tête un peu sur la droite avec l'air de réfléchir. « Oui, mais ce n'est pas nouveau, elle a toujours été folle », dit la mère de Vincent. Elle se veut rassurante. Je retrouve son air mauvais, ce regard de hyène, sa voix pointue. « Avant de commencer à tuer tout le monde, à détruire tout ce qu'il y a autour d'elle, elle était déjà folle, je l'avais dit à Vincent, cette fille est folle... » Pour dire ça, elle prend son air pénétré, elle ferme les yeux longuement en parlant, on se demande si elle va les rouvrir ou non quand elle parle, elle passe la moitié du temps les paupières fermées à regarder au-dedans d'elle-même. « Tu me hais, Sophie, tu m'as toujours haïe, mais maintenant que tu m'as tuée... » Vincent ne dit rien. Il secoue sa tête décharnée comme s'il demandait pitié. Et tous me regardent fixement. Ils ne parlent plus.

Je me réveille en sursaut. Quand c'est comme ça, je ne veux plus me rendormir. Je vais à la fenêtre et je reste des heures à pleurer et à fumer des cigarettes.

J'ai même tué mon bébé.

21

Un peu plus de deux semaines qu'ils se voient. Sophie a trouvé le mode d'emploi du sergent-chef en quelques heures. Elle se contente maintenant de gérer son acquis en fonction de son intérêt, mais elle reste vigilante.

Il s'est laissé traîner à *Vingt-Quatre Heures de la vie d'une femme* en simulant l'enthousiasme.

— Dans le livre, il n'y avait que deux générations de femmes..., dit Sophie en allumant une cigarette.

– Je ne l'ai pas lu, mais ça devait être pas mal non plus.

– Non, dit Sophie, le livre n'était pas mal…

Elle a dû se refaire une biographie complète à partir de l'extrait d'acte de naissance : des parents, des études, une histoire qu'elle a nimbée de mystère pour ne pas en dire trop. Le sergent s'est montré discret. Par prudence, elle le fait beaucoup parler. Le soir, au retour, elle prend des notes, tient un carnet avec tout ce qu'elle sait de lui. Rien de compliqué dans son histoire. Rien d'intéressant non plus, d'ailleurs. Né le 13 octobre 1973 à Aubervilliers. École moyenne, collège moyen, BEP d'électromécanique, engagement dans l'armée, versé aux transmissions, BT de télécommunications, sergent-chef, accessible au grade d'adjudant.

– Les encornets, euh… ?

– On dit aussi « calamars »…

Il sourit.

– Je vais plutôt prendre une entrecôte.

Sophie sourit à son tour.

– Vous me faites rire…

– Quand les femmes disent ça, généralement, c'est pas bon signe…

L'avantage avec les militaires, c'est leur transparence. Il ressemble terriblement à l'idée que Sophie s'est faite de lui dès leurs premières rencontres. Elle lui a découvert des finesses insoupçonnées, le garçon n'est pas idiot, il est simple. Il veut se marier, avoir des enfants, il est gentil. Et Sophie n'a pas de temps à perdre. Elle n'a guère eu de mal à le séduire : il était déjà séduit et Sophie a fait comme n'importe quelle autre fille à sa place. Elle a même fait un peu mieux parce qu'elle est plutôt jolie. Depuis qu'elle sort avec lui, elle a racheté des produits de maquillage, elle fait de nouveau un peu plus attention à ce qu'elle porte, sans en faire trop. De temps à autre, le sergent-chef rêve visiblement à des choses. Il y a des années que Sophie n'a pas vu sur elle un regard d'homme désirant. Ça lui fait drôle.

— Je peux vous demander où on va, comme ça ?
— On a dit *Alien*, non... ?
— Non, je voulais dire : nous deux, on en est où ?

Sophie sait exactement où ils en sont. Il lui reste moins de deux mois pour conclure. Déduire le délai pour la publication des bans. Elle ne peut plus changer maintenant. Plus le temps. Avec un autre, il faudra tout reprendre à zéro. Plus le temps. Elle le regarde. Elle s'est habituée à ce visage. Ou elle a vraiment besoin de lui. Le résultat est le même.

— Vous savez où vous en êtes, vous ? demande-t-elle.

— Moi, je crois, oui. Et vous le savez bien. Je me demande vraiment pourquoi vous avez changé d'avis. Quand vous m'avez rappelé...

— Je n'ai pas changé d'avis, j'ai pris le temps de la réflexion.

— Non, vous avez changé d'avis. À notre première rencontre, vous aviez décidé. Et c'était « non ». Je me demande si vous avez réellement changé d'avis. Et pourquoi ?

Sophie allume une nouvelle cigarette. Ils sont installés à une brasserie. La soirée n'a pas été aussi ennuyeuse que cela. En le regardant, elle est certaine que cet homme est tombé amoureux d'elle. A-t-elle suffisamment bien manœuvré pour être crédible ?

– C'est vrai. À notre première rencontre, je n'étais pas emballée… Je…

– Et vous en avez vu d'autres. Et c'était pire, alors vous vous êtes dit…

Sophie le regarde en face.

– Pas vous ?

– Marianne, je pense que vous me mentez pas mal. Enfin, je veux dire… vous mentez bien mais beaucoup.

– Sur quoi ?

– J'en sais rien. Peut-être sur tout.

Parfois, dans ce visage, elle décèle une telle inquiétude qu'elle en a le cœur lourd.

– Je suppose que vous avez vos raisons, reprend-il. J'ai mon idée mais je n'ai pas envie de gratter.

– Pourquoi ?

– Le jour où vous aurez envie de m'en parler, vous le ferez.

– Et c'est quoi votre idée ?

– Il y a des choses dans votre passé que vous ne voulez pas dire. Et moi, ça m'est égal.

Il la regarde, hésite. Il règle l'addition. Il se risque.

– Vous avez dû… je ne sais pas, moi… faire de la prison ou quelque chose comme ça.

Il la fixe de nouveau, mais de biais. Sophie calcule vite.

– Disons que c'est quelque chose comme ça. Rien de grave, vous savez, mais je n'ai pas envie d'en parler.

Il approuve d'un air entendu.

– Mais qu'est-ce que vous voulez, exactement ?

– Je veux être une femme normale avec un mari et des enfants. Rien d'autre.

– Ça n'a pourtant pas l'air d'être vraiment votre genre.

Sophie en a froid dans le dos. Elle tente de sourire. Ils sont à la sortie du restaurant, la nuit est profonde, le froid les saisit au visage. Elle a passé son bras sous le sien, comme elle a pris l'habitude de le faire. Elle se tourne vers lui.

– Je serais bien rentrée avec toi. Mais ce n'est peut-être pas ton genre…

Il avale sa salive.

Il s'applique. Il fait attention à tout. Comme Sophie pleure, il dit : « On n'est pas obligés… » Elle dit : « Aide-moi. » Il essuie ses larmes. Elle dit : « C'est pas à cause de toi, tu sais. » Il dit : « Je sais… » Sophie pense que cet homme pourrait tout comprendre. Il est calme, lent, précis, elle n'avait pas pensé qu'il serait tout ça. Il y a si longtemps qu'elle n'a pas reçu un homme en elle. Un court instant, elle ferme les yeux comme si elle était prise d'ivresse et qu'elle voulait que le monde cesse de tourner à toute allure. Elle le guide. Elle l'accompagne. Elle sent son odeur qu'elle connaissait d'un peu loin. C'est une odeur anonyme d'homme désirant. Elle parvient à refouler ses larmes. Il se fait léger sur elle, il semble l'attendre, elle lui sourit. Elle dit : « Viens… » Il a un air d'enfant indécis. Elle le serre contre elle. Il n'a pas d'illusion.

Ils sont calmes, elle regarde l'heure. Ils savent tous deux ce qu'ils ne sont pas obligés de se dire. Un jour, peut-être… Ils sont deux accidentés de la vie et pour la première fois, elle se demande à quoi ressemble son accident à lui.

– Et ton histoire, à toi, ta vraie histoire, c'est quoi ? demande-t-elle en faisant boucler entre ses doigts les poils de sa poitrine.

– Je suis assez banal…

Et Sophie se demande si c'est sa réponse.

Quand on travaille la nuit, tout est décalé. À l'heure où il s'endort, Sophie se lève et sort de chez elle pour attraper la navette.

Ils sont toujours ensemble : Véronique et le patron du fast-food. Elle les a tués de la même manière. Elle ne sait plus comment. Ils sont tous les deux étendus côte à côte sur la table en inox de la morgue. Comme des mariés. Recouverts d'un drap blanc. Sophie passe près de la table et, bien qu'ils soient morts tous les deux, ils ont les yeux ouverts et suivent son passage d'un air gourmand. Ils ne bougent que les yeux. Lorsqu'elle passe derrière la table, de l'arrière de leur crâne, le sang se met à ruisseler lentement, ils sourient.

— Eh oui !

Sophie se retourne brusquement.

— C'est un peu votre marque de fabrique. Quelques coups bien sonnés à l'arrière du crâne.

Le directeur de l'agence porte une chemise jaune pâle et une cravate verte. Son pantalon boudine son ventre, sa braguette est ouverte. Il s'avance avec l'air d'un professeur de pathologie, il est pédagogique, sûr de lui, précis, chirurgical. Et souriant. Un peu goguenard.

— Voire un seul.

Il est derrière la table et regarde le crâne des défunts. Le sang coule sur le sol et les gouttes s'écrasent sur le ciment peint et aspergent le bas de son pantalon.

— Celle-ci, voyons (il se penche et lit l'étiquette)… Véronique. C'est ça, Véronique. Cinq coups de couteau dans le ventre. Dans le ventre, Sophie, je vous demande un peu ! Bon, passons. Celui-ci (il lit l'étiquette)… David. Bon, pour celui-ci, Sophie, vous

*n'avez eu qu'à tendre la main. Une batte de base-ball
à laquelle David donnait un caractère purement décoratif et le voici le crâne enfoncé avec l'emblème des
Red Stockings. Il y a vraiment des destins idiots, non ?*

*Il s'éloigne de la table et s'approche de Sophie. Elle
a le dos collé au mur. Il s'avance en souriant :*

*– Et puis il y a moi. Moi j'ai eu plus de chance : pas
de batte de base-ball, pas de couteau à l'horizon, je
m'en suis bien sorti, je ne me plains pas. Si vous aviez
pu, vous m'auriez frappé la tête contre le mur et je
serais mort comme les autres, par le crâne. Je sai-
gnerais moi aussi de l'arrière du crâne.*

*Et Sophie voit sa chemise jaune gagnée peu à peu
par le sang qui s'écoule de l'arrière de son crâne. Il
sourit.*

– Exactement comme ça, Sophie.

Il est tout près d'elle, elle sent son haleine chargée.

*– Vous êtes très dangereuse, Sophie. Pourtant, les
hommes vous aiment. Non ? Vous en tuez beaucoup.
Vous comptez tuer tous ceux que vous aimez, Sophie ?
Tous ceux qui vous approchent ?*

22

Ces odeurs, ces gestes, ces moments... Dans le
regard de Sophie, tout préfigure ce qui l'attend. Il
faudra qu'elle sache partir. Au bon moment. Mais c'est
pour plus tard, parce que pour l'heure il faut savoir
jouer. Jouer fin. Pas de passion de surface, un attache-
ment rendu possible par une connivence superficielle
mais prometteuse. Ils ont passé quatre nuits ensemble.
Voici la cinquième. Deux nuits de suite. Parce qu'il
faut accélérer le mouvement. Elle a réussi à intervertir

ses horaires avec une fille d'une autre équipe pour quelques jours. Il est venu la chercher. Elle passe son bras sous le sien, elle raconte sa journée. La seconde fois, c'est déjà une habitude. Pour le reste, il est attentif jusqu'au scrupule. On dirait parfois qu'il joue sa vie sur chaque geste. Elle tente de le calmer. Elle essaie de donner à leur intimité récente quelque chose de moins factice, de moins artificiel. Elle bricole des choses sur la gazinière de son deux-pièces. Il se détend petit à petit. Au lit, il ne s'occupe d'elle que si elle fait le premier geste. Elle le fait chaque fois. Elle a peur chaque fois. Elle fait comme si. Parfois, de courts instants elle sent qu'elle pourrait être heureuse. Ça la fait pleurer. Il ne le voit pas parce que c'est toujours à la fin, quand il s'endort et qu'elle regarde la pièce dans la pénombre nocturne. Une chance, il ne ronfle pas.

Sophie reste de longues heures ainsi, à laisser rouler en elle les images de sa vie. Les larmes comme toujours coulent seules, sans elle, hors d'elle. Elle glisse vers des sommeils dont elle a peur. Parfois, elle rencontre sa main et s'y accroche.

23

Il fait un froid très sec. Ils sont accoudés à une balustrade en fer, le feu d'artifice vient de débuter. Les gosses courent sur le mail, les parents entrouvrent la bouche en regardant le ciel. Des bruits de guerre. Les explosions sont parfois précédées de sifflements sinistres. Le ciel est orangé. Elle se tient contre lui. Pour la première fois, elle a besoin, vraiment besoin, de se blottir contre lui. Il a passé son bras par-dessus son épaule. Ce pourrait être un autre. C'est lui. Ce pourrait être pire. Elle passe sa main sur sa joue et l'oblige à la regarder. Elle l'embrasse. Le ciel est bleu et vert. Il dit quelque chose qu'elle n'entend pas à cause d'une fusée qui explose juste au même instant. À son air, il a dit quelque chose de gentil. Elle fait « oui » de la tête.

Les parents rassemblent la marmaille, les blagues prévisibles fusent de groupe en groupe. On rentre. Les couples bras dessus bras dessous. Eux peinent à trouver un pas qui leur convienne à tous deux. Ses enjambées à lui sont plus grandes, il piétine un peu, elle sourit, le pousse, il rit, elle sourit. Ils s'arrêtent. C'est sans amour mais il y a quelque chose qui fait du bien, quelque chose qui ressemble à une immense fatigue. Il l'embrasse pour la première fois avec une sorte d'autorité. C'est le début de l'année dans quelques secondes, des Klaxons se font déjà entendre, ceux qui anticipent l'heure pour être certains d'être les premiers. D'un seul coup tout explose, les cris, les sirènes, les rires, les lumières. Une vague de bonheur social plane un instant sur le monde, l'occasion est de commande mais les joies sincères. Sophie dit : « On va se marier ? » C'est une question. « Moi je veux bien… », dit-il en ayant l'air de s'excuser. Elle serre son bras.

Voilà.

C'est fait.

Dans quelques semaines, Sophie sera mariée.

Adieu Sophie-la-Dingue.

Une vie nouvelle.

Ça lui vaut quelques secondes de respiration libérée.

Il sourit en regardant le monde.

FRANTZ

3 mai 2000

Je viens de l'apercevoir pour la première fois. Elle s'appelle Sophie. Elle sortait de chez elle. Je n'ai guère distingué que sa silhouette. Visiblement, c'est une femme pressée. Elle est montée en voiture et elle a détalé aussitôt, au point que j'ai eu du mal à la suivre en moto. Par chance, elle a eu des difficultés pour se garer dans le Marais, ce qui m'a bien facilité les choses. Je l'ai suivie de loin. J'ai d'abord cru qu'elle allait faire du shopping, j'aurais alors dû renoncer à la suivre, trop de risques. Mais, par bonheur, elle avait rendez-vous. Elle est entrée dans un salon de thé de la rue des Rosiers et s'est immédiatement dirigée vers une autre femme d'à peu près son âge en regardant sa montre, manière de dire qu'elle était bousculée. Je savais, moi, qu'elle était partie en retard. Flagrant délit de mensonge.

J'ai attendu une dizaine de minutes, je suis entré à mon tour dans le salon de thé et me suis installé dans la seconde salle, d'où j'avais sur elle une vue parfaite et discrète. Sophie portait une robe imprimée, des chaussures à talons plats et un blouson gris clair. Je la voyais de profil. C'est une femme agréable, une femme qui doit plaire aux hommes. Son amie, en revanche, je lui ai trouvé le genre pute. Trop maquillée, arrogante, trop femelle. Sophie, au moins, sait rester naturelle. Elles se sont empiffrées de gâteaux avec des airs gourmands de collégiennes. À voir leurs mimiques et leurs sourires, j'ai vu qu'elles plaisantaient sur l'entorse à leur régime. Les femmes font tout le temps des régimes auxquels elles adorent faire des infidélités. Les femmes sont futiles. Sophie est mince. Plus mince que son amie.

J'ai vite regretté d'être entré. Je prenais le risque idiot qu'elle me regarde et, pour une raison quelconque, qu'elle se souvienne de mon visage. Pourquoi prendre ainsi des risques quand ce n'est pas nécessaire ? Je me suis promis qu'on ne m'y reprendrait plus. Cela dit, cette fille me plaît. Je la trouve vivante.

Je me sens dans une disposition d'esprit très spéciale. Tous mes sens sont aiguisés. C'est grâce à cela que j'ai su transformer cet épisode inutile en circonstance féconde. Je suis sorti environ vingt minutes après elles et au moment de prendre mon blouson sur le portemanteau, j'ai vu qu'un homme y avait déposé son manteau. J'ai rapidement passé la main dans la poche intérieure et je suis sorti avec un beau portefeuille. Son propriétaire s'appelle Lionel Chalvin, il est de 1969, ce qui ne fait jamais que cinq ans de plus que moi ; il habite Créteil. Sa carte d'identité est encore de l'ancien modèle. Comme je n'ai pas l'intention de l'utiliser si on me demande mes papiers, je l'ai bricolée, d'ailleurs assez bien, en collant une photo à moi. Il y a des jours où je suis bien heureux d'être habile de mes mains. Si on n'y regarde pas de trop près, le résultat est propre.

Il m'a fallu une dizaine de jours pour mûrir ma décision. Je viens de vivre une terrible déception, des années d'espérance ont été mises à bas en quelques minutes… Je n'espérais pas m'en relever de sitôt et curieusement, j'ai l'impression que c'est fait. J'en suis un peu étonné. J'ai suivi Sophie Duguet dans ses déplacements, j'ai réfléchi, je l'ai regardée… J'ai pris ma décision hier soir, tandis que je regardais les fenêtres de son appartement. Elle est passée, elle a refermé les rideaux d'un geste ample et ferme. Une sorte de semeuse d'étoiles. Quelque chose en moi s'est déclenché. J'ai compris que j'allais me lancer. De toute manière il me fallait un projet alternatif, je ne pouvais me résoudre, comme ça, à renoncer à tout ce dont j'avais rêvé, à tout ce dont j'ai eu besoin pendant si longtemps. J'ai compris que Sophie, somme toute, ferait l'affaire.

J'ai ouvert un cahier pour mes notes. Il y a déjà beaucoup de choses à préparer et je crois que ça va m'aider à réfléchir. Parce que cette affaire est beaucoup plus compliquée que celle que j'avais d'abord envisagée.

Le mari de Sophie est un grand type avec l'air intelligent et qui semble très sûr de lui. Ça me plaît. Bien habillé, élégant même, quoique d'un style assez décontracté. Je suis arrivé tôt ce matin pour guetter son départ et le suivre. Leur situation est bonne. Ils ont chacun leur voiture et ils occupent un immeuble de standing. Ce pourrait être un joli couple avec un bel avenir.

Vincent Duguet travaille à la Lanzer Gesellschaft, une société pétrochimique sur laquelle j'ai obtenu une documentation volumineuse : je ne comprends pas le détail des choses, mais pour l'essentiel c'est une société à capitaux allemands qui possède des antennes un peu partout dans le monde et qui est l'un des leaders sur le marché des solvants et des élastomères. La Lanzer Gesellschaft dispose d'un siège central à Munich, d'un siège français à la Défense (c'est là que travaille Vincent) et de trois centres de recherche en province : à Talence, à Grenoble et à Senlis. Sur l'organigramme de l'entreprise, Vincent est mentionné assez haut, comme adjoint au directeur du département Recherche et Développement. Il a un doctorat. Université de Jussieu. Sur la plaquette promotionnelle, sa photo m'a semblé tout à fait ressemblante. Elle est récente. Je l'ai découpée et je l'ai affichée sur mon tableau de liège.

Sophie, elle, travaille chez Percy's, la société de ventes aux enchères (livres anciens, œuvres d'art, etc.). Je ne sais pas encore ce qu'elle y fait exactement.

J'ai commencé par le plus facile en me renseignant d'abord sur Vincent. Pour Sophie, les choses semblent plus compliquées. L'entreprise donne peu de renseignements. Dans ces milieux-là, on ne vous montre jamais que la vitrine. Au demeurant, Percy's est assez connu mais à son sujet, on ne trouve que des généralités. Pour moi, ce n'est pas suffisant. Il ne me sert à rien de traîner du côté de Saint-Philippe-du-Roule, où se trouvent leurs bureaux, au risque de me faire repérer.

J'ai besoin d'informations plus précises sur Sophie et j'ai remarqué que ces derniers temps, elle se déplace plus souvent en voiture – on est en juillet et Paris est devenu plus tranquille. Il ne m'a pas fallu longtemps pour additionner deux et deux. J'ai fait faire de nouvelles plaques d'immatriculation pour ma moto que j'ai posées moi-même et hier j'ai suivi sa voiture de loin. Mentalement, à chaque arrêt, j'ai répété la scène. Lorsque enfin Sophie s'est arrêtée en première position à un feu rouge, j'étais fin prêt et tout s'est parfaitement déroulé. J'étais calme. Je me suis porté à sa hauteur, sur sa droite, veillant à rester suffisamment au large pour manœuvrer sans encombre. Dès que le feu opposé est passé à l'orange, je n'ai eu qu'à tendre la main pour ouvrir sa portière côté passager, attraper son sac, démarrer et prendre la première rue à droite. En quelques secondes, j'avais fait plusieurs centaines de mètres, tourné trois ou quatre fois et cinq minutes plus tard je roulais tranquillement sur le boulevard périphérique. Si tout était aussi facile, ça ne serait même plus amusant...

Quelle merveille, le sac d'une fille ! Quelle merveille de grâce, d'intimité et d'enfantillage ! Dans celui de Sophie, j'ai trouvé un amas de choses qui défie tout classement. J'ai procédé par ordre. D'abord, tout ce qui ne m'apprenait rien : carte de transport – quoique j'aie conservé la photo –, lime à ongles, liste de courses (pour le soir sans doute), stylo Bic noir, paquets de mouchoirs en papier, chewing-gums. Le reste s'est montré plus instructif.

Sur les goûts de Sophie d'abord : une « crème multi-active » pour les mains de marque Cebelia, un rouge à lèvres de chez Agnès b. (« Perfect », épices rosées), un carnet de notes diverses, peu nombreuses d'ailleurs et souvent illisibles mais avec une liste de livres à lire (V. Grossman : *Vie et Destin* – Musset : *Confessions d'un enfant du siècle* – Tolstoï : *Résurrection* – Citati : *Portait de femme* – Ikonnikov : *Dernières Nouvelles du bourbier*…). Elle aime les auteurs russes. En ce moment, elle lit : *Le Maître de Pétersbourg* de Coetzee. Elle en était à la page 63.

J'ai lu et relu ses notes. J'aime bien son écriture, décidée, énergique, on y sent de la volonté, de l'intelligence.

Sur son intimité : une boîte entamée de tampons Nett « mini », ainsi qu'une boîte de Nurofen (aurait-elle des règles douloureuses ?). Dans le doute, j'ai marqué mon calendrier mural d'une croix rouge.

Sur ses habitudes : à sa carte d'entreprise, je vois qu'elle ne mange qu'irrégulièrement à la cantine de Percy's, qu'elle aime le cinéma (carte de fidélité au *Balzac*), qu'elle n'emporte pas beaucoup d'argent sur elle (moins de trente euros dans son porte-monnaie), qu'elle est inscrite à un cycle de conférences sur les sciences cognitives à la Villette.

Et enfin, le plus important : les clés de l'appartement, celles de la voiture, de la boîte aux lettres, son téléphone portable – j'ai immédiatement recopié les numéros de ses correspondants –, un carnet d'adresses qui doit remonter à loin parce qu'il y a toutes sortes d'écritures, de couleurs de stylos, sa carte d'identité, toute récente (elle est née le 5 novembre 1974 à Paris), une carte d'anniversaire adressée à Valérie Jourdain, 36, rue Courfeyrac à Lyon :

Ma petite choute,

Je ne peux pas supposer qu'une fille plus jeune que moi soit déjà grande.

Tu as promis de monter à la capitale : ton cadeau t'attend.

Vincent t'embrasse. Moi, c'est encore plus : je t'aime. Je t'embrasse aussi.

Bon anniversaire, petite choute. Sois folle.

Enfin, un agenda qui me fournit beaucoup d'éléments très précieux sur les semaines passées et à venir.

J'ai photocopié tout ça et l'ai épinglé sur mon tableau de liège, j'ai fait faire un double de toutes les clés (il y en a dont je ne sais pas à quoi elles correspondent) et je suis allé très vite déposer le tout – à l'exception du porte-monnaie – au commissariat de l'arrondissement voisin. Sophie, soulagée, a récupéré son sac dès le lendemain matin.

Jolie moisson. Et joli coup.

Ce qui est agréable, c'est de se sentir dans l'action. J'ai passé tant de temps (des années…) à réfléchir, à tourner en rond, à laisser les images me remplir la tête, à revoir les photos de famille, le livret militaire de mon père, les photos de mariage où ma mère est si jolie…

15 juillet

Dimanche dernier, Sophie et Vincent sont allés manger en famille. Je les ai suivis de très loin et grâce au carnet d'adresses de Sophie, je me suis rapidement rendu compte qu'ils allaient chez les parents de Vincent à Montgeron. Je m'y suis rendu par un autre chemin et j'ai pu vérifier qu'en ce beau dimanche d'été (pourquoi ne sont-ils pas partis en vacances ?), on déjeunait dans le jardin. J'avais une bonne partie de l'après-midi devant moi. Aussi, je suis rentré à Paris et suis allé visiter leur appartement.

Au début, cette visite m'a procuré un sentiment mélangé. J'étais bien sûr heureux de l'immense potentiel que recélait la situation – accéder au plus intime de leur vie –, mais en même temps j'étais chagriné, sans bien savoir par quoi. Il m'a fallu du temps pour comprendre. C'est qu'en fait, ce Vincent, je ne l'aime pas. Je me rends compte à présent qu'il m'a tout de suite déplu. Je ne vais pas commencer à faire du sentiment, mais il y a chez cet homme quelque chose qui m'a été spontanément antipathique.

L'appartement possède deux chambres dont l'une, transformée en bureau, comprend une station informatique assez moderne. C'est un matériel que je connais bien mais je vais tout de même télécharger les notices techniques. Ils disposent d'une jolie cuisine, suffisamment grande pour y prendre un petit déjeuner à deux, une belle salle de bains avec deux vasques et chacun sa petite armoire. Je me renseignerai plus précisément mais un appartement comme celui-ci doit valoir cher. Il est vrai qu'ils gagnent tous deux très bien leur vie (leurs feuilles de paie se trouvent dans le bureau).

Il y avait suffisamment de lumière et j'ai pris beaucoup de photos, sous tous les angles, assez pour reconstituer l'appartement tout entier. Photos des tiroirs ouverts, des placards ouverts, de certains documents (comme le passeport de Vincent, des photos de famille de Sophie, des photos d'elle et de Vincent remontant, semble-t-il, à plusieurs années, etc.). Je suis allé voir les draps, ils semblent avoir une activité sexuelle normale.

Je n'ai rien dérangé, je n'ai rien pris. Ma visite restera totalement transparente. J'ai prévu d'y retourner prochainement pour recueillir tous les codes de leurs boîtes e-mail, banque, MSN, intranets professionnels, etc. Cela me demandera deux ou trois heures – pour une fois que mon diplôme en informatique me servira à quelque chose de réellement utile –, je dois donc prendre toutes les précautions. Ensuite, je n'y reviendrai que lorsque j'aurai des raisons sérieuses de le faire.

17 juillet

Je n'avais pas à me précipiter : les voilà partis en vacances. Grâce à la boîte e-mail de Sophie, je sais qu'ils sont en Grèce et qu'ils ne rentreront pas avant le 15 ou le 16 août. Ça me laisse du temps pour me retourner. Je dispose de leur appartement pendant toute leur absence.

Il me faudrait un contact tout près d'eux, un voisin ou un collègue qui pourrait me donner de bons renseignements sur leur vie.

1er août

Je fourbis tranquillement mes armes. Il paraît que Napoléon voulait qu'on lui présente des généraux chanceux. On a beau avoir de la patience, de la détermination, le facteur chance intervient toujours tôt ou tard. Pour l'instant, je suis un général heureux. Même si, en pensant à maman, j'ai souvent le cœur lourd. Je pense trop à elle. Je pense trop à son amour qui me manque. Elle me manque trop. Heureusement qu'il y a Sophie.

10 août

J'ai interrogé plusieurs agences immobilières, malheureusement sans succès. J'ai dû visiter plusieurs appartements dont je savais très bien qu'ils ne m'intéresseraient pas, mais je l'ai fait pour ne pas attirer l'attention. Il faut convenir que ma demande était difficile à formuler… J'ai renoncé après ma visite à la troisième agence. Ensuite, j'ai eu un moment de doute. Et puis, une idée m'est venue, alors que je marchais dans la rue de Sophie. Je crois aux signes. Je suis entré dans l'immeuble qui se trouve juste en face du leur. J'ai frappé à la porte de la concierge, une grosse femme au visage boursouflé. Je n'avais rien préparé, c'est peut-être pour cela que les choses se sont aussi bien passées. J'ai demandé si un appartement était libre. Non, il n'y avait rien. Enfin, rien « qui vaille la peine ». Mon attention a été tout de suite en éveil. Elle m'a fait visiter une chambre au dernier étage. Le propriétaire vit en province et loue son appartement chaque année à des étudiants. Je dis « appartement », en fait ce n'est qu'une chambre avec un coin cuisine, les toilettes sont sur le palier. Cette année, un étudiant a loué la chambre, mais vient juste de se désister et le propriétaire n'a pas eu le temps de la remettre en location.

C'est au sixième. L'ascenseur s'arrête un étage plus bas. En montant, je tâchais de me repérer et je devinais, tandis que nous marchions dans le couloir, que nous ne devions pas être loin de l'appartement de Sophie. En face ! Juste en face ! Lorsque nous sommes entrés j'ai pris soin, malgré mon envie, de ne pas me précipiter à la fenêtre. Après avoir visité (un coup d'œil a suffi puisqu'il n'y a strictement rien à voir), tandis que la concierge me détaillait les règles de vie commune qu'elle impose à « ses locataires » (une suite décourageante d'obligations et d'interdictions en tous genres), je me suis approché de la fenêtre. Celle de Sophie est en face, exactement. Ce n'est plus de la chance, ça tient du miracle. J'ai joué, tout en retenue, le rôle du candidat réflexif. La pièce est meublée de bric et de broc et le lit doit être défoncé comme un terrain de manœuvre, mais peu importe. En faisant mine de vérifier la robinetterie et de jeter un œil au plafond, qui n'a pas connu de peinture depuis des générations, j'ai demandé le prix. Après quoi, j'ai demandé comment il fallait s'y prendre, oui, ça me convenait, comment devait-on faire.

La concierge m'a regardé fixement, comme si elle se demandait pourquoi un homme qui n'est visiblement plus étudiant désirait vivre dans un pareil lieu. J'ai souri. Ça, je sais assez bien faire, et la concierge ne semblant plus entretenir depuis longtemps des rapports normaux avec les hommes, je l'ai sentie charmée. J'ai expliqué que j'habitais en province, que mon travail allait me conduire fréquemment à Paris, que l'hôtel ne me convenait pas et que pour quelques nuits par semaine, un lieu comme celui-ci serait parfait. J'ai accentué mon sourire. Elle m'a dit qu'elle pouvait appeler le propriétaire et nous sommes redescendus. Sa loge, comme l'immeuble, remonte au siècle dernier. Tout, chez elle, semble dater de la même époque. Il régnait une atmosphère d'encaustique et de soupe aux légumes qui m'a soulevé le cœur. Je suis très sensible aux odeurs.

Le propriétaire m'a pris au téléphone. Lui aussi a entamé la litanie des règles « de bienséance » (*sic*) à respecter dans l'immeuble. C'est un vieux con. J'ai joué au locataire docile. Lorsque la concierge a repris le téléphone, j'ai deviné qu'il lui demandait son sentiment, son intime conviction. J'ai fait semblant de chercher quelque chose dans mes poches, de regarder les photographies que la vieille a posées sur son bahut et l'ignoble poulbot en casquette en train de pisser. Je pensais vraiment que ces choses-là n'existaient plus. J'ai passé convenablement l'examen de passage. La concierge murmurait des : « Oui, je crois… » En tout état de cause, à cinq heures du soir, Lionel Chalvin était locataire de la chambre, il avait versé, en espèces, une caution exorbitante, trois mois de loyer d'avance, et avait obtenu l'autorisation de visiter une dernière fois la chambre avant de repartir, histoire de prendre des mesures. La bignole m'a prêté son mètre de couturière.

Cette fois, elle m'a laissé monter seul. Je suis immédiatement allé à la fenêtre. C'est encore mieux que ce que j'avais espéré. Les étages des deux immeubles ne sont pas tout à fait au même niveau et ma vue sur l'appartement de Sophie est un peu plongeante. Je n'avais pas remarqué qu'en fait j'ai vue sur deux fenêtres de son appartement. Le salon et la chambre. Il y a des rideaux de mousseline aux deux fenêtres. J'ai tout de suite pris un stylo et sur mon petit carnet j'ai établi une liste de choses à acheter.

En partant, j'ai laissé un pourboire étudié.

Je suis très content de cette lunette. Le vendeur de la Galerie de l'astronomie m'a semblé tout à fait au courant. Ce magasin est le rendez-vous de tous les astronomes amateurs, mais sans doute aussi celui de tous les voyeurs un peu organisés et disposant de quelques moyens. Ce qui me fait penser cela, c'est qu'il m'a proposé un appareil à infrarouges qui s'adapte sur la lunette et qui permet de voir la nuit et, le cas échéant, de prendre des clichés numériques. C'est absolument parfait. Ma chambre est maintenant très organisée.

La concierge est assez déçue que je ne lui remette pas un double de ma clé, comme doivent le faire les autres locataires, mais je ne tiens pas à ce qu'elle vienne espionner mon quartier général. Je ne me fais d'ailleurs pas trop d'illusion, elle en a probablement un. J'ai donc installé un système assez retors qui empêche d'ouvrir suffisamment la porte, et veillé à ce que rien n'apparaisse dans l'angle de la pièce qu'on peut apercevoir. C'est assez bien joué. Elle aura du mal à trouver un argument pour me faire part de cette difficulté certainement inédite pour elle.

J'ai fixé au mur un grand tableau blanc et des feutres, un panneau de liège, je dispose d'une petite table. J'ai rapporté tout ce dont je disposais déjà. J'ai acheté un nouvel ordinateur, portable celui-ci, et une petite imprimante couleur. Le seul problème est que je ne peux pas venir aussi souvent que je le voudrais, du moins au début, pour ne pas éveiller les soupçons et griller le petit scénario que j'ai improvisé pour obtenir la chambre. Dans quelque temps, je prétexterai un changement dans mon travail qui justifiera d'y venir plus souvent.

16 août

Je n'ai pas eu de crise d'angoisse depuis ma rencontre avec Sophie. Il m'arrive bien, de temps à autre, de m'endormir avec une certaine raideur. Auparavant, c'était le signe avant-coureur de l'anxiété nocturne qui finissait presque toujours par me réveiller et me tirer du sommeil en nage. C'est bon signe. Je pense que Sophie va m'aider à guérir. Paradoxalement, plus je me sens calme, plus maman est présente. La nuit dernière, j'ai allongé sa robe sur le lit pour la regarder. Elle est un peu défraîchie maintenant, le tissu n'a plus le velouté d'autrefois et malgré les nettoyages, lorsque l'on prend un peu de recul, on distingue clairement les marbrures sombres. Il y a eu beaucoup de sang. Ces taches m'ont longuement contrarié. J'aurais voulu que la robe retrouve la fraîcheur absolue qu'elle devait avoir le jour de son mariage. Mais finalement, je ne suis pas mécontent qu'elles soient encore là, même discrètes, parce qu'elles sont un encouragement. Toute ma vie est en elles. Elles représentent mon existence, elles incarnent ma volonté.

Je me suis endormi dessus.

17 août

Sophie et Vincent sont rentrés la nuit dernière. Je me suis laissé prendre au dépourvu. J'aurais bien aimé être là pour les accueillir. Quand je me suis réveillé ce matin, leurs fenêtres étaient déjà grandes ouvertes.

Ce n'est pas grave, tout était fin prêt pour leur retour.

Demain matin, Vincent part très tôt en voyage et Sophie va l'accompagner à l'aéroport. Je ne me lèverai pas pour les regarder partir. Je me suis contenté d'enregistrer l'information recueillie sur la boîte e-mail de Sophie.

23 août

Il fait terriblement chaud en ce moment, je suis parfois obligé de rester en tee-shirt et en short. Comme je ne veux pas ouvrir la fenêtre quand j'observe, il fait vite une chaleur insupportable. J'ai apporté un ventilateur mais le bruit m'agace. Je me contente de transpirer à mon poste d'observation.

Je suis largement récompensé par les fruits de mon travail de guet. Ils ne craignent pas d'être vus. D'abord ils sont situés tout en haut, ensuite l'immeuble d'en face, le mien, n'a que quatre fenêtres pouvant donner vue sur leur intérieur. Deux ont été condamnées de l'intérieur. Ma fenêtre est toujours fermée et doit laisser penser que la chambre est inhabitée. À ma gauche, les lieux sont occupés par un type assez bizarre, une sorte de musicien ou quelque chose comme ça, qui vit dans le noir et sort à des heures impossibles, mais en respectant les règles imposées à tous. Je l'entends deux ou trois fois par semaine rentrer en tapinois.

Quelle que soit l'heure de leur retour, je suis à mon poste d'observation.

Je surveille particulièrement leurs habitudes. Les habitudes, c'est ce qui vrille le moins, ce sur quoi on se repose, ce qui est solide. Ce dont on ne doute pas facilement. C'est sur cela que je dois travailler. Pour le moment, je me contente de petites choses. Par exemple, je minute certains faits et gestes. Ainsi, entre la douche et les soins corporels, Sophie reste pas moins de vingt minutes dans la salle de bains. Moi, je trouve ça énorme, mais bon, c'est une fille. Et encore, elle en sort en peignoir et elle y retourne pour les soins du visage et même, souvent, une dernière fois pour quelques retouches de maquillage.

Après avoir bien minuté, Vincent n'étant pas là, j'en ai profité. Dès que Sophie est entrée dans la salle de bains, je suis monté, j'ai juste pris sa montre qu'elle pose sur la tablette près de son lit et je suis reparti. C'est une jolie montre. D'après l'inscription gravée au dos, ça vient de son père, qui la lui a offerte en 1993, pour son diplôme de fin d'études.

25 août

Je viens de faire la connaissance du père de Sophie. L'air de famille est indubitable. Il est arrivé hier. À voir sa valise, il ne devrait pas rester longtemps. C'est un homme grand, mince, la soixantaine, élégant. Sophie l'adore. Ils vont ensemble au restaurant, comme des amoureux. En les regardant, je ne peux m'empêcher de penser à la période où Mme Auverney, la mère de Sophie, était encore vivante. Je suppose qu'ils parlent d'elle. Ils n'y penseront jamais autant que moi. Si elle était encore vivante, nous n'en serions pas là… Quel gâchis.

27 août

Patrick Auverney, né le 2 août 1941 – Diplôme d'architecte 1969 (Paris) – Mariage avec Catherine Lefebvre le 8 novembre 1969 – Fondateur de l'agence R'Ville en 1971 avec Samuel Génégaud et Jean-François Bernard (associés) : siège social au 17, rue Rambuteau puis au 63, rue de la Tour-Maubourg (Paris) – 1974, naissance de sa fille unique, Sophie – 1975, installation du couple Auverney au 47, avenue d'Italie à Paris – Divorce prononcé le 24 septembre 1979 – 1980, achète sa résidence de Neuville-Sainte-Marie (77) et s'y installe – Épouse en secondes noces Françoise Barret-Pruvost le 13 mai 1983 – Disparition de Françoise le 16 octobre 1987 (accident de la route) – Revend les parts de sa société la même année – Vit seul – A conservé quelques activités de conseil en architecture et urbanisme notamment auprès de collectivités locales de sa région.

28 août

M. Auverney n'est resté que trois jours. Sophie l'a raccompagné à la gare. Pour des raisons de travail, elle n'a pas pu attendre. Moi, je suis resté. J'ai observé le bonhomme. J'en ai profité pour prendre quelques clichés.

Il est difficile de se garer dans la rue. Même en août, il n'est pas rare que je voie Sophie sillonner le quartier avant de trouver une place, parfois même très loin.

En règle générale, Sophie et son mari prennent le métro. Elle ne prend sa voiture que lorsque son travail l'appelle en banlieue ou qu'elle a des choses à transporter. Il y a deux rues où la ville n'a pas encore installé de parcmètres. Elles sont connues de tout le quartier et les rares places sont aussitôt prises d'assaut. Parfois, Sophie recourt au parking public le plus proche.

Ce soir, elle est arrivée chez elle vers 19 heures et, comme souvent à cette heure-là, il n'y avait aucune place libre. Elle s'est garée sur l'emplacement réservé aux handicapés (ce n'est pas bien, Sophie, ce n'est pas civique !), le temps de monter chez elle trois gros paquets. Elle est redescendue à la vitesse de la lumière. J'ai tout de suite vu qu'elle n'avait pas pris son sac. Elle l'a laissé là-haut. Je n'ai pas attendu une seconde de plus. À peine Sophie était-elle remontée en voiture, je grimpai chez elle et j'entrai dans l'appartement. J'étais fébrile mais j'avais répété ces gestes-là vingt fois dans ma tête. Sophie avait posé son sac sur la petite desserte près de la porte. J'y ai trouvé son nouveau portefeuille et j'ai échangé sa nouvelle carte d'identité contre celle que je lui ai volée en juillet. Elle ne va pas s'en rendre compte de sitôt. Quand regarde-t-on sa carte d'identité ?

Je commence juste à semer.

1er septembre

J'ai visionné les photos de vacances. Vincent les a laissées dans l'appareil numérique. Dieu que ces photos sont bêtes. Et Sophie sur l'Acropole et Vincent sur le bateau au large des Cyclades… Quel ennui ! J'ai tout de même fait une bonne pioche. Ils ont trente ans. Le sexe occupe de la place. Ils ont fait des photos cochonnes. Oh, rien de bien spectaculaire. Ça commence avec Sophie qui se masse les seins d'un air concentré (ils sont au soleil), on trouve quelques plans ratés où ils tentent de se photographier pendant qu'il la prend en levrette mais j'ai tout de même trouvé mon bonheur (si je puis dire) : quatre ou cinq clichés où Sophie lui fait une pipe. Elle est très reconnaissable. J'ai fait des copies numériques et des photocopies couleurs.

5 septembre

Voilà le genre de bêtise qu'une femme ne peut pas commettre trop souvent. Ce soir, Sophie s'est rendu compte qu'elle s'est pris les pieds dans le calendrier de sa pilule. C'est pourtant un truc parfaitement rôdé, mais pas de doute, sur la plaquette, il manque celle de ce soir. Ça n'est pas comme si elle avait inversé un jour avec un autre, il en manque une.

10 septembre

Tout ça est une question de doigté, de légèreté. Il faut y mettre de la délicatesse, jouer la partition avec finesse. J'ai observé, de loin et pendant de très courtes mais fréquentes périodes, la manière dont Sophie fait ses courses par exemple. Au Monoprix du coin de la rue. On ne se rend jamais vraiment compte à quel point on prend des habitudes dans les plus petites choses de la vie. Ainsi Sophie prend-elle toujours à peu près les mêmes produits, fait-elle à peu près toujours le même circuit, avec à peu près les mêmes gestes. Par exemple, après être passée à la caisse, elle pose toujours ses sacs plastique sur le comptoir près des Caddies, le temps de faire la queue à « l'espace boulangerie ». Hier soir, j'ai remplacé son paquet de beurre par un autre et je lui ai fait changer de marque de café. Des petites touches, discrètes, progressives. C'est tout bête, mais c'est essentiel, la progressivité.

15 septembre

Hier, Sophie a réservé par internet deux places au théâtre Vaugirard pour le 22 octobre. Elle veut voir *La Cerisaie* (toujours son goût pour les Russes) avec un acteur de cinéma dont je ne me souviens jamais du nom. Elle s'y est prise assez tôt parce que ce spectacle va se jouer à guichets fermés. Pas de réservation, pas de place. Dès le lendemain, j'ai envoyé un e-mail, depuis son compte, repoussant la réservation à la semaine suivante. J'ai eu de la chance, il ne restait plus que quelques places. Je suis certain de mon coup parce que, d'après l'agenda de Sophie, ce jour-là, ils sont invités à une soirée professionnelle à la Lanzer. Comme c'est souligné deux fois, ça doit revêtir une certaine importance. J'ai pris soin de détruire l'e-mail de changement de réservation et la réponse de confirmation du théâtre.

19 septembre

Je ne sais pas si Sophie avait un rendez-vous ce matin, mais elle n'est pas arrivée de bonne heure. On lui a volé sa voiture ! Elle descend – pour une fois qu'elle avait trouvé une place dans la rue sans parc-mètre ! – et plus rien. Alors, le commissariat, la déclaration de vol, tout ça prend un temps infini…

20 septembre

On peut dire ce qu'on veut de la police, mais de temps en temps on est bien content de la trouver. Sophie, elle, s'en serait bien passée. Elle l'a écrit à Valérie, la copine de toutes les confidences. Les flics n'ont pas mis une journée pour retrouver sa voiture… dans la rue d'à côté. Elle a déclaré volée une voiture dont elle avait simplement oublié l'emplacement. Ils ont été gentils, mais ça fait quand même du dérangement, des paperasses, il va falloir être moins distraite…

Si je pouvais, je conseillerais à Sophie de revoir l'allumage, qui ne semble pas en très bon état.

Depuis leur retour de vacances, mes amoureux s'absentent le week-end et parfois même une journée entière dans la semaine. Je ne sais pas où ils vont. C'est pourtant bien tardif dans la saison pour aller se promener à la campagne. Hier, je me suis donc décidé à suivre leur voiture.

Le matin, j'avais mis le réveil très tôt. J'ai eu beaucoup de mal à me lever parce qu'en ce moment je ne parviens pas à m'endormir, je fais des rêves agités, je me réveille épuisé. J'avais fait le plein de la moto. Dès que j'ai vu Sophie fermer les rideaux, je me suis tenu prêt, à l'angle de la rue. Ils ont quitté l'immeuble à 8 heures tapantes. Il m'a fallu dépenser des trésors d'ingéniosité pour ne pas risquer de me faire repérer. J'ai même dû prendre quelques risques. Et tout ça pour rien… Juste avant d'arriver à l'autoroute, Vincent s'est glissé entre deux voitures pour tenter de passer à l'orange. Instinctivement j'ai filé derrière lui, c'était imprudent, je n'ai eu que le temps de freiner pour éviter la collision avec sa voiture, j'ai fait une embardée, j'ai perdu le contrôle, la moto s'est couchée et nous avons glissé ensemble sur une dizaine de mètres. J'étais incapable de dire si j'étais blessé ou non, si j'avais seulement mal… J'ai entendu la circulation s'arrêter, c'était soudain comme si j'étais dans un film et que quelqu'un venait de couper brutalement le son. J'aurais pu être groggy, assommé par le choc, mais je me sentais au contraire dans un état de lucidité extrême. J'ai vu Vincent et Sophie descendre de voiture et courir vers moi avec d'autres automobilistes, des curieux, toute une foule a fondu vers moi avant que j'aie le temps de me relever. Je me suis senti porté par une énergie folle. Tandis que les premiers arrivants se penchaient sur moi, je suis parvenu à glisser et à me dégager de la moto. Je me suis mis debout et je me suis trouvé face à face avec Vincent. Je portais toujours mon casque, la visière de plexiglas rabattue, je le voyais en face de moi exactement : « Il vaudrait mieux ne pas bouger », c'est ça qu'il a dit. À côté de lui, Sophie, le regard inquiet, la bouche entrouverte. Jamais je ne l'avais vue d'aussi près. Tout le monde a commencé à s'exprimer, on me donnait des conseils, la police allait arriver, il valait mieux que je retire mon casque, que je m'assoie, la moto a glissé, il allait vite, non, c'est la voiture qui s'est déportée d'un seul coup, et Vincent a posé sa main sur mon épaule. Je me suis retourné et j'ai regardé ma moto. Le déclic, c'est que le moteur tournait encore. Il ne semblait pas y avoir de fuite d'essence, j'ai fait un pas en avant vers elle et pour la seconde fois quelqu'un a coupé le son. Brusquement tout le monde s'est tu, se demandant pourquoi j'écartais simplement de la main un type avec un tee-shirt sale et me penchais vers ma moto. Et là, tout le monde a compris que je voulais la remettre debout. Les commentaires ont repris, décuplés. Certains semblaient même prêts à s'opposer à moi, mais j'avais déjà remis la moto sur ses roues. J'étais froid comme la glace, l'impression que mon sang avait cessé de circuler. En une poignée de secondes, j'étais prêt à partir. Je n'ai pas pu m'empêcher de me tourner une dernière fois vers Sophie et Vincent qui me regardaient, interdits. Je devais faire peur dans ma détermination. J'ai démarré sous les cris des passants.

Ils connaissent ma moto, ma tenue, il faut changer tout ça. Encore des frais. Dans son e-mail à Valérie, Sophie suppose que le motard s'est enfui parce que sa moto était volée. J'espère seulement que je vais pouvoir me faire discret. Cette anecdote les a frappés, pendant quelque temps, les types en moto, ils vont les voir, ils vont les regarder autrement.

22 septembre

Je me suis réveillé en nage en plein milieu de la nuit, la poitrine serrée, tremblant de tous mes membres. Avec la peur que j'ai eue hier, rien d'étonnant. Dans mon rêve, Vincent avait percuté ma moto. Je me mettais à voler au-dessus du bitume, ma combinaison changeait de couleur, elle devenait toute blanche. Il ne faut pas être grand clerc pour retrouver la symbolique originelle, évidemment : demain, c'est l'anniversaire de la mort de maman.

23 septembre

Depuis quelques jours je me sens triste et lourd. Je n'aurais jamais dû me risquer à ce voyage en moto dans un tel état de faiblesse et de nervosité. Depuis sa mort, j'ai fait toutes sortes de rêves, mais souvent ce sont des scènes réelles que mon cerveau a enregistrées autrefois. Je suis toujours étonné de la précision quasi photographique de ces souvenirs. Il y a, quelque part dans mon cerveau, un projectionniste fou. Il projette parfois des scènes de genre : maman, au pied de mon lit, me racontant des histoires. Ces lieux communs seraient navrants s'il n'y avait sa voix. Sa vibration particulière me traverse et me fait vibrer des pieds à la tête. Jamais elle ne sortait sans venir d'abord passer un moment avec moi. Je me souviens d'une baby-sitter, une étudiante néo-zélandaise… Pourquoi celle-ci revient-elle en rêve plus souvent que les autres… Il faudrait demander au projectionniste. Maman parlait l'anglais avec un accent parfait. Elle en a passé, des heures, à me lire des histoires en anglais… Je n'étais vraiment pas doué, mais avec moi, elle avait toutes les patiences. Récemment, j'ai revu des journées de vacances. Tous les deux dans la maison de Normandie (papa nous rejoignait le week-end seulement). Des fous rires dans le train. Toute l'année des souvenirs remontent. Et puis, à cette période de l'année, le projectionniste sort toujours les mêmes bobines : maman, toujours en blanc, s'envole par la fenêtre. Dans ce rêve, elle a exactement le visage que je lui ai vu le dernier jour. C'était un après-midi très beau. Maman est restée longuement à regarder par la fenêtre. Elle disait qu'elle aimait les arbres. J'étais assis dans sa chambre, je tentais de lui parler mais les mots ne venaient pas facilement. Elle semblait si fatiguée. Comme si toute son énergie avait été concentrée dans cette manière de regarder les arbres. De temps à autre, elle tournait la tête vers moi et me souriait gentiment. Comment imaginer que cette vision que j'avais d'elle, à cet instant, allait être la dernière ? Je garde pourtant le souvenir d'un moment silencieux mais intensément heureux. Nous ne faisions qu'un, elle et moi. Je le savais. Quand j'ai quitté la chambre, elle a posé sur mon front un de ces baisers fiévreux que je n'ai jamais retrouvés. Elle m'a dit : « Je t'aime, mon Frantz. » Maman me disait toujours ça quand je partais.

Dans le film, ensuite, je quitte sa chambre, je descends l'escalier et quelques secondes plus tard, elle s'élance d'un seul coup, comme si rien ne pouvait la faire hésiter. Comme si je n'existais pas.

C'est pour cela que je les hais à ce point.

J'ai eu confirmation. Sophie vient d'informer son amie Valérie qu'ils cherchent une maison au nord de Paris. Elle semble toutefois faire de bien grands mystères à ce sujet. Je trouve ça puéril.

C'est aujourd'hui l'anniversaire de Vincent. Je suis monté à l'appartement en début d'après-midi. J'ai trouvé sans peine le cadeau, un joli paquet d'une taille proche de celle d'un livre et estampillé Lancel, s'il vous plaît. Elle l'avait tout bonnement placé dans le tiroir de ses sous-vêtements. Je suis reparti avec. J'imagine la panique ce soir au moment de la remise du cadeau… Elle va fouiller la maison de fond en comble. Dans deux ou trois jours, je le rapporterai. J'ai choisi de le replacer dans son armoire de salle de bains, derrière le stock de boîtes de mouchoirs et les produits de beauté…

30 septembre

Mes petits voisins peuvent vivre les fenêtres ouvertes. C'est comme ça qu'il y a deux jours, lorsque Sophie et son mari se sont retrouvés en fin de journée, je les ai vus faire l'amour. Je ne distinguais pas tout, hélas, mais c'était tout de même assez excitant. Mes tourtereaux ne semblent pas avoir beaucoup de tabous : on se suce, on se prend comme ci, comme ça, une belle jeunesse bien tonique. J'ai pris des photos. L'appareil numérique que j'ai acheté est parfait lui aussi. Je retravaille mes clichés sur mon petit PC portable et j'imprime les meilleurs, que j'épingle sur mon tableau de liège. Ça a d'ailleurs très vite débordé et une large partie de la chambre est maintenant tapissée de clichés de mes tourtereaux. Ça m'aide beaucoup à me concentrer.

Hier soir, après que Sophie et son mari ont éteint la lumière pour s'endormir, allongé sur mon lit, j'ai regardé ces photos pourtant imparfaites. Une sorte de désir est venu me visiter. J'ai préféré m'endormir rapidement. Sophie est charmante, pour ce qu'on peut en voir elle baise même assez bien, mais ne confondons pas tous les registres. Je sens bien qu'il me faut mettre le moins d'affectif possible entre elle et moi, et je me défends déjà suffisamment mal de mon antipathie pour son mari.

1er octobre

J'ai procédé à plusieurs simulations en me créant des comptes sur des serveurs gratuits. Mon plan est maintenant à maturité, comme l'on dit, et l'opération « brouillage des e-mails » peut commencer. Sophie mettra un peu de temps à s'en apercevoir, mais certains de ses e-mails sont maintenant datés de la veille ou du lendemain du jour où elle pense les avoir envoyés. Le cerveau vous joue de ces tours, parfois…

6 octobre

Le temps de revendre ma moto, d'en acheter une nouvelle, de renouveler ma tenue de protection. Ça n'a pas pris un mois, évidemment, mais je me sentais dans une crise de confiance. L'état d'esprit des cavaliers qui se cassent la gueule et qui ont peur de remonter. Il m'a fallu surmonter mes craintes. Grâce à quoi, même si je n'ai plus tout à fait la même insouciance qu'avant, cette fois, tout s'est bien passé. Ils ont pris l'autoroute du Nord, vers Lille. Puisqu'ils rentrent toujours le soir lorsqu'ils sont de sortie, j'espérais qu'ils n'allaient pas trop loin, et j'avais raison. En fait, l'affaire est simple : Sophie et son mari cherchent une maison de campagne. Ils avaient rendez-vous avec un agent immobilier de Senlis. À peine entrés dans la boutique, ils sont ressortis avec un type qui avait toute la panoplie : le costume, les chaussures, la coiffure, le dossier sous le bras et cet air familier, « expert et bon copain », qui est un trait distinctif de la profession. Je les ai suivis, et là les choses étaient plus compliquées à cause des petites routes. Après la seconde maison, j'ai préféré rentrer. Ils arrivent devant une maison, ils regardent, font des réflexions, des gestes d'architectes, visitent plus ou moins longuement l'intérieur, ressortent, font le tour du propriétaire d'un air dubitatif, posent encore des questions et repartent pour une autre visite.

Ils cherchent une grande maison. Ils ont évidemment les moyens. Celles qu'ils ont vues sont plutôt dans la campagne ou à la sortie de villages un peu tristes, mais toujours avec un grand parc.

Je ne pense pas faire grand-chose de leur envie de week-ends à la campagne, qui n'a, pour l'instant, aucune place dans le plan que je commence maintenant à élaborer.

12 octobre

Je vois aux fichiers de tests qu'elle s'adresse à elle-même que Sophie doute beaucoup de sa mémoire. Je me suis même permis de brouiller son second test en modifiant l'heure. Je me contente de manipuler des dates de loin en loin, c'est beaucoup plus insidieux parce que sans aucune logique apparente. Sophie ne le sait pas encore, mais sa logique, peu à peu, ce sera moi.

22 octobre

Ce soir, je suis resté à ma fenêtre pour voir revenir mes tourtereaux du théâtre. Ils étaient là de bonne heure… Sophie semblait aussi soucieuse que furieuse contre elle-même. Vincent, lui, tirait une tête de trente-six pieds de long, comme s'il était vexé d'avoir épousé une telle gourde. Il faut dire qu'à l'accueil du théâtre, il a dû se jouer une jolie pièce. Il vous arrive encore deux ou trois choses comme ça, et ensuite, vous doutez de tout.

Je me demande si Sophie a remis la main sur son ancienne carte d'identité et dans quel état d'esprit elle a retrouvé dans sa salle de bains le cadeau d'anniversaire de Vincent…

30 octobre

Ça ne va pas fort chez Sophie. La tonalité de son e-mail à Valérie en dit long sur son moral. Ce ne sont que de toutes petites choses, évidemment, mais justement, un grand événement, on peut tenter de le circonscrire, de se l'expliquer, mais ce qui arrive là est tellement fluide, insignifiant... Ce qui inquiète, c'est l'accumulation. Oublier... non, ce n'est pas ça... Perdre une pilule ? La prendre deux fois sans s'en rendre compte ? Faire des achats incohérents, oublier l'endroit où l'on a garé sa voiture, ne plus savoir où l'on a caché le cadeau d'anniversaire de son mari... Tout cela pourrait n'être qu'anecdotique. Mais retrouver le cadeau dans un endroit aussi saugrenu que la salle de bains et ne pas se souvenir de l'y avoir mis. Un e-mail qu'on croit envoyé lundi mais qui est parti le mardi, avoir en main la preuve que l'on a déplacé la réservation du théâtre et ne plus s'en souvenir...

Sophie explique tout cela à Valérie. Les choses sont arrivées très progressivement. Elle n'en a pas tout de suite parlé à Vincent. Si ça continue, elle devra le faire.

Elle dort mal. Dans sa salle de bains, j'ai trouvé un médicament « à base de plantes », un truc de filles. Elle l'a choisi liquide, une cuillère à café le soir avant de s'endormir. Je ne pensais pas que ça arriverait aussi vite.

8 novembre

Je suis entré avant-hier au siège de Percy's. Sophie ne travaillait pas. Vincent et elle étaient partis en voiture assez tôt le matin.

Au prétexte de m'intéresser à une prochaine vente, j'ai sympathisé avec la fille de l'accueil.

Ma stratégie est simple : il y a numériquement plus de femmes que d'hommes. Techniquement, la proie idéale est une célibataire entre trente-cinq et quarante ans et qui n'a pas encore d'enfant.

Celle-ci est assez grosse, joufflue, terriblement parfumée, elle ne porte pas d'alliance et elle n'a pas été insensible à mon sourire (ni à quelques plaisanteries idiotes et gratuites sur les œuvres contemporaines présentées dans le catalogue de la prochaine vente). Il faudra jouer très serré, je le sais, mais cette fille pourrait être la candidate dont j'ai besoin. Si elle connaît Sophie suffisamment bien. Sinon, peut-être m'indiquera-t-elle involontairement une autre candidate mieux placée.

12 novembre

Le net est un immense supermarché tenu par des assassins. On y trouve tout, armes, drogue, filles, enfants, absolument tout. Ce n'est qu'une question de patience et de moyens. J'ai les deux. J'ai donc fini par trouver. Ça m'a coûté une petite fortune, rien de grave donc, mais plus de deux mois de délai, ce qui me rendait dingue. Peu importe, le paquet est enfin arrivé des États-Unis, une centaine de petites gélules roses. J'ai goûté le produit, c'est totalement sans saveur, parfait. À l'origine un médicament anti-obésité réputé révolutionnaire. Au début des années 2000, le laboratoire en a vendu plusieurs milliers, à des femmes principalement. Il avait de quoi séduire : côté obésité, on n'avait jamais vu un truc pareil. Mais le produit s'est aussi révélé un excitateur de la monoamine oxydase. Il booste une enzyme qui détruit les neurotransmetteurs : la molécule anti-obésité était par ailleurs une sorte de « prodépresseur ». On s'en est rendu compte au nombre de suicides. Dans la plus grande démocratie du monde, le laboratoire n'a eu aucun mal à étouffer l'affaire. On a évité les procès à l'aide du plus puissant inhibiteur du sentiment de justice : le carnet de chèques. La recette est simple : devant une résistance résolue, on ajoute un zéro. Rien ne résiste à ça. Le produit a été retiré du marché, mais personne évidemment n'a été capable de récupérer les milliers de gélules vendues, qui sont aussitôt devenues l'objet d'un trafic que le net a ouvert à l'ensemble de la planète. Ce truc est une véritable bombe antipersonnel, et pourtant on se l'arrache, c'est à peine croyable. Il y a des milliers de filles qui préfèrent mourir qu'être grosses.

Pendant que j'y étais, j'ai aussi acheté du flunitrazépam. On appelle ça la drogue du viol. La molécule entraîne des états passifs puis confusionnels avec des effets amnésiques. Je ne pense pas avoir à m'en servir rapidement, mais là encore, je dois être prêt. Pour compléter ma trousse, j'ai trouvé un somnifère hyperpuissant : un hypnotique à effet anesthésique. D'après les notices spécialisées, il agit en une poignée de secondes.

13 novembre

Je me suis quand même décidé. Depuis une quinzaine de jours, j'hésitais, pesant les avantages et les risques, étudiant toutes les solutions techniques. Heureusement, la technologie a beaucoup évolué au cours des dernières années, c'est ce qui m'a décidé. Je me suis contenté de trois micros. Deux dans le salon, le troisième évidemment dans la chambre. Ils sont très discrets, circonférence de trois millimètres, ça se déclenche à la voix, ça enregistre sur des minibandes de grande capacité. Tout le problème est de les récupérer. Pour l'enregistreur, j'ai opté pour la niche qui abrite le compteur d'eau. Il me faudra surveiller le passage de l'employé qui effectue le relevé. Généralement, le syndic de l'immeuble pose un avis près des boîtes aux lettres quelques jours plus tôt.

16 novembre

Le résultat est excellent : les enregistrements sont parfaits. C'est comme si j'y étais. D'ailleurs, j'y suis… J'ai beaucoup de plaisir à entendre leurs voix.

Comme si le destin voulait me récompenser de mon initiative, dès le premier soir j'ai eu droit au suivi radiophonique de leurs ébats amoureux. C'était assez drôle. Je sais vraiment beaucoup de choses très intimes sur elle…

20 novembre

Sophie ne comprend pas ce qui se passe avec ses e-mails. Elle vient de créer une nouvelle boîte. Comme toujours, pour éviter de perdre son mot de passe, elle mémorise sur sa machine l'accès intégral. Il suffit de l'ouvrir pour y accéder directement. Grâce à sa confiance, j'ai accès à tout. Au demeurant, si elle décide de s'y prendre différemment, ça ne me demandera qu'un peu plus de temps pour capturer son mot de passe. Dans ses messages à son amie Valérie, elle évoque sa « fatigue ». Elle dit qu'elle ne veut pas embêter Vincent avec des détails pareils, mais elle trouve qu'elle a beaucoup de trous de mémoire et qu'il lui arrive de faire « des trucs irrationnels ». Valérie dit qu'elle devrait consulter. Je suis aussi de cet avis.

D'autant que son sommeil est très perturbé. Elle a changé de médicament, ce sont maintenant des gélules bleues. Pour moi, c'est beaucoup plus pratique, ça s'ouvre aussi facilement que ça se referme et le produit n'est jamais directement au contact de la langue, ce qui tombe bien parce que mon somnifère est légèrement salé. J'ai appris à doser en fonction de ses heures d'endormissement et de réveil (le somnifère la fait légèrement ronfler, les micros me l'ont appris). Je deviens avec elle une sorte d'expert médicamenteux, un artiste moléculaire. Je peux dire que je pilote maintenant cette affaire à la perfection. Sophie parle de ses problèmes avec Valérie, elle se plaint de sommeils cataleptiques, après quoi, dans la journée, elle se traîne. Le pharmacien veut l'envoyer consulter, mais Sophie se braque. Elle en tient pour ses gélules bleues. Moi, je n'ai rien contre.

23 novembre

Sophie m'a tendu un piège ! Elle enquête. Depuis quelque temps, je savais qu'elle tentait de vérifier qu'elle n'était pas suivie. Elle est loin de se rendre compte qu'elle est même entendue. Mais ça ne change rien au fait que sa récente démarche m'inquiète. Je pense que si elle se méfie aujourd'hui, c'est que j'ai commis des erreurs. Et je ne sais pas où. Ni quand.

En repartant de chez elle ce matin, par un vrai coup de chance, je me suis aperçu qu'il y avait sur le paillasson un minuscule morceau de papier marron, couleur de la porte. Sophie a dû le poser en partant, entre la porte et le chambranle, et quand j'ai ouvert il est tombé. Impossible de savoir à quel endroit elle l'a posé. Et je ne pouvais pas rester ainsi sur le palier. Je suis rentré dans l'appartement pour réfléchir, mais vraiment je ne voyais pas quoi faire. Le faire disparaître, c'est lui donner la confirmation qu'elle espère. Le poser ailleurs, c'est lui donner raison aussi. Combien de pièges m'a-t-elle ainsi tendus, dans lesquels je suis tombé sans même le voir ? Je ne savais absolument pas quoi faire. J'ai opté pour une solution radicale : noyer le piège dans un contre-piège. Je suis allé acheter un pied-de-biche de petite taille et je suis retourné sur son palier. J'ai glissé le pied-de-biche à différents endroits, j'ai même ouvert la porte pour que les tentatives de levier paraissent plus puissantes. J'ai dû faire vite parce que le bruit, même étouffé au mieux, restait audible et que dans la journée l'immeuble n'est jamais entièrement vide. J'ai juste pris le temps de regarder le résultat : ça simule assez bien une tentative avortée d'effraction et la ventilation des points d'impact du pied-de-biche justifiera que le morceau de papier soit retrouvé au sol.

Je reste quand même inquiet. Je dois redoubler de vigilance.

25 novembre

Je fais les mêmes courses qu'elle au Monoprix. Exactement les mêmes. Mais juste avant de passer à la caisse, j'ajoute une bouteille d'un whisky hors de prix. Je veille à choisir la marque qui se trouve dans le bar de l'appartement, le préféré de Vincent… Pendant que Sophie fait la queue à la boulangerie, je fais l'échange de sacs et en sortant je glisse un mot au vigile sur la dame au manteau gris.

De l'autre côté de la rue, je m'installe devant le distributeur pour retirer de l'argent parce que c'est un poste d'observation idéal, et je vois ma Sophie surprise d'être arrêtée par un vigile. Elle rit. Pas longtemps. Il faut bien le suivre pour vérifier…

Sophie est restée plus d'une heure dans le magasin. Deux policiers en uniforme sont venus. Je ne sais pas ce qui s'est passé. Elle est sortie du Monoprix effondrée. Cette fois-ci, il va falloir consulter. Plus possible de faire autrement.

5 décembre

Depuis septembre, des ventes ont eu lieu régulièrement chez Percy's et je ne comprends pas ce qui fait que Sophie s'y rend ou non. C'est totalement imprévisible, parce que je ne dispose pas des informations qui commandent ce choix. Une vente avait lieu hier soir à 21 heures. J'ai attendu jusqu'à 21 h 15 et comme cette fois Sophie semblait bien décidée à rester devant la télévision, j'y suis allé.

Il y avait beaucoup de monde. L'hôtesse d'accueil souriait aux clients à l'entrée de la salle en leur tendant un beau catalogue sur papier glacé. Elle m'a reconnu immédiatement et m'a adressé un sourire tout spécial, engageant, auquel j'ai répondu, mais pas de manière trop appuyée. La vente était longue. J'ai attendu une bonne heure avant de sortir quelques instants dans le hall. La fille comptait les brochures qui lui restaient et en donnait aux rares clients attardés qui arrivaient encore.

Nous avons discuté. J'ai bien conduit mon affaire. Elle s'appelle Andrée, un prénom que je déteste. Debout, elle est encore plus grosse que derrière son comptoir. Son parfum est toujours aussi épouvantable, quoique, de plus près, il m'ait semblé plus détestable encore. J'ai raconté quelques anecdotes dont je suis assez sûr. Je l'ai fait rire. J'ai fait mine de devoir retourner dans la salle pour la suite de la vente, mais à la dernière seconde, alors que j'avais déjà fait quelques pas, j'ai tenté mon va-tout. Je me suis retourné et je lui ai demandé si elle accepterait un verre lorsque tout serait fini. Elle a minaudé d'une manière imbécile, je sentais que ça lui plaisait beaucoup. Pour la forme, elle a prétexté qu'après la vente il y aurait encore plein de choses à régler, mais elle a fait attention à ne pas se montrer décourageante. Moyennant quoi je l'ai attendue à peine un quart d'heure. J'ai appelé un taxi et je l'ai emmenée boire un verre sur les boulevards. Je me souvenais d'un bar, en face de l'Olympia, avec des lumières un peu tamisées où l'on sert des cocktails, de la bière anglaise, et où l'on peut manger à n'importe quelle heure. Soirée assommante mais, j'en suis sûr, très féconde pour l'avenir.

Cette fille me fait vraiment pitié.

Hier soir, j'ai regardé mes amoureux faire des galipettes. Sophie n'y met visiblement pas beaucoup de cœur. Elle a sans doute d'autres choses en tête. Je me suis endormi comme une masse.

Sophie se demande si ce n'est pas son PC qui est en cause. Elle se demande si quelqu'un n'y a pas accès à distance, mais elle ne sait pas comment faire pour le déceler. Elle a créé une nouvelle boîte et cette fois, elle n'a pas mémorisé le mot de passe sur sa machine. Il m'a fallu plus de six heures pour y avoir accès. La boîte était vide. J'ai changé le mot de passe. C'est maintenant elle qui ne peut plus y entrer.

Vincent s'est ouvertement inquiété. Au fond, c'est un délicat. Il a sobrement demandé à Sophie comment allait sa vie, mais c'est un euphémisme. Au téléphone avec sa mère, il a évoqué l'idée que Sophie « serait dépressive ». Il m'a semblé que la mère compatissait, ce qui montre son degré d'hypocrisie. Les deux femmes se détestent.

9 décembre

Par un ami de sa défunte mère avec qui elle est restée vaguement en contact, Sophie a réussi à obtenir rapidement un rendez-vous chez un spécialiste. Je ne sais pas ce qu'elle a dans la tête, mais choisir un « thérapeute comportementaliste », je trouve ça con. Que n'a-t-elle pas choisi un bon psychiatre ? Quelqu'un qui peut vous rendre dingue beaucoup plus sûrement que n'importe qui d'autre... On dirait qu'elle n'a rien appris de sa mère. Au lieu de ça, elle se pointe chez le docteur Brevet, un charlatan qui, à ce qu'elle en écrit à Valérie, lui donne des conseils destinés à vérifier « le bien-fondé de ses craintes, leur objectivité ». Alors, elle doit tenir des listes de choses, des listes de dates, tout noter. Ça va être épuisant.

Cela dit, elle continue de faire tout ça en cachette de son mari, ce qui est très bon signe. Pour moi. Et ce qui est bon pour moi est bon pour Sophie.

10 décembre

Je suis très inquiet de ce que j'ai entendu chez eux hier soir : Vincent lui reparle d'avoir un enfant. À les entendre, il semble que cette discussion ne soit pas la première. Sophie résiste. Mais je sens à sa voix qu'elle voudrait se laisser convaincre. Je ne pense pas qu'elle en ait réellement envie, je crois qu'elle aimerait bien qu'il lui arrive enfin quelque chose de normal. En fait, il est difficile de savoir si Vincent lui-même est très honnête dans cette histoire. Je me suis demandé s'il ne pense pas que les comportements dépressifs de Sophie sont dus à un désir d'enfant inabouti. Psychologie sommaire, évidemment. Sur sa propre femme, je pourrais lui en apprendre…

11 décembre

J'ai appris, il y a quelques jours, qu'elle se rendrait ce matin chez un client à Neuilly-sur-Seine pour une opération de communication dont elle est responsable. Voilà ma Sophie qui cherche une place, qui tourne, qui vire et qui finit par trouver à se garer. Une heure plus tard, plus de voiture. Elle ne s'est pas précipitée au commissariat, elle a tourné et viré, à pied cette fois, et elle a trouvé sa voiture bien sagement garée quelques rues plus loin. Ce n'est pas comme dans son quartier, elle n'a pas les repères habituels. Voilà de quoi commencer en beauté son petit carnet !

12 décembre

Je répugne à écrire ici, dans ce journal, les tourments que je dois endurer avec cette truie d'Andrée. Elle commence tout juste à m'être utile à quelque chose, mais sa fréquentation est parfois à la limite du supportable.

Voici néanmoins ce que j'ai appris.

En tant qu'attachée de presse, Sophie est aussi responsable de certaines opérations de communication, dans le cas de ventes prestigieuses par exemple. Pour le reste, elle travaille à l'image de l'entreprise, elle veille à ce que la communication « passe bien ».

Sophie travaille ici depuis deux ans. Ils sont deux à faire ce travail. Il y a un homme avec elle, un nommé Penchenat, qui « fait office » de responsable, *dixit* Andrée. C'est un alcoolique. Andrée fait des moues assez comiques en le décrivant. Elle évoque son odeur avinée. De la part de quelqu'un qui choisit des parfums irrespirables, c'est plutôt cocasse, mais bon...

Sophie a un diplôme d'économie. Elle est entrée là grâce à une relation qui, depuis, a quitté l'entreprise.

Vincent et elle se sont mariés en 1999, à la mairie du XIVe arrondissement. Le 13 mai exactement. Andrée s'est rendue à l'apéritif. J'ai eu droit à une description détaillée du buffet dont je me serais bien passé, d'autant que je n'ai rien appris sur les autres invités. Tout ce que j'ai retenu, c'est qu'« il y a de l'argent dans la famille de son mari ». Avec ça... ! Et que Sophie déteste sa belle-mère, qu'elle trouve « venimeuse ».

Sophie est bien vue chez Percy's. Elle a la confiance de ses supérieurs. Quoique depuis quelque temps, des rumeurs mettent en doute son sérieux : elle oublie des rendez-vous, elle a perdu un carnet de chèques de la société, elle a accidenté dans Paris deux voitures de l'entreprise au cours des dernières semaines, elle a égaré son carnet de rendez-vous et elle a écrasé par erreur un fichier clients qui était paraît-il de la plus haute importance. Je peux comprendre.

Andrée me l'a décrite comme une fille sympathique, très ouverte, plutôt rieuse et d'un caractère bien trempé. C'est, semble-t-il, une remarquable technicienne. En ce moment, elle ne va pas trop bien (tu parles...). Elle dort mal, elle se dit sujette à des accès de tristesse. Elle dit qu'elle consulte. En clair, elle a l'air assez perdue. Et très seule.

Andrée et elle ne sont pas à proprement parler des intimes, mais il y a peu de femmes dans la boîte et elles déjeunent ensemble de temps à autre. Ce poste d'observation va, je crois, se révéler très instructif.

13 décembre

Pour préparer Noël, tout le monde cavale dans tous les sens et Sophie ne fait pas exception. Ce soir, achats à la Fnac. Un monde ! On se bouscule aux caisses, on pose son sac plastique pour payer, on se chamaille avec le client d'après, on se prend les pieds ici et là... Du coup, quand on rentre chez soi, au lieu de trouver *Swordfishtrombones* de Tom Waits dans son sac, on trouve bien Tom Waits mais *Blue Valentine*, ce qui est idiot. Avec ça, on se rend compte qu'on a acheté *Les Enfants de minuit* de S. Rushdie, on se demande pour qui, et comme on a perdu le ticket de caisse, allez donc vérifier… On se contente de noter ça dans son petit carnet.

Sophie et Andrée n'échangent que des généralités, elles ne sont pas des amies à proprement parler. Ma moisson de renseignements sur le couple valait-elle la dure fréquentation de cette grosse tourte ? Car ce que j'ai appris est finalement assez maigre. Vincent semble sur un « gros coup » dans son travail, perspective qui mobilise toute l'énergie du couple. Sophie s'ennuie chez Percy's. Son père, qui habite la Seine-et-Marne, lui manque beaucoup depuis la mort de sa mère. Elle voudrait avoir des enfants, mais pas maintenant. Vincent n'aime pas sa copine Valérie. Avec ça… Je pense qu'il va falloir mettre fin à cette relation avec la truie. Ça ne m'avance pas suffisamment. Chercher une autre source d'information.

14 décembre

Sophie note tout, ou presque tout. Elle se demande même si parfois elle n'oublie pas de noter. Du coup, elle se rend compte qu'elle note deux fois les mêmes choses. Son arrestation pour vol au supermarché, le mois dernier, l'a beaucoup ébranlée. Les vigiles l'ont installée dans une pièce aveugle et se sont relayés pour lui faire signer une reconnaissance de vol. À ce qu'elle en écrit à Valérie, ce sont de vrais cons mais ils ont l'expérience. Technique de harcèlement. Elle ne comprenait même pas clairement ce qu'ils voulaient.

Ensuite la police est arrivée. Ils étaient pressés. Ils ont pris moins de gants. Elle avait le choix entre se voir embarquée au commissariat et déférée devant le juge des flagrants délits ou reconnaître le vol, signer une déposition : elle a signé. Impossible d'expliquer ça à Vincent, impossible... Le problème, c'est que la chose vient de se reproduire. Cette fois, ce sera beaucoup plus difficile à masquer. Dans son sac, on a retrouvé du parfum et une petite trousse de manucure. Reste que Sophie a de la chance. Elle a été embarquée au commissariat – branle-bas de combat dans la rue –, mais elle a été libérée deux heures plus tard. Elle a dû inventer un truc pour son mari, qui l'attendait avec impatience.

Le lendemain, elle a égaré une nouvelle fois sa voiture, et plein d'autres choses encore.

Pour elle, tout noter est peut-être une bonne solution mais « je deviens scrupuleuse, parano..., écrit-elle. Je me surveille comme une ennemie ».

15 décembre

Ma relation avec Andrée est entrée dans sa phase critique, celle où je suis censé lui proposer de coucher. Comme il n'en est pas question, je suis embarrassé. Je l'ai déjà vue cinq fois, nous sommes allés faire toutes sortes de choses très ennuyeuses, mais je m'en suis tenu à mon plan : ne pas parler de Sophie, aborder le moins possible le seul sujet qui m'intéresse, son travail. Par bonheur, Andrée est une fille bavarde et sans retenue. Elle m'a raconté quantité d'anecdotes sur Percy's auxquelles j'ai fait semblant de m'intéresser. J'ai ri avec elle. Je n'ai pu l'empêcher de me prendre la main. Elle se frotte à moi d'une manière irritante.

Hier, nous sommes allés au cinéma et ensuite boire un verre dans un lieu à elle, près de Montparnasse. Elle a salué diverses connaissances et j'ai ressenti un peu de honte à sortir avec une fille pareille. Elle babillait beaucoup et prenait des mines réjouies en me présentant. J'ai compris qu'elle m'avait amené là volontairement, pour m'exhiber, toute fière de montrer une conquête évidemment valorisante, vu son physique. Je me suis prêté au jeu avec sobriété. C'est le mieux que je pouvais faire. Andrée était aux anges. Nous nous sommes installés seuls à une table et elle ne s'était jamais montrée aussi empressée à mon égard. Elle m'a tenu la main tout le reste de la soirée. Après un délai convenable, j'ai prétexté une certaine fatigue. Elle m'a dit qu'elle avait « adoré » cette soirée. Nous avons pris un taxi et là, j'ai tout de suite senti que les choses allaient mal tourner. Dès que nous avons été installés dans la voiture, elle s'est serrée contre moi de manière indécente. Elle avait, à l'évidence, un peu trop bu. Suffisamment pour me mettre dans une position inconfortable. Arrivé devant chez elle, j'ai dû céder à son invitation de monter « boire un dernier verre ». J'étais dans mes petits souliers. Elle me souriait comme si elle avait à faire à un timide congénital et, bien sûr, dès que nous avons passé la porte, elle m'a embrassé sur les lèvres. Dire mon dégoût ne serait rien. J'ai pensé à Sophie de toutes mes forces, ça m'a aidé un peu. Devant son insistance (j'aurais pourtant dû m'y préparer, mais je ne parvenais jamais à me projeter réellement dans cette situation), j'ai balbutié que je n'étais « pas prêt ». Ce sont les mots que j'ai employés, les premiers qui me sont venus, le seul accent de sincérité que je me sois jamais permis avec cette fille. Elle m'a regardé d'un drôle d'air et je suis parvenu à sourire d'une manière gauche. Et j'ai ajouté : « C'est difficile pour moi… Il faudrait qu'on en parle… » Elle s'est crue entrée dans un genre de confession sexuelle et je l'ai sentie rassurée. Ce genre de fille doit adorer jouer les infirmières avec les hommes. Elle m'a serré la main plus fort, l'air de dire : « Ne t'en fais pas. » J'ai profité de l'embarras de la situation pour déguerpir et je l'ai fait en accentuant volontairement le sentiment de la fuite.

J'ai calmé ma colère en marchant le long des quais.

21 décembre

Avant-hier, Sophie est rentrée à la maison avec un travail très important pour le comité de direction. Elle a dû travailler deux soirs très tard pour en venir à bout. De mon poste, jusqu'à une heure avancée de la nuit, je suivais sur son fichier l'avancement de son travail. Je la voyais reprendre, corriger, écrire, consulter, écrire et corriger de nouveau. Deux soirées. À mon avis, pas loin de neuf heures de travail. Sophie est une bosseuse, rien à dire. Et ce matin, patatras, impossible de retrouver le CD-Rom qu'elle était certaine d'avoir mis dans son sac avant d'aller se coucher. Elle s'est précipitée sur le PC. Le temps de le faire démarrer – elle était déjà en retard –, le dossier d'origine avait lui aussi disparu ! Elle est restée plus d'une heure à tout tenter, fouiller, rechercher, elle en aurait pleuré. Elle a fini par partir pour la réunion du comité de direction sans le travail qu'on lui avait confié. Je crois comprendre que ça ne s'est pas bien passé.

Alors évidemment, ça tombait très mal : c'était le jour de l'anniversaire de la mère de Vincent. À voir la fureur de Vincent – il adore sa mère, ce garçon – j'ai compris que Sophie refusait d'y aller. Vincent faisait les cent pas dans l'appartement en hurlant. J'ai hâte d'écouter la bande. Toujours est-il qu'elle s'est quand même décidée. Juste au moment de partir, elle a bien sûr été incapable de retrouver le cadeau d'anniversaire (il est chez moi depuis la veille, j'irai le replacer dans quelques jours) : nouvelle fureur de Vincent. Ils ont quitté l'appartement avec un retard dingue. Ambiance. Tout de suite après, je suis monté pour affiner les doses de son prodépresseur.

23 décembre

Je suis extrêmement inquiet pour Sophie. Cette fois, elle vient vraiment de passer de l'autre côté. Et de quelle manière !

Jeudi soir, lorsqu'ils sont rentrés de la soirée d'anniversaire, j'ai compris que ça s'était très mal déroulé. (Sophie déteste sa belle-mère depuis toujours, il n'y a évidemment pas de raison que cela s'arrange dans la période actuelle…) Elles se sont violemment disputées. Je pense même que Sophie a exigé qu'ils partent avant la fin. Un soir d'anniversaire ! Quand on a égaré un cadeau d'anniversaire, on ne fait pas un tel scandale !

Je ne sais pas exactement ce qui s'est dit : l'essentiel entre Sophie et Vincent s'est échangé dans la voiture au retour. Arrivés à l'appartement, ils en étaient aux insultes. Je n'ai pas pu recomposer grand-chose, mais je suis certain que la vieille s'est montrée agressive et persifleuse. Je partage l'opinion de Sophie : c'est une peste. Elle procède par insinuations, elle est manipulatrice et hypocrite. C'est du moins ce que hurlait encore Sophie à Vincent avant que ce dernier,

166

excédé, claque toutes les portes de l'appartement une à une et, au comble de la fureur, aille se coucher dans le canapé… Moi, je trouve que ça fait un peu « boulevard », mais c'est affaire de style. Sophie ne décolérait pas. C'est là qu'elle a dû décoller… Les somnifères l'ont plongée dans un sommeil proche du coma mais curieusement, le matin, elle était debout. Titubante mais debout. Vincent et elle n'ont pas échangé un seul mot. Ils ont déjeuné à part. Avant de céder de nouveau au sommeil, Sophie a bu du thé en relevant sa boîte e-mail. Vincent a claqué la porte derrière lui. Elle a retrouvé Valérie sur MSN et lui a raconté son rêve de la nuit : elle poussait sa belle-mère du haut de l'escalier de son pavillon, la vieille dévalait les marches en se contorsionnant, rebondissait contre le mur, contre la rambarde et atterrissait en bas les vertèbres rompues. Tuée net. Sophie s'est réveillée tant l'image était réaliste. « Hyperréaliste, tu ne peux pas imaginer… » Sophie n'est pas allée travailler tout de suite. Elle n'avait le moral à rien. Valérie, bonne copine, lui a tenu compagnie une bonne heure, après quoi Sophie s'est décidée à descendre faire quelques courses, histoire que Vincent, ce soir, ne retrouve pas la table vide en plus du reste… C'est ce qu'elle a expliqué à Valérie en la quittant : quelques courses en bas, un thé très fort, une douche et il ne sera pas trop tard pour se pointer au bureau et montrer qu'on existe encore. Je suis intervenu à l'étape n° 2. Je suis monté m'occuper du thé.

Sophie n'est pas allée travailler de la journée. Elle a somnolé et ne se souvient pas du tout de ce qu'elle a fait. Mais en fin de journée, Vincent a été appelé par son père : Mme Duguet mère a fait une chute dans son escalier, elle a dévalé tout un étage. Visiblement, Sophie est totalement déstructurée par ces événements.

26 décembre

Les obsèques ont eu lieu ce matin : j'ai vu mon petit couple partir hier soir avec les valises, le visage dévasté. Ils ont dû aller tenir compagnie au veuf dans le pavillon. Sophie est transformée. Elle est épuisée, ses traits sont affaissés, sa démarche est mécanique, à tout instant on a l'impression qu'elle va s'effondrer.

À sa décharge, les fêtes de Noël avec le corps de la vieille au premier étage, ça doit être assez éprouvant. Je suis monté replacer le cadeau de feu la mère de monsieur dans les affaires de Sophie. Je pense qu'au retour de l'enterrement, ce sera une découverte touchante.

6 janvier 2001

Sophie est extrêmement déprimée. Depuis la mort de sa belle-mère, elle ressent une angoisse terrible pour l'avenir. Lorsque j'ai appris qu'il y avait une enquête, j'ai été très inquiet. Heureusement, c'était un peu pour la forme. Le dossier a été presque aussitôt classé comme mort accidentelle. Mais Sophie, comme moi, savons très bien à quoi nous en tenir. Il faut maintenant que je resserre ma protection sur elle. Et que rien ne m'échappe, faute de quoi c'est Sophie elle-même qui risque de m'échapper. Je sens ma vigilance aiguisée comme un rasoir. Parfois j'en tremble.

Après les événements des derniers jours, Sophie ne peut plus parler de ses difficultés à Vincent. La voici condamnée à la solitude.

Ce matin, ils sont repartis pour la campagne. Il y a longtemps qu'ils n'étaient pas retournés dans l'Oise. J'ai quitté Paris une demi-heure après eux. Je les ai doublés sur l'autoroute du Nord et je les ai attendus tranquillement à la sortie de Senlis. Les suivre n'a pas été trop difficile, cette fois. Ils sont d'abord passés dans une agence immobilière, mais ils en sont ressortis sans le vendeur. Je me souvenais d'une maison qu'ils avaient visitée, dans un bled du côté de Crépy-en-Valois, ça semblait être leur direction. Ils n'y étaient pas. J'ai cru avoir perdu leur trace mais j'ai retrouvé leur voiture quelques kilomètres plus loin, garée devant une grille.

C'est une grande maison assez étonnante. Rien à voir avec ce qu'on trouve ordinairement par ici : une bâtisse en pierre avec des balcons en bois, qui doit être d'une architecture bien compliquée, avec des tas de coins et de recoins. Il y a une ancienne grange qui va sans doute leur servir de garage et un appentis où le mari modèle va sans doute bricoler... La maison est située dans un parc ceint de murs, sauf au nord où les pierres se sont écroulées. C'est par là que je suis entré, après avoir déposé ma moto à l'orée du petit bois qui s'étend derrière la propriété. J'ai usé de ruses d'Indien pour les rejoindre. Je les ai observés à la jumelle. Vingt minutes plus tard, je les ai vus marcher dans le parc en se tenant par la taille. Ils se disaient des petits mots très bas. C'était idiot. Comme si quelqu'un pouvait les entendre, dans ce parc déserté, devant cette grande maison vide, aux confins de ce village qui semble assoupi depuis la nuit des temps... Enfin, ça doit être l'amour. Malgré la mine un peu déconfite de Vincent, ils avaient l'air assez bien tous les deux, plutôt heureux. Sophie surtout. Parfois, elle serrait le bras de Vincent très fort contre elle, comme pour l'assurer de sa présence, de son soutien. Tous les deux, dans ce grand parc hivernal, marchant en se tenant la taille, ça faisait un peu triste, tout de même.

Quand ils sont rentrés dans la maison, je ne savais pas vraiment quoi faire. Je n'ai pas encore pris mes quartiers ici et je commençais à craindre le passage de quelqu'un. On n'est jamais vraiment tranquille dans ce genre d'endroit. Ça semble mort comme tout, mais dès que vous voulez être seul, vous vous trouvez en face d'un con de paysan qui passe en tracteur, d'un chasseur qui vous dévisage, d'un môme qui vient en vélo pour se construire une cabane dans le bois... Au bout d'un moment, comme je ne les voyais pas sortir, j'ai quand même laissé la moto derrière le petit mur et je me suis avancé. Une intuition m'a alors saisi. J'ai couru jusqu'à l'arrière de la maison. J'étais tout essoufflé en arrivant, aussi j'ai laissé passer une minute ou deux, le temps que les battements de mon cœur se calment et me laissent entendre les bruits alentour. Pas un bruit. J'ai longé la maison, en regardant bien où je mettais les pieds, et je me suis arrêté à une fenêtre dont les persiennes en bois sont cassées, des lames manquent en bas. En posant le pied sur un bandeau de pierre, je me suis hissé à hauteur de la fenêtre. Cette pièce est la cuisine. C'est très vieux style et il y a pas mal de travaux à faire. Mais ça n'est pas du tout à ça qu'ils pensaient, mes tourtereaux ! Sophie était debout contre la pierre d'évier, la jupe remontée aux hanches, et Vincent, pantalon aux chevilles, la baisait avec application. On voit que le deuil de sa mère ne lui a pas fait perdre tous ses moyens, à ce garçon. De mon poste d'observation, je ne voyais de lui que son dos et ses fesses qui se serraient quand il entrait en elle. C'était vraiment ridicule.

Non, ce qui était beau, en revanche, c'était le visage de Sophie. Elle avait enserré le cou de son mari, comme si elle portait une corbeille, elle se tenait sur la pointe des pieds, elle fermait les yeux et son plaisir était si intense qu'elle en était transfigurée. Un beau visage de femme, très pâle et tendu, tout à l'intérieur, comme une dormeuse... Il y avait quelque chose de désespéré dans sa manière de s'abandonner. J'ai pu faire quelques clichés assez réussis. Les va-et-vient pittoresques de l'imbécile se sont accélérés, ses fesses blanches se serraient de plus en plus vite et de plus en plus fort. C'est au visage de Sophie que j'ai compris qu'elle allait jouir. Elle a ouvert la bouche en grand, écarquillé les yeux et un grand cri est soudain monté. C'était magnifique, exactement ce que je veux retrouver chez elle le jour où je la tuerai. Sa tête a basculé en arrière dans un spasme et brutalement elle s'est échouée sur l'épaule de Vincent. Elle mordait sa veste en tremblant.

Jouis bien, mon petit ange, profite, va, profite...

C'est à ce moment-là que je me suis aperçu que je ne vois plus sa pilule dans la salle de bains. À tous les coups, ils ont décidé d'avoir un bébé. Ça ne m'affole pas. Au contraire, ça me donne des idées...

Je les ai laissés rentrer tranquillement à Paris et j'ai attendu midi que l'agence ferme ses portes. Dans la vitrine, la photo de la maison portait la mention « Vendu ». Bon. Ça nous fera des week-ends à la campagne. Pourquoi pas.

17 janvier

C'est curieux, les idées. Elles doivent venir d'une certaine disponibilité d'esprit. Ainsi, avant-hier, je flâne dans l'appartement sans but précis et allez savoir pourquoi, je m'intéresse à la pile des livres que Sophie entrepose par terre près du bureau. Parmi eux, presque tout en dessous, deux ouvrages proviennent du Centre de documentation de la presse : une monographie sur Albert Londres et un *Lexique franco-anglais des termes de presse et de communication*. Empruntés tous les deux le même jour. Je les ai rapportés là-bas. Pour les lecteurs pressés, il y a un comptoir où on peut déposer ses livres. Ça évite les attentes inutiles. J'ai trouvé ça pratique.

18 janvier

Il faut aussi noter ça dans son carnet : Sophie n'a pas vu les deux relances de la facture de téléphone. Moralité, c'est coupé. Vincent n'est pas content. Sophie pleure. Ça va mal en ce moment, ils se disputent beaucoup. Pourtant, Sophie essaie de faire attention à elle, à lui, à tout, elle essaie peut-être même de ne pas rêver. En tout cas, elle téléphone pour savoir si le thérapeute peut la recevoir plus tôt que prévu… Ses sommeils sont ingérables, ça dort, ça ne dort plus, ça dort de nouveau, ça plonge dans un sommeil presque comateux, après quoi, ça reste des nuits entières sans pouvoir fermer l'œil. Elle fume de longues, longues heures à la fenêtre… J'ai peur qu'elle attrape froid.

La salope ! Je ne sais pas ce qu'elle fabrique, je ne sais même pas si elle l'a fait exprès, mais ça me met en rage contre elle, contre moi ! Je me demande évidemment si Sophie s'est rendu compte de quelque chose, si elle a tenté de me piéger... En prévision de son rendez-vous, je suis monté subtiliser, dans le tiroir de son bureau, le carnet où elle note tout ce qu'elle fait ou doit faire à la maison, un carnet de moleskine noir. Je le connais bien, je le consulte souvent. Et je n'ai pas vérifié tout de suite. Le carnet est vierge ! C'est le même carnet, exactement, mais toutes les pages sont blanches ! Cela veut dire qu'elle a deux carnets et je me demande si celui-ci est un leurre qui m'était destiné. Elle a dû se rendre compte ce soir que ce carnet avait disparu...

À la réflexion, je ne pense pas qu'elle soit parvenue à déceler ma présence. Peut-être que je veux simplement me rassurer, mais si c'était le cas, je le verrais à d'autres signes, or tout le reste marche bien, marche normalement.

Je ne sais pas quoi penser. En fait, cette histoire de carnet m'inquiète vraiment.

20 janvier

Il y a un dieu pour les causes justes ! Je crois que je suis tiré d'affaires. Si je veux être honnête, je dois reconnaître que j'ai eu vraiment peur : je n'osais pas remonter chez Sophie, j'avais le sentiment diffus que c'était dangereux, que quelque chose me guettait, que j'allais enfin me faire prendre, et j'avais bien raison.

Arrivé chez elle, j'ai remis le carnet noir vierge dans le tiroir de son bureau et il m'a fallu fouiller tout l'appartement à la recherche de l'autre. J'avais la certitude qu'elle ne l'emportait pas avec elle : son éternelle peur de perdre les choses m'a sauvé. Il me fallait du temps et quand je monte chez elle, je n'aime pas rester, je sais que ce n'est pas sain, que je dois réduire les risques au minimum. Plus d'une heure pour mettre la main dessus ! Je transpirais dans mes gants en caoutchouc, je ne cessais de m'arrêter pour guetter tous les bruits de l'immeuble, la nervosité me gagnait, je ne savais pas comment lutter. Et soudain je l'ai trouvé : derrière la chasse d'eau des toilettes. Ça n'est pas bon du tout, c'est le signe qu'elle se méfie. Pas forcément de moi, d'ailleurs… Il m'est venu à l'esprit qu'elle se méfiait peut-être de Vincent lui-même, ce qui serait bon signe. Je venais juste de le dénicher quand j'ai entendu la clé tourner dans la serrure. J'étais dans les toilettes, la porte était entrouverte et j'ai eu le réflexe de ne pas tendre la main pour la refermer sur moi : cette porte est au bout du couloir, exactement en face de la porte d'entrée ! Si ça avait été Sophie, c'était la fin, les filles se précipitent toujours aux toilettes quand elles rentrent chez elles. C'était Vincent, j'ai reconnu un pas d'homme. Mon cœur cognait si fort que je n'entendais plus rien, je ne parvenais pas même à réfléchir. La panique m'a envahi. Vincent est passé devant la porte des toilettes qu'il a repoussée sur moi, le claquement m'a tétanisé. J'ai failli m'évanouir, je me suis retenu à la cloison. J'avais envie de vomir. Vincent est passé dans son bureau, il a immédiatement branché la chaîne stéréo et étrangement, c'est ma panique qui m'a sauvé. J'ai aussitôt ouvert la porte et je me suis mis à courir

174

sur la pointe des pieds, j'ai traversé le couloir dans une sorte d'état second, j'ai ouvert la porte du palier et, sans même la refermer, je me suis précipité dans l'escalier que j'ai dévalé à toute allure. À cet instant, j'ai cru que tout était compromis, que j'allais devoir abandonner. J'ai ressenti un désespoir terrible.

L'image de maman s'est imposée à moi et je me suis mis à pleurer. Comme si elle venait de mourir une seconde fois. Instinctivement, je serrais dans ma poche le carnet de notes de Sophie. Je marchais et mes larmes coulaient.

21 janvier

Quand j'ai écouté l'enregistrement, j'ai revécu toute la scène. Rétrospectivement, quelle horreur ! J'ai entendu la chaîne stéréo se mettre en route (un truc de Bach à mon avis), je crois avoir perçu le tapotement de mes semelles le long du couloir, mais ça reste flou. Plus distinctement ensuite, la marche de Vincent, décidée, vers la porte d'entrée, un assez long silence et la porte se refermer. Je pense qu'il s'est demandé si quelqu'un était entré, peut-être a-t-il fait quelques pas dans l'escalier, monté ou descendu quelques marches, regardé par-dessus la balustrade ou quelque chose comme ça. La porte s'est refermée de manière appliquée. Selon lui, sans doute, il a mal fermé la porte derrière lui lorsqu'il est rentré et voilà tout. Le soir, il n'a même pas évoqué cet incident avec Sophie, ce qui aurait été une catastrophe. Quelle peur !

23 janvier

E-mail affolé à Valérie. Le matin de son rendez-vous avec le thérapeute, impossible de remettre la main sur son carnet… Elle l'a caché dans les toilettes, elle en est certaine, et ce matin, plus de carnet. Elle en pleurerait. Elle se sent énervée, excitable et fatiguée. Déprimée.

24 janvier

Rendez-vous avec le thérapeute. Quand elle a parlé du carnet qu'elle a perdu, il s'est montré rassurant. Ce sont, dit-il, des choses qui arrivent, justement quand on y prête trop attention. Dans l'ensemble, il lui a semblé très pondéré, pas affolé du tout. Elle a éclaté en sanglots quand elle a parlé du rêve sur sa belle-mère. Elle n'a pas pu s'empêcher de lui raconter l'accident qui s'est déroulé dans les mêmes circonstances exactement que son rêve. Et le fait qu'elle ne se souvient absolument pas de ce qu'elle a fait de sa journée. Il a écouté avec calme, lui non plus ne croit pas du tout aux rêves prémonitoires. Il lui a expliqué une théorie qu'elle n'a pas très bien comprise, qu'elle n'a pas très bien entendue parce qu'elle avait l'esprit trop lent. Lui, il appelle ça des « petits malheurs ». N'empêche, à la fin de l'entretien, il lui a demandé si elle n'envisagerait pas d'aller « se reposer » un peu. C'est ce qui lui a fait le plus peur. Je crois qu'elle a interprété ça comme une proposition d'internement. Je sais que ça la terrifie.

Valérie répond très vite à ses e-mails. Elle veut lui montrer qu'elle est proche. Valérie sent bien – et moi je sais – qu'elle ne lui dit pas tout. C'est peut-être une attitude magique. Ce dont elle ne parle pas n'existe pas, ou ne risque pas d'être contaminé...

30 janvier

Je commençais à désespérer de cette histoire de montre. Voilà près de cinq mois qu'elle a perdu la jolie montre qui lui vient de son père. Dieu sait pourtant qu'à l'époque, elle a retourné tout ce qui pouvait se retourner dans la maison dans l'espoir de la retrouver. Rien n'y a fait. La montre a dû passer par pertes et profits. Un vrai deuil.

Et puis voilà ! D'un coup, Sophie tombe dessus. Et devinez où ? Dans le coffret à bijoux de sa mère ! Au fond. Certes, elle ne l'ouvre pas tous les jours, les choses qui s'y trouvent, elle ne les porte pas. Mais tout de même, depuis la fin août, elle a bien dû l'ouvrir cinq ou six fois. Mentalement, elle a même essayé de se souvenir précisément combien de fois, avec certitude, elle l'a ouvert depuis les vacances, elle en a dressé la liste pour Valérie, comme si elle voulait lui prouver quelque chose, ce qui est idiot. Et pourtant, elle ne l'a jamais vue là, cette montre. Elle n'était pas sur le dessus, bien sûr, mais ce n'est pas un coffret bien profond et d'ailleurs, il n'y a pas tant de choses que cela... Et puis, de toute façon, pourquoi serait-elle allée la mettre à cet endroit ? C'est insensé.

Sophie ne semble même pas contente de l'avoir retrouvée, sa montre, c'est un comble.

Perdre de l'argent, ça arrive, mais en avoir trop, c'est assez rare. Et surtout, c'est inexplicable.

Mes petits amis Sophie et Vincent ont des projets. Sophie s'exprime très discrètement à ce sujet dans ses e-mails à Valérie. Elle dit que « ça n'est pas encore sûr » et qu'elle lui en parlera bientôt, qu'elle « sera même la première ». Toujours est-il que Sophie a décidé de se séparer d'une petite toile qu'elle a achetée il y a cinq ou six ans. Elle a fait passer l'information dans les milieux qu'elle fréquente et elle l'a vendue avant-hier. Elle en demandait trois mille euros. Il paraît que c'était très raisonnable. Un monsieur est venu voir l'œuvre. Puis une dame. Finalement, Sophie a transigé à deux mille sept cents, à condition que ce soit en espèces. Elle a semblé contente. Elle a déposé l'argent dans une enveloppe dans le petit secrétaire, mais elle n'aime pas conserver trop d'argent liquide à la maison. Alors c'est Vincent, ce matin, qui s'est rendu à la banque pour en faire le dépôt. Et c'est là que c'est inexplicable. Vincent semble très ébranlé par cette affaire. Depuis, entre eux, ce sont des discussions à n'en plus finir, paraît-il. Dans l'enveloppe, il y avait trois mille euros. Sophie est formelle : deux mille sept cents. Vincent aussi : trois mille. J'ai affaire à un couple formel. C'est drôle.

N'empêche que Vincent regarde Sophie d'une drôle de manière. Il lui a même dit que depuis quelque temps, elle a une « conduite bizarre ». Sophie ne pensait pas qu'il avait observé quoi que ce soit. Elle a pleuré. Ils ont parlé. Vincent a dit qu'il faudrait consulter. Que c'était même le bon moment.

Avant-hier, Sophie a tout retourné. Sa carte ne peut pas mentir, elle a emprunté deux ouvrages, elle s'en souvient même très bien parce qu'elle les a feuilletés. Pas lus, tout juste feuilletés. Elle les avait empruntés par curiosité, à cause d'un article qu'elle avait lu quelques semaines plus tôt. Elle les revoit même très bien. Impossible de remettre la main dessus. Albert Londres et un lexique professionnel. Maintenant, tout l'affole, Sophie. Pour un rien, elle devient fébrile. Elle a téléphoné au centre de documentation pour demander qu'on prolonge son prêt. Il paraît qu'elle les a rapportés. La bibliothécaire lui a même dit la date : le 8 janvier dernier. Elle a regardé dans son agenda, c'est la date à laquelle elle s'est rendue chez un client en banlieue. Elle aurait pu passer par là... Pourtant, elle ne se souvient absolument pas d'avoir rapporté ces deux livres ce jour-là. Elle a interrogé Vincent mais elle n'a pas insisté : en ce moment il n'est pas à prendre avec des pincettes, écrit-elle à Valérie. Les livres sont toujours disponibles au centre de documentation, ils n'ont pas été réempruntés. Ça a été plus fort qu'elle, elle y est allée, elle a demandé à quelle date elle les avait restitués. C'est confirmé.

Je l'ai vue sortir. Elle est vraiment très préoccupée.

Il y a huit jours, Sophie a organisé une conférence de presse pour une importante vente de livres anciens. Pendant le cocktail qui a suivi, elle a fait des photos numériques des journalistes, des membres de la direction, du buffet, pour le journal d'entreprise mais aussi pour éviter à la presse de faire déplacer des photographes. Pendant une journée entière et une partie du week-end, elle a travaillé sur son ordinateur, à la maison, pour retailler, corriger les photos qu'elle doit soumettre à la direction et adresser à tous les journalistes présents et excusés. Elle a rassemblé tout ça dans un dossier « Presse_11_02 » qu'elle a mis en pièce jointe à un e-mail. L'enjeu doit être d'importance, elle a hésité, vérifié, retouché encore les images, revérifié. Je la sentais mal à l'aise. L'enjeu professionnel, sans doute. Et puis elle s'est enfin décidée. Avant d'envoyer son e-mail, elle a effectué une sauvegarde. Je n'abuse jamais du contrôle que j'ai sur sa machine par internet. J'ai toujours la crainte qu'elle s'en aperçoive. Mais cette fois, je n'ai pas pu résister. Pendant la sauvegarde, j'ai ajouté deux clichés dans le dossier. Même format, même retouche, garanti fait main. Mais pas de buffet, pas de journalistes ni de clients prestigieux. Seulement l'attachée de presse en train de faire une bonne pipe à son mari sous le soleil de la Grèce. On reconnaît beaucoup moins le mari que l'attachée de presse, c'est vrai.

19 février

Ça se passe évidemment très mal au bureau de Sophie. Cette histoire de dossier de presse a déclenché une véritable traînée de poudre. La surprise l'a effondrée. Dès lundi matin, elle a été appelée chez elle par un membre du directoire. Plusieurs journalistes l'ont aussi appelée dès le début de la matinée. Sophie est abasourdie. Elle n'a parlé de cela à personne, évidemment, et surtout pas à Vincent. Elle doit ressentir une honte terrible. Je l'ai moi-même appris par un e-mail qu'un « ami » journaliste lui a envoyé : terrassée par la nouvelle, elle avait dû lui demander de lui envoyer les photos, elle n'y croyait pas ! Il faut dire que j'ai bien choisi : la bouche pleine, elle lève les yeux vers le visage de Vincent avec un regard volontairement libidineux. Ces petites bourgeoises, quand ça veut jouer à la pute en privé, c'est plus vrai que nature. La seconde photo est un peu plus compromettante, si l'on peut dire. C'est à la fin, ça montre qu'elle sait y faire et que de son côté, le jeune homme fonctionne très bien…

Bref, c'est une catastrophe. Elle n'est pas allée travailler et elle est restée prostrée toute la journée, au grand affolement de Vincent, à qui elle a refusé de dire quoi que ce soit. Même à Valérie, elle s'est contentée de dire qu'il venait de lui arriver « quelque chose de terrible ». La honte, c'est affreux, ça paralyse.

20 février

Sophie a pleuré tout le temps. Elle a passé une partie de sa journée derrière la fenêtre à fumer d'innombrables cigarettes, j'ai fait beaucoup de photos d'elle. Elle n'a pas remis les pieds au bureau et je suppose que là-bas, ça doit ronfler comme une ruche. Je parie que les fuites vont bon train et qu'on s'échange des photocopies des clichés de Sophie devant la machine à café. C'est aussi ce que doit imaginer Sophie. Je ne pense pas qu'elle pourra y retourner. C'est sans doute pour cela qu'elle a semblé aussi indifférente à la nouvelle de sa mise à pied. Une semaine. Il semblerait que l'on soit parvenu à limiter les dégâts, mais bon, le mal est fait à mon avis… Et dans une carrière, ce sont des trucs qui vous poursuivent. Sophie, en tout cas, a l'air d'un ecto-plasme.

23 février

La soirée avait déjà commencé comme un traque-nard : je devais passer la chercher pour aller dîner. J'avais réservé deux couverts chez Julien mais mon increvable amoureuse avait d'autres plans. Lorsque je suis entré chez elle, j'ai trouvé la table dressée pour deux. L'imbécile qui, comme son parfum l'indique, ne recule jamais devant le mauvais goût, avait même posé un chandelier sur la table, un truc ignoble qui se prend pour de l'art moderne. Je me suis récrié mais mainte-nant que j'étais entré, que je sentais l'odeur d'un plat au four, il était difficile, impossible même, de refuser l'invitation. J'ai protesté pour la forme, me promettant de ne plus jamais revoir cette fille. Ma décision était prise. Cette pensée m'a réconforté et comme la table ronde empêchait Andrée de me toucher comme elle le fait dès que l'occasion se présente, je me suis senti un peu à l'abri.

Elle habite un appartement très exigu au quatrième étage d'un immeuble ancien sans aucun charme. Le salon-salle à manger n'a qu'une fenêtre, tout en hau-teur il est vrai, mais sans beaucoup de lumière car elle donne sur la cour. C'est le genre de lieu où l'on doit maintenir les lampes allumées en permanence si on ne veut pas devenir dépressif.

Comme la soirée, la conversation était languissante. Pour Andrée, je suis Lionel Chalvin, je travaille dans une entreprise de promotion immobilière. Je n'ai plus de parents, ce qui me dispense, grâce à un regard douloureux dès que le sujet est abordé, de tout souvenir d'enfance. Je vis seul, et comme le croit cette grosse andouille, je suis impuissant. Du moins, je souffre d'impuissance. J'ai réussi à éviter le sujet, ou à n'en aborder que les effets tangibles. Je navigue à vue.

La conversation a roulé sur les vacances. Andrée est partie, le mois dernier, quelques jours chez ses parents à Pau et j'ai eu droit aux anecdotes sur le caractère de son père, les frayeurs de sa mère, les conneries de son chien. J'ai souri. Vraiment, je ne pouvais pas faire plus.

C'était ce qu'on doit appeler « un dîner fin ». Enfin, c'est ce qu'elle doit appeler ainsi. Il n'y a que le vin qui pouvait mériter une telle appellation, mais son commerçant l'aura choisi pour elle. Elle n'y connaît rien. Elle avait préparé un « cocktail maison » qui ressemblait terriblement à son parfum.

Après le repas, comme je le redoutais, Andrée a servi le café sur la table basse, devant le canapé. Quand elle s'est installée près de moi, la truie m'a dit, d'un air langoureux, après un silence qu'elle espérait profond et explicite, que, pour mes « difficultés », elle « comprenait ». Elle a dit ça avec une voix de religieuse. Je parierais qu'elle se félicite de l'aubaine. Elle a évidemment très envie de se faire tringler, parce que ça ne doit pas lui arriver tous les jours, et tomber sur un amant vaguement impuissant doit la rendre enfin utile à quelque chose. J'ai fait l'embarrassé. Un silence s'est installé. Dans ces cas-là, pour faire diversion, elle parle de son travail, comme tous ceux qui n'ont rien à dire. Anecdotes, toujours les mêmes. Mais à un moment, elle a évoqué le département Communication. Mon attention s'est tout de suite mise en alerte. Quelques instants plus tard, j'ai réussi à conduire la conversation vers Sophie, d'abord d'un peu loin, en disant que les grandes ventes devaient donner un travail monstre à tout le monde. Après avoir passé en revue la moitié de l'entreprise, Andrée en est enfin venue à Sophie. Elle brûlait de me raconter le coup des images. Elle pouffait de manière grotesque. La bonne copine…

— Je vais regretter son départ…, a-t-elle dit. De toute manière, elle partait…

J'ai tendu l'oreille. Et c'est alors que j'ai tout appris. Sophie quitte Percy's, mais pas seulement. Sophie quitte Paris. Ce n'était pas une maison *de* campagne qu'ils cherchent depuis un mois, c'est une maison *à la* campagne. Son mari vient d'être nommé directeur d'une nouvelle unité de recherche à Senlis et c'est là qu'ils vont s'installer.

— Mais, qu'est-ce qu'elle va faire ? ai-je demandé à Andrée.

— Comment ça ?

Elle avait l'air très étonnée que je m'intéresse à une chose pareille.

— Tu me dis que c'est quelqu'un de très actif, alors, je me demande… ce qu'elle va faire à la campagne…

Andrée a pris une mine gourmande, comme pour une aimable conspiration, pour me dire que Sophie « attend un bébé ». Ce n'était pas une nouveauté, ça m'a quand même fait quelque chose. Dans l'état où elle est, ça me semble très imprudent.

— Et ils ont trouvé quelque chose ? ai-je demandé.

Selon elle, ils ont trouvé « une belle maison dans l'Oise », pas trop loin de l'autoroute.

Un bébé. Et Sophie quittant sa place et Paris par la même occasion… Avec le coup du dossier de presse, j'espérais bien obtenir que Sophie cesse un temps de travailler, mais la grossesse plus le départ de Paris… Il me fallait réfléchir à cette nouvelle donne. Je me suis levé aussitôt. J'ai balbutié quelques mots. Je devais partir, il était tard.

– Mais tu n'as même pas bu ton café, a déploré la gourde.

Tu parles, son café… Je suis allé reprendre ma veste et je me suis dirigé vers la sortie.

Comment ça s'est passé, je n'en sais plus trop rien. Andrée m'a suivi jusqu'à la porte. Elle s'était fait une tout autre idée de la soirée avec moi. Elle disait que c'était dommage, qu'il n'était tout de même pas si tard, surtout pour un vendredi. J'ai bredouillé que je travaillais le lendemain. Andrée ne me sera plus jamais d'aucune utilité, mais pour ne pas me griller tout à fait, j'ai dit quelques mots que je voulais rassurants. C'est alors qu'elle s'est lancée. Elle m'a serré contre elle, elle m'a embrassé dans le cou. Elle a dû sentir ma résistance. Je ne sais plus ce qu'elle a susurré, elle proposait de « s'occuper de moi », elle saurait se montrer patiente, je n'avais aucune crainte à avoir, enfin, des choses comme ça… Ça n'aurait rien été si, pour m'encourager, elle n'avait pas posé sa main sur mon ventre. Bien bas, la main. Je n'étais déjà plus en état de me dominer. Après cette soirée et les nouvelles que je venais d'apprendre, c'était trop. J'étais presque adossé à la porte, je l'ai repoussée violemment. Elle a été surprise de cette réaction mais elle a voulu poursuivre son avantage. Elle a souri et ce sourire de grosse était si hideux, si concupiscent… le désir sexuel est si libidineux chez les filles moches… je n'ai pas pu m'empêcher. Je l'ai giflée. Très fort. Elle a immédiatement posé sa main sur sa joue. Son regard exprimait l'étonnement le plus total. Je me suis rendu compte de l'énormité de la situation et de son inutilité. De tout ce que j'avais été obligé de faire avec elle. Alors je l'ai giflée une seconde fois, de l'autre côté, et une fois encore, jusqu'à ce qu'elle se mette à crier. Je n'avais plus peur. Je regardais autour de moi, la pièce, la table dressée avec les restes du repas, le canapé avec les tasses de café auxquelles nous n'avions pas touché. Tout cela m'a dégoûté, profondément. Alors je l'ai prise par les épaules et l'ai attirée contre moi, comme pour la rassurer. Elle s'est laissé faire, espérant sans doute qu'une parenthèse simplement douloureuse était en passe de se refermer. Je suis allé jusqu'à la fenêtre, que j'ai ouverte en grand, comme pour respirer, et j'ai attendu. Je savais qu'elle viendrait. Ça n'a pas pris deux minutes. Elle reniflait dans mon dos de façon ridicule. Puis je l'ai entendue s'approcher, son parfum m'a enveloppé une dernière fois. J'ai pris ma respiration, je me suis retourné, je l'ai attrapée par les épaules et quand elle a été là, serrée contre moi, à pleurnicher comme un chiot, je me suis retourné doucement, comme si je voulais l'embrasser et d'un coup très brutal, des deux mains sur ses épaules, je l'ai poussée. J'ai juste vu son regard effaré au moment où elle disparaissait par la fenêtre. Elle n'a même pas crié. Deux ou trois secondes plus tard, j'ai entendu un bruit ignoble. J'ai commencé à pleurer. Je tremblais de la tête au pied pour empêcher l'image de maman de remonter jusqu'à moi. Mais je devais avoir gardé suffisamment de lucidité, parce que quelques secondes plus tard, j'avais pris ma veste et dégringolé l'escalier.

24 février

Évidemment, la chute d'Andrée a été une épreuve pour moi. Non pas tant, ça va de soi, pour la mort de cette gourde, mais pour la manière dont elle est morte.

Rétrospectivement, je suis étonné de ne pas avoir ressenti quelque chose après la mort de la mère de Vincent. Sans doute qu'un escalier, ce n'est pas pareil. Cette nuit, ce n'est pas Andrée qui s'envolait, bien sûr, mais maman. Ce n'était toutefois pas aussi pénible que dans tant d'autres rêves de ces dernières années. Comme si quelque chose en moi se pacifiait. Je pense que je dois cela à Sophie. Ça doit se jouer du côté du transfert, ou quelque chose comme ça.

26 février

Ce matin, Sophie s'est rendue à l'enterrement de sa chère collègue. Elle était habillée en noir. En la voyant ainsi sortir de chez elle, tout en noir, je l'ai trouvée jolie, pour une future morte. Deux enterrements en si peu de temps, ça doit secouer. Je ne peux pas me cacher que je suis très secoué moi-même. Andrée, et surtout cette façon de mourir... ! Je la trouve blasphématoire. Une insulte à ma mère. Des images très douloureuses de l'enfance me sont revenues, contre lesquelles je me suis battu pied à pied. Peut-être que toutes les femmes qui m'aiment sont destinées à passer par la fenêtre.

J'ai fait le point complet de la situation. Évidemment, ça n'est pas reluisant, mais il n'y a pas non plus de catastrophe. Je dois redoubler de prudence. Si je ne commets pas d'impair, je pense que tout ira bien. Chez Percy's, personne ne m'a vu. Je ne m'y suis plus montré après ma rencontre avec la truie.

J'ai évidemment laissé un tas d'empreintes chez elle, mais je ne suis pas fiché à la police et sauf accident, il y a peu de chance pour que je me trouve en situation de leur permettre un recoupement quelconque. Il n'empêche : la plus grande prudence s'impose et je ne pourrai plus jamais commettre une telle gaffe sans mettre tout mon projet en péril.

28 février

Pour ce qui est de Sophie, rien de tragique. Elle quitte Paris, il faudra faire avec, voilà tout. Ce qui me pèse, c'est de voir toute mon organisation technique devenir inutile. Bon, c'est ainsi. Je n'aurai pas, ça va de soi, la chance de trouver un lieu d'observation aussi propice que celui-ci, mais je trouverai bien quelque chose.

Le bébé devrait arriver cet été. Je commence à l'intégrer à ma stratégie des prochains mois.

5 mars

Branle-bas de combat : ce matin, le camion des déménageurs s'est pointé en bas de la rue. Il n'était pas 7 heures, mais depuis 5 heures du matin les lumières de l'appartement étaient allumées et je distinguais les silhouettes affairées de Sophie et de son mari. Vers 8 h 30, Vincent est allé au travail, abandonnant l'intendance à sa petite femme. Ce type est vraiment détestable.

Je ne vois pas l'intérêt de rester plus longtemps dans cette chambre : elle me rappellera en permanence les merveilleux moments où je vivais près de Sophie, où à n'importe quel instant, je pouvais regarder ses fenêtres, la voir, la photographier... J'ai plus d'une centaine de clichés d'elle. Sophie dans la rue, dans le métro, au volant de sa voiture, Sophie passant nue devant sa fenêtre, Sophie à genoux devant son mari, Sophie se limant les ongles des pieds à la fenêtre du salon…

Un jour, Sophie va me manquer définitivement, c'est certain. Mais nous n'en sommes pas là.

7 mars

Petit embarras technique : je n'ai récupéré que deux des trois micros. Le troisième a dû disparaître dans le déménagement, c'est tellement petit ces machins-là.

18 mars

Il fait un froid terrible dans cette campagne. Et Dieu que c'est triste ! Qu'est-ce que Sophie est venue faire ici… Elle suit son grand homme de mari. Gentille petite femme. Je ne lui donne pas trois mois avant de s'ennuyer à mourir. Son ventre va lui tenir compagnie, mais elle va avoir tellement de soucis… Certes, son Vincent a reçu une belle mutation, mais je le trouve très égoïste.

L'installation de Sophie dans l'Oise va me contraindre à faire beaucoup de kilomètres, et en plein hiver… Je me suis donc trouvé un petit hôtel à Compiègne. J'y passe pour un écrivain. Pour trouver un poste d'observation, en revanche, il m'a fallu plus de temps. Mais c'est fait. Je passe par la partie écroulée du mur d'enceinte, à l'arrière de la maison. J'ai trouvé à garer ma moto dans les ruines d'un appentis dont il reste suffisamment de toit. C'est très éloigné de la maison et on ne peut pas voir ma moto depuis la route, où d'ailleurs il ne passe presque personne.

Sauf le froid, tout va donc bien pour moi. Je n'en dirais pas autant de Sophie. À peine installée et les ennuis pleuvent déjà. D'abord, même quand on est active, les journées sont longues dans cette immense maison. Les ouvriers ont bien fait une diversion les premiers jours, mais le gel est revenu de manière inattendue et ils ont cessé de travailler, on ne sait pas quand on va les revoir. Moralité : la cour devant la maison, bousillée par les camions, est maintenant complètement gelée et Sophie se tord les chevilles en permanence dès qu'elle doit sortir. Sans compter que ça fait encore plus triste. Le bois pour la cheminée semblait tout près quand on n'en avait pas besoin, mais maintenant... Et puis, on est seule. De temps en temps, on sort sur le perron avec un bol de thé. On a beau être dans l'enthousiasme, quand on travaille toute seule toute la journée et que le petit mari rentre tous les soirs à pas d'heure...

Pour preuve, ce matin, la porte de la maison s'est ouverte et un chat est sorti. C'est une bonne idée, un chat. Il est resté un moment là, assis sur le seuil à regarder le parc. C'est un chat noir et blanc, un beau chat. Quelques instants plus tard, il est allé faire ses besoins sans trop s'éloigner de la maison. Ce devait être parmi ses premières sorties, Sophie le guettait de la fenêtre de la cuisine. J'ai fait un grand tour pour passer moi aussi à l'arrière de la maison. Nous nous sommes presque retrouvés nez à nez, le chat et moi. J'ai stoppé net. Ce chat n'est pas sauvage. Gentil chat. Je me suis baissé et je l'ai appelé. Il a attendu un moment et il s'est approché, il s'est laissé caresser en faisant le dos rond et en levant le derrière comme ils font tous. Je l'ai pris dans mes bras. Il s'est mis à ronronner. Je sentais en moi une raideur, une fébrilité... Le chat s'est laissé porter en ronronnant. Je suis allé avec lui jusqu'à l'appentis où Vincent entrepose ses outils.

25 mars

Je n'étais pas venu depuis quelques jours, exactement depuis que l'autre soir, Sophie a découvert son gentil chat cloué sur la porte de l'appentis de son mari. Ça lui a fait un coup, il faut se mettre à sa place ! Je suis arrivé vers 9 heures, Sophie partait. Je l'ai juste entrevue qui mettait un sac de voyage dans le coffre de sa voiture. J'ai attendu une demi-heure, par précaution, puis j'ai forcé un volet du bas, à l'arrière, et je suis entré visiter. Sophie n'a pas chômé. Elle a déjà repeint la plus grande partie du rez-de-chaussée, cuisine, salon et une autre pièce dont je ne sais pas à quoi elle servira. Un joli jaune pâle avec des frises d'un jaune plus soutenu, les poutres du salon dans un vert un peu pistache (pour autant que je puisse en juger), toujours est-il que c'est très joli. Un travail de moine. Des dizaines et des dizaines d'heures de travail. Les ouvriers les ont laissés avec une salle de bains brute de décoffrage mais ça fonctionne, l'eau est chaude. La cuisine aussi est en pleine réfection. Les ouvriers ont posé les meubles par terre, je suppose que la plomberie doit d'abord être achevée avant qu'ils les fixent. Je me suis fait du thé et j'ai réfléchi. Je me suis promené dans les pièces, j'ai pris pour moi deux ou trois babioles, le genre de choses dont on ne se rend jamais compte qu'elles ont disparu

mais qui surprennent quand on les retrouve accidentel-
lement. Après quoi, ma décision prise, je suis allé chercher les pots de peinture, les rouleaux, j'ai mis bien
moins de temps que Sophie pour tout repeindre du sol
au plafond, quoique dans un style plus « spontané ».
Les meubles de cuisine sont réduits à du petit-bois pour
la cheminée, j'ai nettoyé les coulures de peinture avec
le linge de table, j'en ai profité pour donner une petite
touche de couleur sauvage au mobilier, j'ai cisaillé la
tuyauterie de la salle de bains jusqu'à la cuisine et je
suis parti en laissant la robinetterie ouverte.

Je n'ai pas besoin de revenir tout de suite.

26 mars

Dès son arrivée, Sophie a fait la connaissance de
Laure Dufresne, l'institutrice du village. Elles ont à
peu près le même âge, elles ont sympathisé. J'ai profité
des horaires de classe pour aller faire un tour chez elle.
Je ne veux pas être pris au dépourvu. Rien à signaler.
Petite vie tranquille. Petite jeune femme tranquille.
Elles se voient pas mal. Laure passe volontiers prendre
un café en fin de journée. Sophie est allée lui donner un
coup de main pour installer de nouveaux meubles dans
sa classe. À la jumelle, je les ai vues s'amuser. J'ai
l'impression que cette rencontre est positive pour
Sophie. J'ai commencé à tirer des plans sur la comète.
La question est de savoir comment je vais me servir de
tout ça. Et je crois que j'ai trouvé.

Laure a beau tenter de la rassurer, Sophie est démoralisée. Après la mort de son chat, sa maison a été saccagée pendant son absence, ce qui lui a mis un rude coup. Selon elle, il doit s'agir d'une malveillance de voisinage. Laure prétend que c'est impossible : elle a été très bien accueillie, les gens d'ici sont très gentils, assure-t-elle. Sophie a de gros doutes. Et les faits qu'elle aligne plaident en sa faveur. Et puis faire venir les experts, porter plainte, trouver des ouvriers, recommander des meubles, tout ça ne se fait pas en un jour. Il y en a pour des semaines (des mois peut-être, allez savoir). Et tout repeindre, les bras vous en tombent. Avec ça, Vincent, à son nouveau poste, qui termine tard tous les jours en disant que c'est normal, que c'est toujours comme ça au début (de toute manière, celui-là…). Avec cette maison, elle sent que quelque chose a mal commencé. Elle ne veut pas avoir de réflexes trop négatifs (tu as raison Sophie : reste rationnelle). Vincent a fait poser une alarme pour la tranquilliser mais, malgré cela, elle ne se sent pas à l'aise. La lune de miel avec l'Oise n'aura pas duré longtemps. Sa grossesse ? Ça avance. Trois mois et demi. Mais vraiment, Sophie n'a pas bonne mine.

2 avril

Il ne manquait plus que ça : il y a des rats dans la maison ! Il n'y en avait pas et d'un seul coup, on en a plein. Et il paraît que lorsqu'on en voit un, c'est qu'il y en a dix. Ça commence avec un couple et ça se reproduit à une vitesse ! Ça grouille partout, vous les voyez cavaler et disparaître dans les coins, vraiment ça fait peur. La nuit, on les entend qui grattent. On met des pièges, des produits pervers qui les attirent et qui les tuent. Vraiment, c'est à se demander combien il y en a. Je fais des allers-retours avec des couples de rats qui s'affolent dans les sacoches de la moto. C'est ça le plus pénible.

4 avril

C'est auprès de Laure que Sophie trouve le plus de réconfort. Je suis retourné chez l'institutrice pour vérifier quelques petites choses. Je me suis même demandé si cette fille n'était pas un peu gouine, mais je pense que non. C'est pourtant ce que prétendent les lettres anonymes qui commencent à circuler dans le village et aux alentours. On en a reçu d'abord à la mairie, puis aux services sociaux, à l'inspection académique, on y lit des horreurs sur Laure : elle y est décrite comme malhonnête (une lettre prétend qu'elle truque les comptes de la coopérative scolaire), comme malfaisante (une autre parle des sévices sur certains gamins), comme amorale (on prétend qu'elle entretient des relations coupables avec... Sophie Duguet), l'atmosphère du village est pénible. Forcément, dans des villages où il ne se passe jamais rien, ça fait plus de bruit qu'ailleurs. Dans ses e-mails, Sophie décrit Laure comme une « fille très courageuse ». Sophie a trouvé là une occasion de dispenser un peu d'aide à autrui, elle se sent utile.

Alors, la voici enfin, cette fameuse Valérie ! Je
trouve qu'elles se ressemblent, toutes les deux. Elles se
sont connues au lycée. Valérie travaille dans une
société de transports internationaux à Lyon. Sur
internet, rien à « Valérie Jourdain », mais à « Jourdain » tout court, on trouve des entrées pour toute la
famille, depuis le grand-père, origine de la fortune
familiale, jusqu'au petit-fils, Henri, le frère aîné de
Valérie. À la fin du XIXᵉ siècle, la famille avait déjà
amassé une fortune assez considérable dans les métiers
à tisser lorsque, d'un coup de génie comme on en voit
peu, le grand-père, Alphonse Jourdain, a déposé un
brevet pour un fil de coton synthétique qui a assuré à
la famille de quoi vivre pendant deux générations. Il
n'en fallait pas plus pour que le fils d'Alphonse, le père
de Valérie, ne transforme l'essai et, par une série de
spéculations sereines (achats d'immeubles principalement), ne prolonge le délai de sérénité de deux à huit
générations. D'après ce que j'ai reconstitué de sa fortune personnelle, la vente de son appartement seul lui
permettrait de vivre sans souci jusqu'à cent trente ans.

Je les ai vues toutes les deux faire des promenades
dans le parc. Sophie lui a montré, d'un air anéanti,
toutes les plantes qui meurent. Même certains arbres.
On ne sait pas ce qui se passe. On préfère ne pas savoir.

Valérie se montre pleine de bonne volonté (elle peint
un peu mais au bout d'un moment elle allume une cigarette, s'assoit sur un escabeau et jacasse jusqu'à ce
qu'elle se rende compte que Sophie travaille toute
seule depuis plus d'une heure). Le problème, c'est
qu'elle a peur des rats, que l'alarme qui se déclenche
toute seule parfois jusqu'à quatre fois dans la nuit lui

fiche une trouille verte (pour moi, c'est évidemment beaucoup de travail mais c'est aussi très gratifiant). Valérie trouve que c'est loin de tout. Je ne peux pas la critiquer.

Sophie a présenté Laure à Valérie. Tout ça a l'air de se passer gentiment. Évidemment, entre Sophie qui déprime de manière chronique depuis des mois et des mois et Laure qui vit dans l'angoisse les vagues de lettres anonymes qui ne cessent d'inonder le village, pour Valérie, ce ne sont pas réellement des vacances...

30 avril

Si ça continue, même Valérie va finir par se mettre en colère contre Sophie. Vincent, lui, c'est un sphinx, pour savoir ce qu'il pense, celui-là... Mais Valérie, c'est autre chose. Valérie, c'est la spontanéité incarnée, pas l'once du moindre calcul.

Depuis plusieurs jours, Sophie lui disait qu'elle devrait rester encore un peu. Quelques jours de plus. Valérie avait beau expliquer qu'elle ne pouvait pas, Sophie insistait. Elle l'appelait « petite choute », mais Valérie, qui pouvait peut-être prolonger son séjour, ne se plaisait pas ici. Je crois que pour rien au monde elle ne serait restée plus longtemps. Sauf qu'au moment de partir, impossible de retrouver son billet de train. L'idée que Sophie fait tout pour retarder son départ l'a évidemment traversée. Sophie jure ses grands dieux, Valérie fait semblant de n'y voir aucune importance, Vincent fait mine de prendre tout ça pour un incident sans conséquence. Valérie a commandé un nouveau billet sur le net. Elle s'est montrée plus silencieuse qu'à l'accoutumée. Elles se sont embrassées à la gare.

Valérie tapotait le dos de Sophie, qui pleurait en dodelinant de la tête. Je crois que Valérie était très contente
de s'enfuir.

10 mai

Quand j'ai vu que Laure était tombée en panne de
voiture, j'ai tout de suite saisi ce qui allait se passer et
j'ai pris les devants. Ça n'a pas raté. Dès le lendemain, Laure a demandé à Sophie de lui prêter sa voiture pour ses courses de la semaine. Sophie est toujours ravie de rendre service. Tout était prêt. J'avais
bien fait les choses et, il faut aussi le dire, j'ai eu un peu
de chance. Aussi bien Laure aurait pu ne s'apercevoir
de rien. Mais elle a vu. Lorsqu'elle a ouvert le coffre
pour y décharger son Caddie, elle a aperçu le coin de
quelques revues qui dépassaient de sacs plastique.
Dans une période où sa vie est rythmée par l'arrivée de
lettres anonymes, elle ne pouvait manquer d'être intri-
guée. Lorsqu'elle a découvert les revues avec les pages
dans lesquelles avaient été découpées de nombreuses
lettres, elle a immédiatement fait le rapprochement. Je
m'attendais à une explosion. Pas du tout. Laure est une
fille très structurée, calme, c'est même ce que Sophie
aime en elle. Laure est passée chez elle prendre les
copies des lettres anonymes qu'elle a récupérées ces
dernières semaines et avec le paquet de revues elle
s'est rendue directement au commissariat de la ville
voisine, elle a porté plainte. Sophie commençait à être
inquiète de ne pas la voir revenir des courses. Elle a été
enfin rassurée. Laure n'a pratiquement pas dit un mot.
À la jumelle, je les ai vues l'une en face de l'autre.
Sophie écarquillait les yeux. Dans le sillage de Laure,

le fourgon de la gendarmerie est arrivé pour la perquisition. Ils n'ont pas tardé, évidemment, à trouver les autres revues que j'ai entreposées un peu partout. Le procès en diffamation va agiter le bocage pendant quelques semaines. Sophie est désespérée. Comme si elle avait besoin de ça. Il va falloir en parler à Vincent. Je pense que parfois, Sophie a envie de mourir. Et elle est enceinte.

13 mai

Le moral s'est effondré. Pendant plusieurs jours, elle s'est littéralement traînée. Elle a travaillé dans la maison, mais peu et distraitement. On dirait même qu'elle refuse de sortir.

Je ne sais pas ce qui se passe avec les ouvriers, mais on ne les voit plus. Je crains que les assurances ne fassent des difficultés. Peut-être qu'il aurait fallu avoir une alarme plus tôt, je ne sais pas, ces gens-là sont tellement procéduriers. Bref, plus rien n'avance. Sophie a un visage soucieux et découragé. Elle passe des heures à fumer dehors, dans son état, ce n'est pourtant pas conseillé…

23 mai

De gros nuages noirs ont roulé dans le ciel toute la fin de journée. La pluie a commencé à tomber vers 19 heures. Lorsque Vincent Duguet est passé devant moi à 21 h 15, l'orage était à son comble.

Vincent est un homme prudent et appliqué. Il conduit raisonnablement vite, met bien son clignotant à droite, à gauche. Quand il est arrivé sur la nationale, il a accéléré. La route est toute droite pendant plusieurs kilomètres, après quoi elle tourne bizarrement sur la gauche, je dirais même brutalement. Malgré la signalisation, bien des conducteurs ont dû s'y laisser prendre, d'autant qu'à cet endroit, la route est bordée d'arbres assez grands qui masquent la courbure : on arrive dessus assez vite. Pas Vincent, évidemment, qui fait ce trajet depuis des semaines et chez qui un emballement reste exceptionnel. Il n'empêche, quand on connaît, on se sent toujours à l'abri, on n'y pense même plus. Vincent a abordé le virage avec la confiance de quelqu'un qui connaît les lieux. La pluie avait redoublé. J'étais juste derrière lui. Je l'ai dépassé exactement au bon moment et je me suis rabattu très brutalement, si brutalement même que l'arrière de la moto a touché son pare-chocs avant. Juste avant la fin de mon dépassement, je me suis mis en dérapage bien maîtrisé, puis j'ai donné un grand coup de frein pour redresser. L'effet de surprise, la pluie, la moto qui surgit, se rabat si près qu'elle touche sa carrosserie et qui se met à déraper comme ça soudainement devant lui... Vincent Duguet a littéralement perdu les pédales. Un coup de frein trop violent. Il a tenté de redresser, j'ai presque cabré la moto et je me suis retrouvé face à lui. Il s'est vu me percuter, un coup de volant désordonné et... La messe était dite. Sa voiture a tourné sur elle-même, ses pneus ont mordu sur le talus, c'était déjà le début de la fin. La voiture a semblé virer à droite, puis à gauche, le moteur a hurlé et le bruit de ferraille a été terrible quand elle a percuté l'arbre : la voiture était profondément encastrée dans l'arbre, cabrée sur ses roues arrière, l'avant à une cinquantaine de centimètres du sol.

Je suis descendu de moto et j'ai couru jusqu'à la voiture. Malgré l'abondance de la pluie, je craignais l'incendie, je voulais faire vite, je me suis approché de la portière avant gauche. Vincent avait la poitrine écrasée contre le tableau de bord, j'ai l'impression que l'Airbag a explosé, je ne savais pas que c'était possible. Je ne sais pas pourquoi j'ai fait ça, je voulais sans doute m'assurer qu'il était mort. J'ai relevé la visière de mon casque intégral, j'ai agrippé ses cheveux et j'ai tourné sa tête vers moi. Le visage ruisselait de sang mais personne n'aurait pu s'imaginer une chose pareille : il avait les yeux grands ouverts et il me regardait fixement ! Je suis resté tétanisé par ce regard… La pluie battante ruisselait à l'intérieur de l'habitacle, le visage de Vincent ruisselait de sang et ses yeux me fixaient avec une intensité qui m'a littéralement terrifié. Nous nous sommes regardés un long instant. J'ai lâché sa tête, qui est lourdement retombée sur le côté, et je vous jure : ses yeux étaient toujours ouverts. Ils avaient une autre fixité cette fois. Comme s'il était enfin mort. Je suis parti en courant et j'ai démarré en trombe. Quelques secondes plus tard, je croisais une voiture dont j'ai vu les feux de stop s'allumer dans mon rétroviseur…

Le regard de Vincent littéralement planté dans le mien m'a empêché de dormir. Est-il enfin mort ? S'il ne l'est pas : se souviendra-t-il de moi ? Fera-t-il le rapprochement avec le motard qu'il a renversé naguère ?

25 mai

Je me tiens informé par les e-mails de Sophie à son père. Il lui a proposé avec insistance de venir la voir mais elle refuse toujours. Elle dit qu'elle a besoin d'être seule. À voir sa vie, elle est comblée... Vincent a été très vite transféré à Garches. J'ai hâte d'avoir des nouvelles. Je ne sais pas du tout comment les choses vont tourner maintenant. Mais je suis tout de même un peu rassuré : Vincent va mal. On pourrait même dire : très mal.

30 mai

Il fallait prendre des dispositions, sinon je risquais de la perdre. Maintenant je sais toujours où Sophie se trouve. C'est plus sûr.

Je la regarde : on ne dirait pas qu'elle est enceinte. Il y a des femmes comme ça, ça ne se voit pratiquement qu'à la fin.

5 juin

Évidemment, ça devait arriver. L'accumulation sans doute : tous ces mois de tension et d'épreuves, et l'accélération des dernières semaines, la plainte en diffamation de Laure, l'accident de Vincent... Hier, déplacement de Sophie en pleine nuit, ce qui n'est pas courant. Senlis. Je me suis demandé quel rapport ça pouvait avoir avec Vincent. Aucun. Sophie vient de faire une fausse couche. Trop d'émotions sans doute.

7 juin

La nuit dernière, je me suis senti très mal. Une angoisse inexplicable m'a sorti du sommeil. J'ai tout de suite reconnu les symptômes. Quand ça touche à la maternité, ça me fait ça. Pas toujours, mais souvent. Quand je rêve de ma propre naissance, que j'imagine le visage épanoui de maman, son absence me fait un mal terrible.

8 juin

Vincent vient d'être transféré à la clinique Sainte-Hilaire pour la rééducation. Les nouvelles sont encore plus alarmantes que je le pensais. Il devrait sortir dans un mois à peu près.

22 juillet

Il y a quelque temps que je n'ai pas vu Sophie. Elle a fait une petite escapade chez son père. Elle n'est restée là-bas que quatre jours. De là, elle est aussitôt retournée auprès de Vincent.

Honnêtement, les nouvelles ne sont pas bonnes… J'ai hâte de voir ça.

13 septembre

Mon Dieu… ! J'en suis encore retourné.

Je m'y attendais, mais à ce point-là… Je savais par un e-mail à son père que Vincent allait sortir ce matin. En début de matinée, je me suis installé dans le parc de la clinique, à l'extrémité nord, où je pouvais surveiller l'ensemble du bâtiment. J'étais là depuis vingt minutes lorsque je les ai vus apparaître sur le perron du bâtiment central. Sophie, en haut de la rampe pour handicapés, poussait le fauteuil de son mari. Je ne les distinguais pas très bien. Je me suis levé, j'ai emprunté une allée parallèle pour me rapprocher. Quelle vision… ! L'homme qu'elle pousse dans son chariot n'est plus que l'ombre de lui-même. Les vertèbres ont dû être salement touchées, mais il n'y a pas que ça. On ferait mieux de faire le compte de ce qui marche encore. Il doit maintenant peser dans les quarante-cinq kilos. Il est tassé sur lui-même ; sa tête, qui doit ballotter d'un côté à l'autre, est maintenue à peu près droite par une minerve et pour le peu que j'ai pu en voir, son regard est vitreux, son teint jaune comme un coing. Quand on pense que ce type n'a pas trente ans, on est effaré.

Sophie pousse le fauteuil avec une abnégation admirable. Elle est calme, son regard est droit. Je trouve sa démarche un peu mécanique, mais il faut comprendre, cette fille a de gros soucis. Ce que j'aime chez elle, c'est que même dans ces circonstances, elle ne tombe pas dans la vulgarité : pas d'attitude de bonne sœur ou d'infirmière martyre. Elle pousse le fauteuil, voilà tout. Elle doit pourtant réfléchir et se demander ce qu'elle va faire de ce légume. Moi aussi, d'ailleurs.

C'est très triste. Cette province, en soi, n'a jamais été très riante – c'est le moins qu'on puisse dire – mais là, on atteint des sommets. La maison immense et cette jeune femme esseulée, qui, au moindre rayon de soleil, tire sur le perron le fauteuil du handicapé qui lui prend tout son temps, toute son énergie… c'est pathétique. Elle le couvre de châles, s'assoit sur une chaise près de son fauteuil et elle lui parle en fumant d'innombrables cigarettes. Difficile de savoir s'il comprend ce qu'elle lui dit. Il dodeline de la tête en permanence, qu'elle parle ou non. À la jumelle, je vois qu'il ne cesse de baver, c'est assez pénible. Il essaie de s'exprimer, mais il ne parle plus. Je veux dire : il ne dispose plus de langage articulé. Il pousse des sortes de cris, des grognements, ils essayent tous les deux de communiquer. Sophie est d'une patience… Moi, je ne pourrais pas.

Pour le reste, je suis très discret. Il ne faut jamais en faire trop. Je reviens la nuit, entre 1 heure et 4 heures du matin, je claque un volet, très fort, et une demi-heure plus tard je fais exploser l'ampoule extérieure. J'attends que la chambre de Sophie s'allume, puis la lumière de la fenêtre qui donne sur l'escalier, et je rentre tranquillement. Ce qui importe, c'est d'entretenir le climat.

L'hiver vient d'arriver avec une petite avance.

J'ai appris que Laure avait retiré sa plainte contre Sophie. Elle lui a même rendu visite. On ne recollera pas les morceaux entre elles, mais la petite Laure a bon fond et visiblement elle n'est pas rancunière. Sophie est devenue quasiment transparente.

Je lui rends visite environ deux fois par semaine (je dose les médicaments, je remets le courrier des jours précédents après les avoir lus), le reste du temps, je me tiens informé par ses e-mails. Je n'aime pas trop la tournure que prennent les choses. Nous pourrions nous installer dans cette sorte de torpeur dépressive et y rester des mois, des années. Il va falloir que ça change. Sophie tente de s'organiser, elle a demandé une aide ménagère, mais c'est assez difficile à trouver par ici, sans compter que je n'y tiens pas. J'ai intercepté les courriers. J'ai opté pour une attitude en pointillé. Je compte sur le fait qu'à son âge, même avec beaucoup d'amour, Sophie va se lasser, qu'elle va se demander ce qu'elle fait ici, combien de temps elle va pouvoir tenir. Je vois bien qu'elle cherche des solutions : elle a cherché une autre maison, elle pense à se réinstaller à Paris. Moi, tout me va. Ce que je ne veux pas, c'est avoir le légume dans les pattes trop longtemps.

16 novembre

Sophie n'a pas une minute de tranquillité. Les premiers temps, Vincent restait tranquillement dans son fauteuil, elle pouvait s'occuper ailleurs, revenir le voir… C'est devenu de plus en plus difficile. Depuis quelque temps, c'est même très difficile. Si elle le laisse sur le perron, quelques minutes plus tard son fauteuil a avancé et se trouve près de basculer dans le vide. Elle a fait venir un ouvrier pour poser une rampe d'accès, des barres de protection partout où il risque de s'aventurer. Elle ne sait pas comment il peut faire, mais il réussit à avancer jusqu'à la cuisine. De temps à autre, il parvient à attraper des objets, ce qui peut être très dangereux, ou bien il se met à hurler. Elle se précipite mais s'avère incapable de comprendre pourquoi il agit ainsi de manière si soudaine. Vincent me connaît bien maintenant. Chaque fois qu'il me voit arriver, il écarquille les yeux, il se met à pousser des borborygmes. Il a peur évidemment, il se sent très vulnérable.

Sophie explique ses mésaventures à Valérie (qui promet toujours de venir la voir mais qui ne se décide jamais, comme par hasard). Elle a du mal à maîtriser ses angoisses, elle se bourre de médicaments, elle ne sait plus quelle solution adopter, elle demande conseil à son père, à Valérie, elle passe des heures sur internet à chercher des maisons, un appartement, elle ne sait vraiment plus où elle en est... Valérie, son père, tout le monde lui conseille de placer Vincent dans un établissement spécialisé, mais il n'y a rien à faire.

19 décembre

La seconde aide ménagère n'a pas voulu rester. Elle n'a pas voulu donner de raison non plus. Sophie se demande comment elle va faire, l'association lui écrit qu'il sera difficile d'en trouver d'autres.

Je ne savais pas si son mari avait encore des pulsions, s'il fonctionnait encore normalement et dans ce cas comment elle allait s'y prendre. En fait, c'est tout bête. Bon, évidemment, Vincent n'a plus le côté vigoureux et conquérant de l'an dernier, celui des (trop) célèbres vacances en Grèce. Sophie lui rend simplement le petit service. Elle s'applique, mais on la sent quand même un peu absente. En tout cas, elle ne pleure pas en même temps. Après seulement.

23 décembre

C'est un peu triste comme Noël, d'autant que c'est l'anniversaire de la mort de la mère de Vincent.

25 décembre

Le jour de Noël ! Le feu s'est déclenché dans le salon. Pourtant Vincent avait l'air calme, il somnolait. En quelques minutes, le sapin a pris feu, ça fait des flammes impressionnantes. Sophie n'a eu que le temps de tirer le fauteuil de Vincent (qui hurlait comme un damné), de jeter de l'eau tandis qu'elle appelait les pompiers. Plus de peur que de mal. Mais vraiment très peur. Même les pompiers bénévoles, à qui elle a offert le café dans l'atmosphère humidifiée de ce qui reste du salon, lui conseillent gentiment de placer Vincent.

9 janvier 2002

Il suffisait de se décider. Je laisse passer les courriers administratifs. Sophie a trouvé un établissement en banlieue parisienne. Vincent est convenablement pris en charge, il avait une bonne mutuelle. Elle l'a emmené là-bas, elle s'agenouille près du fauteuil, lui tient les mains, elle lui parle tout bas, lui fait valoir les

avantages de la situation. Il grogne des choses incom-
préhensibles. Elle pleure dès qu'elle est seule.

2 février

J'ai relâché un peu la pression sur Sophie, le temps
qu'elle s'organise. Je me contente de lui perdre des
objets, de bouleverser un peu son calendrier, mais pour
elle, c'est si habituel que ce n'est même plus inquié-
tant. Elle fait avec. Et du coup, elle reprend un peu du
poil de la bête. Au début, bien sûr, elle est allée voir
Vincent tous les jours, mais ce sont des résolutions qui
ne tiennent pas dans la durée. Du coup, elle connaît de
terribles crises de culpabilité. C'est par son rapport à
son père qu'on s'en rend compte : elle n'ose même pas
lui en parler.

Maintenant que Vincent est en banlieue, elle a mis la
maison en vente. Et elle brade. Elle a fait venir de
drôles de gens : des brocanteurs, des antiquaires, les
bénévoles d'Emmaüs, les véhicules se succèdent,
Sophie reste là, toute droite, sur le perron, pour les
regarder arriver, on ne la voit jamais quand ils repartent. Entre-temps, on charge des cartons et des cartons
et des meubles, un bric-à-brac incroyable. C'est drôle,
quand j'ai vu tous ces meubles, ces objets chez elle,
l'autre nuit, je trouvais ça joli et là, de les voir trans-
portés, chargés, déménagés, tout a subitement un air
moche, sinistré. C'est la vie.

9 février

Avant-hier, vers 21 heures, Sophie s'est ruée dans un taxi.

La chambre de Vincent se trouve au deuxième étage. Il est parvenu à pousser la barre de la porte qui conduit à l'ancien escalier monumental et il y a précipité son fauteuil. Les infirmiers ne savent pas comment il s'y est pris, mais ce type avait encore une sacrée énergie. Il a profité de l'heure incertaine d'après-repas, celle où les groupes se forment pour les jeux collectifs et où les autres pensionnaires sont massés devant les téléviseurs. Il s'est tué net. C'est curieux d'ailleurs, c'est la même mort que sa mère. Parlez-moi de la destinée...

12 février

Sophie a choisi de faire incinérer Vincent. Il y avait peu de monde à la cérémonie : son père, celui de Vincent, d'anciens collègues, quelques membres des deux familles qu'elle ne voit que de loin en loin. C'est dans ces circonstances que l'on mesure à quel point elle a fait le vide autour d'elle. Valérie a fait le déplacement.

17 février

J'espérais qu'elle serait un peu soulagée par la mort de Vincent. Depuis des semaines, elle devait imaginer le scénario : devoir lui rendre visite ainsi pendant des années et des années... Mais ce n'est pas comme ça qu'elle réagit : Sophie est hantée par la mauvaise conscience. Si elle ne l'avait pas « placé », si elle avait eu le courage de s'occuper de lui jusqu'au bout, il serait encore vivant. Valérie a beau lui écrire que vivre ainsi ce n'était pas la vie, Sophie a une peine terrible. Je pense quand même que la raison va triompher. Tôt ou tard.

19 février

Sophie s'est rendue quelques jours chez son père. Je n'ai pas cru nécessaire de l'accompagner. De toute manière, elle a emporté ses médicaments.

25 février

Honnêtement, le quartier est bien. Ça n'est pas ce que j'aurais choisi, mais c'est bien. Sophie a emménagé dans un appartement du troisième étage. Il faudra que je trouve le moyen d'aller visiter ça un jour. Je ne peux évidemment pas espérer trouver un poste d'observation aussi commode que celui dont je bénéficiais autrefois, du temps que Sophie était une jeune femme épanouie… Mais je m'y emploie.

Elle n'a quasiment rien rapporté ici. Il devait de toute manière rester peu de choses après la grande braderie de l'Oise. La dimension du camion qu'elle a loué n'avait rien à voir avec celui du premier déménagement. Moi qui suis si peu symboliste, j'y vois tout de même comme une image, assez encourageante d'ailleurs. Il y a quelques mois, Sophie a quitté Paris avec un mari, des tonnes de meubles, de livres et de tableaux, un bébé dans son ventre. Elle vient d'y rentrer seule, avec juste une camionnette. Ce n'est plus la jeune femme d'avant, scintillante d'amour et d'énergie. Loin de là. Parfois je regarde des photos de cette époque, des photos de vacances.

7 mars

Sophie s'est décidée à chercher du travail. Pas dans sa branche, elle n'a plus aucune relation dans la presse et de toute manière, elle n'a plus suffisamment d'allant pour ce genre de chose. Sans compter la manière dont elle a quitté son dernier poste… Je suis ça de loin. Moi, tout me va. Elle rentre dans des bureaux, prend des rendez-vous. Visiblement elle cherche n'importe quoi. On dirait que c'est pour s'occuper. Elle n'en parle quasiment pas dans ses e-mails. C'est simplement fonctionnel.

13 mars

Si je m'attendais à ça : bonne d'enfant ! Enfin, sur l'annonce on dit « nurse ». Sophie a plu à la directrice de l'agence d'intérim. Et du coup ça n'a pas traîné : le soir même, elle était embauchée chez « M. et Mme Gervais ». Je vais me renseigner sur eux. J'ai vu Sophie avec un garçonnet de cinq ou six ans. C'est la première fois que je la vois sourire depuis des mois. Je ne comprends pas très bien ses horaires.

La femme de ménage arrive vers midi. C'est le plus souvent Sophie qui lui ouvre. Mais comme elle entre même les jours où Sophie n'est pas là, j'en ai déduit qu'elle a sa propre clé de l'appartement. C'est une grosse femme sans âge, qui porte en permanence un cabas en plastique marron. Elle ne vient pas chez les Gervais le week-end. Je l'ai observée plusieurs jours, j'ai appris son itinéraire, ses habitudes, je suis un expert. Avant de prendre son service, elle s'arrête au Triangle, le café qui fait l'angle de la rue, pour fumer sa dernière cigarette. Elle ne doit pas avoir le droit de fumer chez les Gervais. Son truc, c'est le tiercé. Je me suis installé à la table d'à côté puis, pendant qu'elle faisait la queue pour faire ses jeux, j'ai plongé la main dans son cabas. Il m'a fallu peu de temps pour trouver son trousseau. Samedi matin, j'ai fait le déplacement jusqu'à Villeparisis (c'est fou ce qu'elle fait comme trajet, cette femme-là) et pendant qu'elle faisait son marché, j'ai remis son trousseau dans son cabas. Elle en sera quitte pour la peur…

Maintenant, j'ai mes entrées chez les Gervais.

2 avril

Rien ne change vraiment. Il n'a pas fallu deux semaines à Sophie pour qu'elle perde ses papiers, que son réveil se mette à débloquer (elle est arrivée en retard dès la première semaine)… Je remets la pression et j'attends une bonne occasion. Jusqu'ici, j'ai su me montrer patient, mais maintenant j'aimerais bien passer au plan B.

3 mai

Depuis deux mois, et malgré le fait qu'elle aime son nouveau travail, Sophie se retrouve face à ses difficultés psychologiques comme il y a un an. Exactement les mêmes. Mais il y a quelque chose de très nouveau, ce sont ses colères. Moi-même, j'ai un peu de mal à la suivre, parfois. Son inconscient doit se révolter, se mettre en fureur. Ce n'était pas le cas avant. Sophie s'était résignée à sa folie. Quelque chose, depuis, a sans doute débordé, je ne sais pas. Je la vois s'énerver, se maîtriser avec difficulté ; elle parle mal aux gens, on dirait qu'elle leur fait la tête en permanence, qu'elle n'aime plus personne. Ce n'est pourtant pas la faute des autres si elle est ainsi ! Je la trouve agressive. Dans le quartier, elle n'a pas tardé à se faire une sale réputation... Aucune patience. Pour une nurse, c'est un comble. Et ses difficultés personnelles (il y en a pas mal en ce moment, je reconnais...) rejaillissent sur son entourage. C'est à croire qu'elle a des envies de meurtre parfois. Moi, je serais les parents, je ne confierais pas un enfant de six ans à une fille comme Sophie.

28 mai

Ça n'a pas raté... J'ai vu Sophie et l'enfant au square Dantremont, tout avait l'air calme. Sophie semblait rêvasser sur son banc. Je ne sais pas ce qui a pu se passer : quelques minutes plus tard, elle marchait à grands pas sur le trottoir d'un air furieux. Loin derrière, le gamin faisait la tête. Lorsque Sophie s'est retournée et qu'elle a foncé sur lui, j'ai compris que ça allait très mal se passer. Une gifle ! Une gifle haineuse, de celles qui veulent corriger, punir. Le môme a été sidéré. Elle aussi. Comme si elle se réveillait d'un cauchemar. Ils sont restés un instant à se regarder, sans se parler. Le feu est passé au vert, j'ai démarré tranquillement. Sophie regardait autour d'elle comme si elle craignait d'avoir été vue, et qu'on lui demande des comptes. Je pense qu'elle déteste cet enfant.

La nuit dernière, elle est restée dormir chez les Gervais. C'est très rare. Généralement, elle préfère rentrer chez elle, quelle que soit l'heure. Je connais l'appartement des Gervais. Lorsque Sophie reste dormir, il y a deux solutions parce qu'il y a deux chambres d'amis. J'ai guetté les lumières des différentes fenêtres. Sophie a raconté une histoire au gamin, je l'ai vue ensuite fumer sa dernière cigarette à la fenêtre, allumer la lumière de la salle de bains puis l'appartement s'est éteint. La chambre. Pour aller dans la chambre de l'enfant, il faut passer par celle où dort Sophie. Je suis certain que, de peur de réveiller Sophie, les parents, ces soirs-là, ne se risquent pas à aller voir leur môme.

Vers 1 h 20 du matin, les parents sont rentrés à leur tour. Le temps de la toilette du soir, les fenêtres de leur chambre se sont éteintes à près de 2 heures. Je suis monté à 4 heures. Je suis passé par l'autre couloir, chercher ses chaussures de marche dont j'ai pris les lacets et je suis revenu sur mes pas. J'ai écouté longuement le sommeil de Sophie avant de traverser sa chambre en silence, très lentement. Le petit dormait profondément, sa respiration faisait un léger sifflement. Je pense qu'il n'a pas souffert longtemps. J'ai passé le lacet autour de sa gorge, coincé sa tête sous l'oreiller contre mon épaule, puis tout a été très vite. Mais c'était épouvantable. Il s'est mis à remuer furieusement. J'ai senti que j'allais vomir, les larmes me sont montées aux yeux. J'ai eu la soudaine certitude que ces secondes faisaient de moi quelqu'un d'autre. C'est le plus éprouvant de tout ce que j'ai été obligé de faire jusqu'ici. Je suis parvenu à le faire, mais je ne m'en remettrai jamais. Quelque chose de moi est mort avec cet enfant. Quelque chose de moi, enfant, que je ne savais pas encore vivant.

J'ai été inquiet, au matin, de ne pas voir Sophie sortir de l'immeuble. Ça ne lui ressemble pas. Impossible de savoir ce qui se passait dans l'appartement. J'ai téléphoné, deux fois. Et quelques minutes plus tard, quelques interminables minutes plus tard, je l'ai enfin vue surgir de l'immeuble, affolée. Elle a pris le métro. Elle s'est ruée chez elle pour ramasser des vêtements, elle s'est arrêtée à la banque juste au moment de la fermeture.

Sophie était en fuite.

Le lendemain matin, *Le Matin* titrait : « Un enfant de six ans étranglé dans son sommeil. Sa nurse est recherchée par la police. »

Janvier 2004

L'an dernier, en février, *Le Matin* titrait : « Mais où est passée Sophie Duguet ? »

À l'époque, on venait tout juste de découvrir qu'après le petit Léo Gervais, Sophie avait aussi trucidé une certaine Véronique Fabre, dont l'identité lui avait permis de s'enfuir. Et on était loin encore de savoir qu'en juin suivant, ce serait au tour du patron d'un fast-food qui l'employait au noir.

Cette fille a un ressort que personne ne pouvait imaginer. Pas même moi, qui suis pourtant celui qui la connaît le mieux. Le « réflexe de conservation » n'est pas une vaine expression. Pour que Sophie s'en tire, il a bien fallu qu'à distance je l'aide un peu, mais je ne suis pas loin de penser qu'elle s'en serait peut-être sortie sans moi. En tout cas, le fait est là : Sophie est encore libre. Elle a changé plusieurs fois de ville, de coiffure, de look, d'habitudes, de métier, de relations.

En dépit des difficultés que représentaient sa fuite et l'obligation de vivre sans identité, de ne jamais rester en place, je suis parvenu à maintenir sur elle une pression sans faille, parce que mes méthodes sont efficaces. Au cours de ces mois, nous avons été, elle et moi, comme les deux acteurs aveugles d'une même tragédie : nous sommes faits pour nous retrouver, et le moment approche.

Il paraît que c'est le changement de stratégie qui a fait le succès des guerres napoléoniennes. C'est aussi pour cela que Sophie a réussi. Elle a cent fois changé de route. Elle vient encore de changer de projet. Et elle s'apprête, une nouvelle fois, à changer de nom… C'est assez récent. Elle est parvenue, grâce à une prostituée dont elle a fait la connaissance, à acheter de vrais faux papiers. Des papiers très faux mais avec un vrai nom, presque vérifiable, en tout cas un nom sans reproche, auquel rien de notable ne s'attache. Après quoi elle a aussitôt changé de ville. Je dois dire que sur le coup, j'ai eu un peu de mal à comprendre à quoi pouvait lui servir d'acheter, à un prix aussi déraisonnable, un extrait d'acte de naissance dont la durée de vie n'excède pas trois mois. J'ai compris dès que je l'ai vue entrer dans une agence matrimoniale.

C'est une solution très astucieuse. Sophie a beau continuer de faire des cauchemars sans nom, de trembler comme une feuille du matin au soir, de surveiller ses faits et gestes de manière obsessionnelle, je dois lui reconnaître une capacité de réaction peu commune. Et qui m'a contraint à m'adapter très vite.

Je mentirais en disant que c'était difficile. Je la connais si bien… Je savais exactement comment elle réagirait, ce qui l'intéresserait. Parce que je savais exactement ce qu'elle cherchait et que j'étais, je crois, le seul à même de l'incarner aussi parfaitement. Il fallait, pour être totalement crédible, ne pas être le candidat parfait, dosage assez fin. Sophie m'a d'abord éconduit. Puis le temps a fait son travail. Elle a hésité, elle est revenue. J'ai su alors me montrer assez maladroit pour être crédible, assez rusé pour ne pas être décourageant. Sergent-chef dans les transmissions, je passe pour un crétin acceptable. Comme elle n'avait devant elle que trois petits mois, il y a quelques semaines, Sophie a décidé d'accélérer le mouvement. Nous avons passé quelques nuits ensemble. Là encore, je crois avoir joué ma partition avec la finesse nécessaire.

Moyennant quoi, avant-hier, Sophie m'a demandé en mariage.

J'ai accepté.

FRANTZ ET SOPHIE

L'appartement n'est pas grand mais il est très fonctionnel. Pour un couple, c'est bien. C'est ce qu'a dit Frantz quand ils ont emménagé et Sophie s'est montrée tout à fait d'accord. Trois pièces dont deux disposent de portes-fenêtres donnant sur le petit parc de la résidence. Ils sont tout en haut de l'immeuble. L'endroit est tranquille. Peu après leur installation, Frantz l'a emmenée voir la base militaire, qui n'est qu'à douze kilomètres, mais ils ne sont pas entrés. Il s'est contenté de faire un petit signe au planton, qui a répondu un peu distraitement. Comme ses horaires sont à la fois ténus et ajustables, il quitte la maison assez tard et revient de bonne heure.

Le mariage a eu lieu à la mairie de Château-Luc. Frantz a fait son affaire de trouver les deux témoins. Sophie s'attendait plutôt à ce qu'il lui présente deux collègues de la base, mais il a dit que non, qu'il préférait que ça reste privé (il doit être assez débrouillard : il a quand même eu droit aux huit jours de congés…). Deux hommes d'une cinquantaine d'années qui semblaient se connaître les attendaient sur le perron de l'hôtel de ville. Ils ont serré la main de Sophie de façon maladroite mais pour Frantz, ils se sont contentés d'un petit signe de tête. L'adjointe au maire les a fait entrer dans la salle des mariages et en constatant qu'ils n'étaient que quatre, elle a dit : « C'est tout ? » puis s'est mordu les lèvres. Elle a donné l'impression d'expédier la cérémonie.

— Ce qui compte, c'est qu'elle ait fait le job, a dit Frantz.

Expression militaire.

Frantz aurait pu se marier en uniforme, mais il avait préféré le costume civil, ce qui fait que même en photo Sophie ne l'a jamais vu en tenue ; elle s'était acheté une robe imprimée qui lui faisait de jolies hanches. Quelques jours plus tôt, en rosissant, Frantz lui avait montré la robe de mariée de sa mère, passablement abîmée maintenant mais qui avait subjugué Sophie : une somptuosité couverte de mousseline, fondante comme de la neige. Elle a dû néanmoins connaître des vicissitudes, cette robe. Le tissu reste plus foncé à certains endroits, comme si elle avait été tachée. Il y avait évidemment une intention cachée de la part de Frantz – mais quand il a constaté l'état réel de la robe, l'idée s'est chassée d'elle-même. Sophie a été surprise qu'il ait conservé cette relique. « Oui, a-t-il répondu, étonné. Je ne sais pas pourquoi… Je devrais la jeter, c'est un vieux truc. » Mais il l'a quand même rangée dans un placard du couloir d'entrée, ce qui a fait sourire Sophie. Lorsqu'ils sont sortis de la mairie, Frantz a tendu son appareil numérique à l'un des témoins et il a expliqué brièvement comment faire le point. « Après, il suffit d'appuyer là… » À regret, elle a posé avec lui, côte à côte, sur le perron de l'hôtel de ville. Puis Frantz s'est éloigné avec les deux témoins. Sophie s'est retournée, elle ne voulait pas voir les billets changer de main. « C'est quand même un mariage… », s'est-elle dit un peu bêtement.

Devenu un mari, Frantz ne correspond pas tout à fait à l'idée que Sophie s'est faite de lui « fiancé ». Il est plus fin, moins brutal dans ses propos. Comme il arrive fréquemment avec les êtres un peu rustiques, Frantz dit même parfois des choses très pénétrantes. Il est plus silencieux aussi depuis qu'il ne se sent plus dans l'obligation d'entretenir la conversation, mais il regarde toujours Sophie comme l'une des merveilles du monde, comme un rêve devenu réalité. Il dit « Marianne... » avec beaucoup de gentillesse, au point que Sophie a fini par s'habituer à ce prénom. C'est assez l'idée qu'on se fait d'un « homme aux petits soins ». Du coup, Sophie s'est presque étonnée de lui trouver des vertus. La première, et à laquelle elle n'aurait jamais pensé, c'est d'être un homme fort. Elle que la musculature des hommes n'a jamais fait fantasmer a été heurcuse, les premières fois où ils ont dormi ensemble, de sentir des bras puissants, un ventre ferme, des pectoraux développés. Elle a été naïvement émerveillée qu'un soir il puisse, en souriant, l'asseoir sur le toit d'une voiture sans même plier les jambes. Des envies de protection se sont réveillées chez elle. Quelque chose d'extrêmement fatigué, au fond d'elle, s'est peu à peu détendu. Les événements de sa vie l'ont privée de tout espoir de vrai bonheur et elle ressent un bien-être presque suffisant. On a vu des couples tenir sur ce modèle pendant des décennies. Il y a eu un peu de mépris à le choisir parce qu'il était simple. Il y a maintenant du soulagement à ressentir un peu d'estime pour lui. Sans s'en rendre tout à fait compte, elle s'est lovée contre lui dans le lit, elle s'est laissé prendre dans ses bras, elle s'est laissé embrasser, elle s'est laissé pénétrer, et les premières semaines se sont écoulées ainsi en noir et blanc, dans des proportions nouvelles. Pour le côté noir, les visages des morts ne s'estompaient pas mais revenaient à des intervalles plus longs, comme s'ils prenaient de la distance. Pour le côté blanc, elle dormait mieux, se sentait non pas revivre mais au moins des choses se réveillaient ; elle avait un plaisir enfantin à faire le ménage, à refaire de la cuisine – comme elle aurait joué à la dînette –, à chercher du travail, distraitement parce que la solde de Frantz, assurait-il, suffisait à les préserver de tout risque immédiat.

Au début, Frantz partait pour la base vers 8 h 45, il en revenait entre 16 et 17 heures. Le soir, ils allaient au cinéma ou dîner à la brasserie du Templier, à quelques minutes de la résidence. Leur trajectoire était l'inverse des trajectoires ordinaires : ils avaient commencé par se marier, maintenant ils faisaient connaissance. Ils parlaient malgré tout assez peu. Elle serait incapable de dire de quoi tant les soirées semblaient couler avec naturel. Si. Un sujet revenait souvent. Comme dans tous les couples à leurs débuts, Frantz s'intéressait prodigieusement à la vie de Sophie, sa vie d'avant, ses parents, son enfance, ses études. Avait-elle eu beaucoup d'amants ? À quel âge avait-elle perdu sa virginité… ? Toutes ces choses auxquelles les hommes disent n'attacher aucune importance mais qu'ils n'ont de cesse de demander. Alors Sophie a raconté des parents crédibles, leur divorce, largement calqué sur le vrai, elle s'est inventé une nouvelle mère qui a peu de rapport avec la vraie et elle n'a bien sûr pas dit un mot de son mariage avec Vincent. Pour les amants et la virginité, elle a puisé dans le stock des clichés, dont Frantz s'est contenté. Pour lui, la vie de Marianne s'interrompt cinq ou six ans plus tôt et elle reprend à leur mariage. Entre les deux, il y a encore un grand trou. Elle pense que tôt ou tard il faudra se concentrer sur une histoire recevable qui couvrira cette période.

224

Elle a le temps. Frantz a des curiosités amoureuses, mais ce n'est pas un limier.

Gagnée par sa tranquillité nouvelle, Sophie a renoué avec la lecture. Frantz lui rapporte régulièrement des livres de poche de la maison de la presse. N'étant plus au courant des parutions depuis bien longtemps, elle s'abandonne au hasard, c'est-à-dire à Frantz, et il est très chanceux dans ses choix : il a rapporté quelques nullités bien sûr, mais aussi *Portrait de femme* de Citati et, comme s'il avait senti qu'elle aimait les auteurs russes, *Vie et Destin* de Vassili Grossman et *Dernières Nouvelles du bourbier* d'Ikonnikov. Ils ont aussi regardé des films à la télévision, et il en a rapporté du vidéoclub. Là encore, il a parfois eu la main heureuse : elle a ainsi pu voir *La Cerisaie*, avec Piccoli, qu'elle avait manqué au théâtre à Paris quelques années plus tôt. Au fil des semaines, Sophie a senti monter en elle une sorte d'engourdissement presque voluptueux, quelque chose de cette merveilleuse paresse conjugale qui saisit parfois les épouses sans emploi.

Cette ankylose l'a trompée. Elle l'a prise pour le symptôme d'une sérénité retrouvée alors qu'elle était l'antichambre d'une nouvelle phase de la dépression.

Une nuit, elle a commencé à se débattre dans le lit, à s'agiter en tous sens. Et le visage de Vincent est soudain apparu.

Dans son rêve, Vincent est un visage immense, déformé, comme vu au grand angle ou dans un miroir concave. Ce n'est pas vraiment le visage de son Vincent à elle, le Vincent qu'elle a aimé. C'est le Vincent d'après l'accident, aux yeux larmoyants, à la tête éternellement penchée sur le côté, à la bouche entrouverte sur une absence de mots. Là, Vincent ne s'exprime plus par borborygmes. Il parle. Tandis que Sophie se tourne et se retourne dans son sommeil pour tenter de lui échapper, il la fixe et lui parle d'une voix calme et grave. Ce n'est pas vraiment sa voix, comme ce n'est pas non plus son visage, mais c'est lui parce qu'il lui dit des choses qu'il est seul à savoir. Son visage ne bouge pratiquement pas, ses pupilles s'élargissent jusqu'à devenir de grandes soucoupes sombres et hypnotiques. *Je suis là, Sophie mon amour, je te parle depuis la mort où tu m'as envoyé. Je viens te dire combien je t'ai aimée et te montrer combien je t'aime encore.* Sophie se débat mais le regard de Vincent la cloue dans le lit, les battements de ses bras n'y font rien. *Pourquoi m'as-tu envoyé à la mort, mon amour ? Deux fois, t'en souviens-tu ?* Dans le rêve, c'est la nuit. *Cette première fois, c'était le destin, simplement.* Vincent roule prudemment sur la route submergée par la pluie. À travers le pare-brise, elle le voit peu à peu saisi par le sommeil, dodeliner de la tête, la relever lentement, elle voit ses yeux papilloter, se plisser dans une tentative pour résister au sommeil tandis que la pluie redouble, inonde maintenant la route et que le vent tourbillonnant plaque de lourdes feuilles de platanes sur les essuie-glaces. *J'étais seulement fatigué, Sophie mon sommeil, je n'étais pas encore mort à ce moment-là. Pourquoi as-tu voulu ma mort ?* Sophie se bat pour lui répondre mais sa langue est lourde, pâteuse, elle remplit toute sa bouche. *Tu ne dis rien, n'est-ce pas ?* Sophie voudrait lui dire… Lui dire Mon amour comme tu me manques, comme la vie me manque depuis ta mort, comme je suis morte depuis que tu n'es plus là. Mais rien ne sort. *Tu te souviens comme j'étais ? Je sais que tu te souviens. Moi, depuis que je suis mort, je ne parle ni ne bouge, les mots restent en moi maintenant, je bave simplement, tu te souviens comme je bave, ma tête est lourde mon âme, mon âme est lourde, et comme mon cœur est lourd de te voir ainsi me regarder cette nuit-là ! Moi aussi je te revois exactement. Le jour de ma seconde mort. Tu portes cette robe bleue que je n'ai jamais aimée. Tu es debout près du sapin, Sophie mon cadeau, les bras croisés, tellement silencieuse* (bouge, Sophie, réveille-toi, ne reste pas ainsi prisonnière du souvenir, tu vas souffrir… ne l'accepte pas), *tu me regardes, je bave simplement, je ne peux rien dire, comme toujours, mais je regarde avec amour ma Sophie, et toi tu me fixes avec une sévérité terrible, une rancune, une aversion, je sens que maintenant mon amour ne peut plus rien : tu as commencé à me haïr, je suis le poids mort de ta vie pour les siècles des siècles* (n'accepte pas ça, Sophie, retourne-toi dans le lit, ne laisse pas le cauchemar t'envahir, le mensonge va te tuer, ce n'est pas toi qui es là, réveille-toi, quel que soit le prix, fais l'effort de te réveiller) *et tu te retournes tranquillement, tu saisis une branche du sapin, tu me fixes, ton regard semble indifférent tandis que tu frottes une allumette, que tu allumes une de ces petites bougies* (ne le laisse pas dire cela, Sophie. Vincent se trompe, jamais tu n'aurais fait cela. Il a de la peine, son chagrin est immense parce qu'il est mort, mais reste vivante, Sophie. Réveille-toi !), *le sapin s'enflamme d'un seul jet vorace et à l'autre bout de la pièce je te vois disparaître derrière le mur de flammes tandis que le feu gagne les rideaux et que, cloué dans mon fauteuil, épouvanté, je bande inutilement tous mes muscles, te voilà partie, Sophie ma flamme* (si tu ne peux pas bouger, Sophie, hurle !), *Sophie mon mirage, te voici maintenant en haut de l'escalier, sur ce large palier où tu as poussé mon fauteuil. Tu viens terminer ton œuvre de justice, c'est cela… Comme ton visage est volontaire et déterminé* (résiste, Sophie, ne te laisse pas envahir par la mort de Vincent). *Devant moi l'abîme de l'escalier en pierre,*

*large comme une allée de cimetière, profond comme
un puits, et toi, Sophie ma mort, qui passes doucement
ta main sur ma joue, voilà ton dernier adieu, ta main
sur ma joue, tes lèvres se pressent, tes mâchoires se
serrent et tes mains, dans mon dos, saisissent les poignées de mon fauteuil* (résiste Sophie, débats-toi, hurle
plus fort) *et mon fauteuil, d'une brusque poussée,
s'envole et je m'envole moi aussi, Sophie ma tueuse et
je suis au ciel, pour toi, c'est là que je t'attends,
Sophie, car je te veux près de moi, bientôt tu seras près
de moi* (hurle, hurle !), *tu peux hurler, mon amour, je
sais que tu es en route vers moi. Aujourd'hui, tu
résistes, mais demain tu viendras me retrouver avec
soulagement. Et nous serons ensemble pour les siècles
des siècles...*

Haletante, en nage, Sophie s'est assise sur son lit.
Son cri de terreur résonne encore dans la pièce... Assis
à côté d'elle, Frantz la regarde, terrifié. Il lui tient les
mains.

– Qu'est-ce qui se passe ? demande-t-il.

Son cri s'est étranglé dans sa gorge, elle suffoque,
ses poings sont serrés, ses ongles sont entrés profondément dans ses paumes. Frantz prend ses mains dans les
siennes et ouvre chaque doigt, un à un, en lui parlant
doucement, mais pour elle, à ce moment, toutes les
voix sont identiques et même celle de Frantz ressemble
à la voix de Vincent. La voix de son rêve. La Voix.

À partir de ce jour, c'en est fini des plaisirs de petite
fille. Sophie se concentre, comme aux pires périodes,
pour ne pas sombrer. Dans la journée, elle essaie de ne
pas dormir. Peur des rêves. Mais parfois rien n'y
résiste, le sommeil survient, la submerge. La nuit ou le
jour, les morts la visitent. Tantôt Véronique Fabre, le
visage ensanglanté et souriant, mortellement blessée

mais vivante. Elle lui parle et lui raconte sa mort. Mais ce n'est pas sa voix à elle, c'est la Voix qui lui parle, toujours cette Voix précise, cette Voix qui sait tout, qui connaît le détail de tout, qui connaît toute sa vie. *Je vous attends, Sophie*, dit Véronique Fabre, *depuis que vous m'avez tuée, je sais que vous allez me rejoindre. Dieu, comme vous m'avez fait mal... Vous n'imaginez pas. Je vous raconterai tout ça quand vous m'aurez rejointe. Je sais que vous allez venir... Bientôt, vous aurez envie de venir me rejoindre, de nous rejoindre tous. Vincent, Léo, moi... Nous serons tous là pour vous accueillir...*

Dans la journée, Sophie cesse de bouger, elle reste prostrée. Frantz est affolé, il veut appeler un médecin, elle refuse avec violence. Elle se reprend et tente de le rassurer. Mais elle voit bien à son visage qu'il ne comprend pas, que dans cette situation, pour lui, ne pas appeler un médecin est quelque chose d'incompréhensible.

Il rentre de plus en plus tôt. Mais il est trop inquiet. Très vite, il dit :

— J'ai demandé un petit congé. Il me restait des jours...

Il est maintenant avec elle toute la journée. Il regarde la télévision tandis que le sommeil la terrasse. En pleine journée. Elle distingue la nuque rasée de Frantz en découpe sur l'écran du téléviseur et le sommeil la happe. Toujours les mêmes mots, les mêmes morts. Dans ses rêves, le petit Léo lui parle avec la voix d'homme qu'il n'aura jamais. Léo lui parle avec la Voix. Il lui raconte, avec tant de détails, combien le lacet lui a fait mal à la gorge, combien il s'est épuisé à chercher sa respiration, combien il s'est débattu, comme il a tenté de hurler... Et tous les morts reviennent, jour après jour, nuit après nuit. Frantz lui fait des tisanes, des bouillons, insiste toujours pour appeler un médecin. Mais Sophie ne veut voir personne, elle a réussi à disparaître, elle ne veut pas risquer une enquête, elle ne veut pas être folle, elle ne veut pas être internée, elle jure qu'elle va surmonter tout ça. Ces crises lui glacent les mains, son rythme cardiaque fait d'inquiétants va-et-vient. Son corps est gelé mais la transpiration inonde ses vêtements. Elle dort des nuits et des jours. « Ce sont des crises d'angoisse. Ça s'en va comme ça vient », risque-t-elle, rassurante. Frantz sourit mais il est sceptique.

Une fois, elle part. À peine quelques heures.

— Quatre heures ! a dit Frantz comme s'il annonçait un record sportif. J'étais affolé. Tu étais où ?

Il lui prend les mains. Il est réellement inquiet.

— Je suis revenue, a dit Sophie comme si c'était la réponse attendue.

Frantz veut comprendre, cette disparition l'a rendu nerveux. C'est un esprit simple mais rationnel. Ce qu'il ne comprend pas le rend dingue.

— Qu'est-ce que je vais faire si tu commences à partir comme ça ! Je veux dire… pour te retrouver !

Elle dit qu'elle ne se souvient pas. Il insiste :

— Quatre heures, c'est pas possible que tu ne te souviennes pas !

Sophie roule des yeux étranges, translucides.

— Dans un café, lâche-t-elle comme si elle se parlait à elle-même.

— Un café… Tu étais dans un café… Quel café ? demande Frantz.

Elle le regarde, elle est perdue.

— Je ne suis pas sûre.

Sophie s'est mise à pleurer. Frantz l'a serrée contre lui. Elle s'est lovée dans ses bras. C'était en avril. Que voulait-elle ? En finir peut-être. Pourtant la voici revenue. Se souvient-elle de ce qu'elle a fait durant ces quatre heures ? Que peut-on bien faire en quatre heures… ?

Un mois plus tard, début mai, plus épuisée que jamais, Sophie s'est vraiment sauvée.

Frantz est descendu quelques minutes, il a dit : « Je reviens, je fais vite, ne t'inquiète pas. » Sophie a attendu que son pas disparaisse dans l'escalier, elle a enfilé une veste, mécaniquement elle a ramassé quelques affaires, son portefeuille, et elle s'est enfuie. Elle est sortie de l'immeuble par le local des poubelles, qui donne dans l'autre rue. Elle court. Sa tête cogne comme son cœur. À eux deux, ils lui font un martèlement qui résonne du ventre jusqu'aux tempes. Elle court. Elle a très chaud, elle retire sa veste qu'elle jette sur le trottoir, elle court toujours et se retourne. Craint-elle que les morts la rejoignent ? 6.7.5.3. Elle doit se souvenir de cela. 6.7.5.3. Sa respiration se perd, sa poitrine la brûle, elle court, la voici devant les bus, elle saute dedans plus qu'elle n'y monte. Elle n'a pas pris d'argent. Elle fouille ses poches, en vain. Le chauffeur la regarde pour ce qu'elle est, une folle. Elle exhume une pièce de deux euros égarée dans son jean. Le chauffeur lui pose une question qu'elle n'entend pas mais à quoi elle répond en disant : « Tout va bien », le genre de phrase qui fait toujours bien quand on veut calmer l'entourage. Tout va bien. 6.7.5.3. Ne pas oublier ça. Il n'y a, près d'elle, que trois ou quatre personnes qui la regardent à la dérobée. Elle tente de rajuster ses vêtements. Elle s'est assise à l'arrière et scrute la circulation par la vitre arrière. Elle voudrait fumer mais c'est interdit et, de toute manière, elle a tout oublié à la maison. Le bus se dirige vers la gare. Il stoppe longuement aux feux rouges, redémarre poussivement. Sophie retrouve un peu de respiration mais à l'approche de la gare, la peur la saisit de nouveau. Elle a peur du monde, peur des gens, peur des trains. Peur de tout. Elle pense qu'elle ne pourra pas fuir ainsi, aussi facilement. Elle se retourne toujours. Les visages, derrière elle, portent-ils le masque de la mort qui vient ? Elle tremble de plus en plus fort et après toutes ces journées et ces nuits épuisantes, de ce simple effort de courir au bus et de traverser la gare, elle est exténuée. « Melun », dit-elle. 6.7.5.3. Non, elle n'a pas de réduction. Oui, elle passera par Paris, elle tend sa carte bancaire avec insistance, elle voudrait que l'employé la saisisse tout de suite, elle voudrait se délivrer de son message avant de l'oublier : 6.7.5.3, elle voudrait que l'employé lui donne son billet, la fasse monter, elle voudrait déjà voir défiler les gares et descendre du train… Oui, ça lui fera une longue attente au changement, à la fin de quoi l'employé pianote et lance une impression crépitante, son billet est devant elle, l'employé dit : « Vous pouvez taper votre code. » 6.7.5.3. Une victoire. Contre qui ? Sophie se retourne et part. Elle a laissé sa carte dans l'appareil. Une femme la lui désigne avec un sourire suffisant. Sophie l'arrache de l'appareil. Tout cela a une saveur de déjà-vu, Sophie ne cesse de revivre les mêmes scènes, les mêmes fuites, les mêmes morts depuis… quand ? Il faut que ça s'arrête. Elle tape sur ses poches à la recherche de ses cigarettes, rencontre la carte bancaire qu'elle vient d'y glisser et lorsqu'elle relève la tête, Frantz est là, devant elle, affolé, qui dit : « Où vas-tu comme ça ? » Il tient à la main la veste qu'elle a jetée dans la rue. Il penche la tête de droite et de gauche. « Il faut rentrer à la maison. Cette fois, il faut appeler un médecin… Tu vois bien… » Un instant elle hésite à dire oui. Un court instant. Mais elle se reprend. « Non, pas de médecin... Je vais rentrer. » Il lui sourit et lui prend le bras. Sophie ressent une nausée, elle se plie légèrement. Frantz la tient par le bras : « On va rentrer..., dit-il. Je suis garé juste là. » Sophie regarde la gare qui s'enfuit, elle ferme les yeux comme si elle devait prendre une décision. Puis elle se tourne vers Frantz et le prend par le cou. Elle serre, elle dit : « Oh, Frantz... », elle pleure et tandis qu'il la porte – plus qu'il ne la soutient – vers la sortie, vers la voiture, vers la maison, elle lâche sur le sol son billet de train roulé en boule et plonge sa tête dans le creux de son épaule en sanglotant.

Frantz est toujours auprès d'elle. Dès qu'elle reprend ses esprits, elle s'excuse de la vie qu'elle lui fait mener. Timidement, il demande des explications. Elle promet de lui raconter. Elle dit qu'il faut d'abord qu'elle se repose. C'est l'antienne, ça, « se reposer », le mot qui, pour quelques heures, ferme toutes les portes, lui laisse un peu de temps pour souffler, le temps nécessaire pour rassembler ses forces, pour se préparer aux luttes à venir, les rêves, les morts, visiteurs insatiables. Frantz fait les courses. « Je ne veux pas te courir après à travers toute la ville », dit-il en lui souriant lorsqu'il ferme la porte à clé en sortant. Sophie sourit en retour, reconnaissante. Frantz fait le ménage, passe l'aspirateur, il fait à manger, rapporte des poulets rôtis, des repas indiens, des repas chinois, il loue des films au vidéoclub qu'il rapporte à la maison avec des regards en recherche de complicité. Sophie trouve le ménage bien fait, elle trouve les repas très bons, elle l'assure que les films sont très bien mais elle s'endort devant le téléviseur quelques minutes après le générique. Sa tête lourde replonge bientôt dans la mort et Frantz la tient par les bras lorsqu'elle se réveille, allongée sur le sol, sans voix, sans air, presque sans vie.

Alors ce qui devait arriver finit par arriver. C'est un dimanche. Sophie n'a rien dormi depuis des jours. À force de hurler, elle n'a plus de voix. Frantz la couve, toujours là, lui donne à manger parce qu'elle ne veut rien avaler. C'est surprenant comme cet homme a accepté la folie de la femme qu'il vient d'épouser. On dirait un saint. Il se dévoue, prêt à se sacrifier. « J'attends que tu veuilles bien enfin appeler un médecin, tout ira mieux alors... », explique-t-il. Elle dit que tout « va aller mieux bientôt ». Il insiste. Il cherche à quelle logique répond ce refus. Il craint d'entrer dans une coulisse de sa vie où il n'a pas encore été admis. Qu'a-t-elle dans la tête ? Elle veut le rassurer, elle sent qu'elle doit faire quelque chose de normal pour calmer son inquiétude. Alors, parfois elle se couche sur lui, rampe jusqu'à sentir son désir, elle s'ouvre à lui, le guide, elle tâche de lui faire plaisir, elle pousse quelques cris, ferme les yeux, attend qu'il s'abandonne.

C'est donc un dimanche. Calme comme l'ennui. Le matin, la résidence a résonné des voix des habitants revenant du marché ou lavant leur voiture sur le parking. Sophie a regardé toute la matinée par la porte-fenêtre en fumant des cigarettes, les mains enfouies dans les manches de son pull tant elle a froid. La fatigue. Elle a dit : « J'ai froid. » La nuit précédente, elle s'est réveillée avec des vomissements. Elle en a encore mal au ventre. Elle se sent sale. La douche n'a pas suffi, elle veut prendre un bain. Frantz lui fait couler l'eau, trop chaude comme souvent, avec des sels de bain qu'il affectionne mais qu'elle déteste en silence, ça sent le produit de synthèse, avec un parfum un peu écœurant... mais elle ne veut pas le vexer. Ça ou autre chose... Ce qu'elle veut, c'est de l'eau très chaude, quelque chose qui pourrait réchauffer ses os transis. Il l'aide à se déshabiller. Dans la glace, Sophie découvre sa silhouette, ses épaules saillantes, ses hanches pointues, sa maigreur, ce serait à pleurer si ça n'était pas à frémir... Combien pèse-t-elle ? Et cette évidence qu'elle profère soudain à voix haute : « Je crois que je suis en train de mourir. » Elle est stupéfaite de ce constat. Elle a dit ça comme elle a dit, quelques semaines plus tôt : « Je suis bien. » C'est aussi vrai. Sophie est en train de s'éteindre, lentement. Jour après nuit, cauchemar après cauchemar, Sophie s'étiole et se décharne. Elle fond. Bientôt elle sera translucide. Elle regarde une fois encore son visage et ses pommettes saillantes, ses yeux cernés. Frantz la serre aussitôt contre lui. Il dit des choses gentilles et bêtes. Il fait mine de rire de cette énormité qu'elle vient de dire. Du coup, il en fait trop. Il lui tapote le dos avec vigueur comme on fait pour quelqu'un qu'on va quitter pour une longue absence. Il dit que l'eau est chaude. Sophie tâte la surface en frémissant. Un tremblement la saisit de la tête aux pieds. Frantz fait couler de l'eau froide, elle se penche, elle dit que ça ira, il sort. Il sourit avec confiance dès qu'il s'éloigne mais il laisse toujours les portes ouvertes. Quand elle entend les premiers échos du téléviseur, Sophie s'allonge dans le bain, tend la main vers la tablette, saisit les ciseaux, elle observe attentivement ses poignets dont les veines sont à peine bleutées. Elle pose la lame du ciseau, elle ajuste, choisit un angle plus en biais, jette un œil sur la nuque de Frantz et semble puiser là une ultime conviction. Elle prend une profonde respiration et tranche d'un coup sec. Puis elle détend tous ses muscles et se laisse doucement glisser dans la baignoire.

Ce qu'elle voit en premier, c'est Frantz assis près de son lit. Puis, le long de son corps, son bras gauche recouvert de pansements épais. Puis enfin la chambre. Par la fenêtre entre un jour indistinct qui pourrait être un commencement ou une fin de journée. Frantz lui adresse un sourire indulgent. Il lui tient gentiment le bout des doigts, c'est tout ce qui dépasse. Il les caresse mais il ne dit rien. Sophie a la tête terriblement lourde. À côté d'eux, la table roulante avec le plateau-repas.

— Tu as à manger, là…, dit-il.

Voilà ses premiers mots. Pas une question, pas un reproche, pas même une peur. Non, Sophie ne veut rien manger. Il remue la tête comme s'il était embêté à titre personnel. Sophie ferme les yeux. Elle se souvient très bien de tout. Le dimanche, les cigarettes à la fenêtre, le froid dans les os, et son visage de morte dans le miroir de la salle de bains. Sa décision. Partir. Partir absolument. Attirée par le bruit de la porte qui s'ouvre, elle rouvre les yeux. Une infirmière entre. Elle sourit gentiment, contourne le lit et vérifie la perfusion, que Sophie n'avait pas remarquée. Elle pose un pouce expert sous sa mâchoire, quelques secondes lui suffisent pour sourire de nouveau.

— Reposez-vous, dit-elle en sortant, le médecin va passer.

Frantz reste là, il regarde par la fenêtre et cherche une contenance. Sophie dit : « Je suis désolée… » et il ne trouve rien à répondre. Il continue de regarder par la fenêtre et de tripoter l'extrémité de ses doigts. Il y a en lui une force d'inertie étonnante. Elle sent qu'il est là pour toujours.

Le médecin est un petit homme corpulent d'une vivacité surprenante. La cinquantaine sûre de soi, la calvitie rassurante. Il lui suffit d'un regard et d'un court sourire pour que Frantz se sente dans l'obligation de sortir. Le médecin prend la place.

— Je ne vous demande pas comment vous allez. Je me doute. Il va falloir voir quelqu'un, c'est tout.

Il a dit cela d'une traite, le genre de médecin qui va aux faits.

— Nous avons des gens très bien ici. Vous allez pouvoir parler.

Sophie le regarde. Il doit sentir que son esprit est ailleurs, alors il enfonce le clou.

— Pour le reste, c'était spectaculaire mais ça n'était pas…

Il se reprend aussitôt.

— Évidemment, si votre mari n'avait pas été là, à cette heure-ci, vous seriez morte.

Il a choisi le mot le plus fort, le plus violent, pour tester ses capacités de réaction. Elle décide de venir à son secours parce qu'elle sait très bien où elle en est.

— Ça ira.

C'est tout ce qu'elle trouve. Mais c'est vrai. Elle pense que ça ira. Le médecin claque les deux mains sur ses genoux et se lève. Avant de sortir, il désigne la porte et demande :

— Vous voulez que je lui parle ?

Sophie fait signe que non mais cette réponse n'est pas suffisamment claire. Elle dit :

— Non, je vais le faire.

— J'ai eu peur, tu sais…

Frantz sourit maladroitement. C'est l'heure des explications. Sophie n'en a pas. Que pourrait-elle lui dire ? Elle s'oblige à sourire :

– Quand je rentrerai, je t'expliquerai. Mais pas ici…

Frantz fait comme s'il comprenait.

– C'est la partie de ma vie dont je ne t'ai jamais parlé. Je t'expliquerai tout.

– Il y a tant de choses que ça ?

– Il y a des choses, oui. Après, ce sera à toi de voir…

Il fait un signe de tête difficile à interpréter. Sophie ferme les yeux. Elle n'est pas fatiguée, elle a envie d'être seule. Elle a besoin d'information.

– J'ai dormi longtemps ?

– Presque trente-six heures.

– On est où ?

– Les Anciennes Ursulines. C'est la meilleure clinique dans le coin.

– Quelle heure il est ? C'est l'heure des visites ?

– Il est presque midi. Normalement, les visites c'est à partir de 2 heures mais moi, on m'a autorisé à rester.

En temps ordinaire, il aurait ajouté quelque chose du genre « vu les circonstances », mais cette fois il s'en tient aux phrases courtes. Elle sent qu'il prend son élan. Elle le laisse faire.

– Tout ça… (Il désigne vaguement les pansements à ses poignets.) C'est à cause de nous… ? Parce que ça marche pas bien, c'est ça ?

Elle pourrait, elle sourirait. Mais elle ne peut pas, elle ne veut pas. Elle doit s'en tenir à sa ligne. Elle recroqueville trois doigts sous les siens.

– Ça n'a rien à voir, je t'assure. Tu es très gentil.

Le mot lui a déplu mais il fait avec. Il est un mari gentil. Que peut-il être d'autre ? Sophie aimerait demander où sont ses affaires mais elle se contente de fermer les yeux. Elle n'a plus besoin de rien.

La pendule du couloir marque 19 h 44. Les visites sont terminées depuis plus d'une demi-heure mais l'établissement n'est pas très à cheval sur son règlement et d'une chambre à l'autre, on entend encore les conversations des visiteurs. L'atmosphère porte quelques odeurs résiduelles des plateaux-repas de la fin de journée, odeur de soupe claire et de chou. Comment ces établissements font-ils pour sentir tous exactement la même chose ? À l'extrémité du couloir, une large fenêtre laisse passer une lumière grise. Quelques minutes plus tôt, Sophie s'est perdue dans l'établissement. Une infirmière du rez-de-chaussée l'a aidée à retrouver sa chambre. Maintenant elle connaît les lieux. Elle a vu la porte qui donne sur le parking. Il lui suffit de passer victorieusement devant le bureau des infirmières de son étage et elle est dehors. Elle a trouvé dans le placard les vêtements de ville que Frantz a dû apporter en prévision de sa sortie. Des choses qui ne vont pas ensemble. Elle attend, l'œil rivé à la fente de sa porte à peine entrouverte sur le couloir. Elle s'appelle Jenny, l'infirmière. C'est une femme mince, ondulante, qui se fait des teintures avec des mèches blondes. Elle sent le camphre. Elle se déplace d'un pas tranquille et ferme. Elle vient de quitter son bureau les mains enfoncées dans les poches de sa blouse. Elle fait ça quand elle va fumer à la porte d'entrée. L'infirmière pousse la porte battante qui conduit aux ascenseurs. Sophie compte jusqu'à cinq, elle ouvre la porte de sa chambre et emprunte à son tour le couloir, passe devant le bureau de Jenny mais juste avant la porte battante, elle tourne court sur sa droite et prend l'escalier. Dans quelques minutes elle sera au parking. Elle serre son sac contre elle. Et commence à se répéter : 6.7.5.3.

Le gendarme Jondrette, visage jaune et moustache grise. Il est accompagné d'un autre qui ne dit rien, qui regarde ses pieds, l'air concentré et soucieux. Frantz leur a proposé un café. Ils ont dit que oui, un café, pourquoi pas, mais ils sont restés debout. Jondrette est un gendarme compatissant. Il parle de Sophie et dit « Vot' dame » et il ne dit rien que Frantz ne sache déjà. Lui regarde les deux gendarmes en jouant son rôle. Son rôle, c'est d'être inquiet, et ce n'est pas difficile parce qu'il est inquiet. Il se revoit devant le téléviseur. Il aime bien les jeux de culture générale parce qu'il gagne assez facilement, même s'il triche toujours un peu. Applaudissements, envolées du présentateur, blagues à la con, rires enregistrés, exclamations aux résultats, ça fait beaucoup de bruit, la télévision. De toute manière, Sophie a fait ça en silence. Même s'il avait fait autre chose à ce moment-là... Questions : catégorie « Sport ». Lui, le sport... Il a quand même tenté le coup. Des questions sur les Jeux olympiques, le genre de truc que personne ne sait, sauf quelques névrosés très spécialisés. Il s'est retourné, la tête de Sophie était renversée sur l'appui de la baignoire, les yeux fermés, la mousse jusqu'au menton. Elle a un joli profil. De toute manière, même devenue aussi maigre, Sophie est toujours jolie. Vraiment très jolie. Il s'en fait souvent la réflexion. En revenant au téléviseur, il s'est dit qu'il devait quand même surveiller : la dernière fois qu'elle s'est endormie dans le bain, il l'en a sortie glacée, il a dû la frictionner à l'eau de Cologne pendant plusieurs minutes avant qu'elle retrouve des couleurs. Ce n'est pas une manière de mourir. Miraculeusement, il a trouvé une réponse, le nom d'un sauteur à la perche bulgare et... tout à coup, son clignotant intérieur s'est mis en alarme. Il s'est retourné. La tête de Sophie avait disparu, il s'est précipité. La mousse était rouge et le corps de Sophie avait coulé au fond de la baignoire. Il a poussé un cri. « Sophie ! » Il a plongé les bras dans l'eau et l'a ressortie par les épaules. Elle n'a pas toussé mais elle respirait. Son corps entier était d'une blancheur sépulcrale et le sang continuait de couler de son poignet. Pas beaucoup. Mais il sortait par minuscules vaguelettes, au rythme des battements de cœur, et la plaie qui avait trempé dans l'eau était boursouflée. Alors il s'est affolé un court instant. Il ne voulait pas qu'elle meure. Il s'est dit : « Pas comme ça… » Il ne voulait pas que Sophie lui échappe. Cette mort, elle la lui volait. C'est elle qui choisissait où, quand, comment. Et ce libre arbitre lui apparaissait comme un désaveu complet de tout ce qu'il avait fait, ce suicide lui semblait une insulte à son intelligence. Si Sophie venait à mourir ainsi, plus jamais il ne pourrait venger la mort de sa mère. Alors il l'a tirée hors de la baignoire, l'a allongée sur le sol, il a garrotté son poignet avec des serviettes, il lui a parlé encore et encore, il a couru jusqu'au téléphone et il a appelé les pompiers. Ils sont venus en moins de trois minutes, la caserne est juste à côté. Et il s'est inquiété de beaucoup de choses en attendant les secours. Jusqu'où les tracasseries administratives pourraient-elles fouiller, interroger l'identité de Sophie, pire : révéler à Sophie qui est en réalité le sergent-chef Berg, qui n'a jamais été soldat une seule minute de toute sa vie…

Lorsqu'il l'a retrouvée à l'hôpital, il était en pleine possession de ses moyens, de nouveau parfaitement dans son rôle. Il savait exactement quoi dire, quoi faire, que répondre, comment se montrer.

Maintenant, il a même retrouvé sa colère : Sophie s'est enfuie de l'hôpital et il a fallu attendre plus de six heures que l'administration s'en aperçoive ! L'infirmière qui l'a appelé ne savait pas très bien comment s'y prendre. « Monsieur Berg, votre femme est-elle rentrée à la maison ? » À la réponse de Frantz, elle a immédiatement battu en retraite et lui a passé le médecin.

Depuis l'annonce de cette fuite, il a eu le temps de réfléchir. Les gendarmes peuvent boire leur café tranquillement. Personne mieux que Frantz ne pourra jamais retrouver Sophie. Il a suivi la multimeurtrière que, depuis trois ans, toutes les gendarmeries ont été impuissantes à retrouver. Cette femme, il l'a refaite de ses mains, tout entière, rien de la vie de Sophie ne lui est un secret, et pourtant lui-même est incapable de dire où elle se trouve à cette heure, alors, les gendarmes... Frantz est pressé, il a envie de leur dire d'aller se faire foutre. Il dit simplement, voix tendue :

– Vous pensez que vous allez la retrouver rapidement ?

C'est ça qu'un mari demande, non ? Jondrette lève un sourcil vers lui. Moins con qu'il semble.

– On va la retrouver, monsieur, forcément, dit-il.

Et au-dessus de la tasse de café brûlant qu'il avale à petites lampées, le gendarme a un regard scrutateur qui détaille Frantz. Il repose sa tasse.

– Elle est partie chez quelqu'un, elle va vous appeler ce soir ou demain. Le mieux, c'est d'être patient, vous comprenez...

Et sans attendre la réponse :

– Elle a déjà fait ça ? Se sauver comme ça...

Frantz répond que non mais qu'elle est plus ou moins en dépression.

– Plus ou moins..., répète Jondrette. Et vous avez de la famille, monsieur ? Je veux dire, elle a de la famille, vot' dame ? Vous leur avez téléphoné ?

Il n'a pas eu le temps de mener sa réflexion et les choses soudain vont très vite. Marianne Berg, née Leblanc, quelle famille a-t-elle ? Lorsqu'au cours des mois précédents, il l'a interrogée sur sa vie, Sophie s'est inventé une famille que la gendarmerie serait bien en peine de trouver... Terrain glissant. Frantz ressert du café. Le temps de réfléchir. Il opte pour le changement de stratégie. Il se compose un visage mécontent.

— En fait, ça veut dire que vous ne ferez rien, c'est ça ? enchaîne-t-il avec nervosité.

Jondrette ne répond pas. Il regarde sa tasse vide.

— Si elle ne revient pas, disons, dans les trois ou quatre jours, on dépêchera une enquête. Vous voyez, monsieur, généralement, dans ces situations, les gens reviennent d'eux-mêmes après quelques jours. Et dans l'intervalle, ils se réfugient presque toujours dans de la famille, chez des amis. Parfois, il suffit de quelques coups de téléphone.

Frantz dit qu'il comprend. S'il apprend quelque chose, il ne manquera pas... Jondrette dit que c'est le mieux. Il remercie pour le café. Son acolyte opine en regardant le paillasson.

Frantz s'est accordé un délai de trois heures, ça lui a semblé raisonnable.

Pendant ce temps, sur l'écran de son ordinateur portable, il regarde une dernière fois la carte de la région avec un carré rose qui clignote pour signaler l'emplacement du téléphone portable de Sophie. Cet emplacement, sur la carte, c'est la résidence. Il a cherché le portable de Sophie et l'a trouvé tout bêtement dans le tiroir du secrétaire. C'est la première fois depuis quatre ans qu'il est incapable de dire à la seconde près où se trouve Sophie. Faire vite. La retrouver. Il réfléchit quelques instants à la question des médicaments mais se rassure : il a créé un état dépressif qui ne devrait pas s'estomper trop rapidement. Il faut malgré tout la ramener. C'est impératif. Terminer. En finir. En lui, une colère monte qu'il parvient à maîtriser par des exercices de respiration. Il a tourné et retourné la question. D'abord, ce sera Lyon.

Il consulte sa montre et décroche enfin le téléphone.

On lui passe le gendarme Jondrette.

— Ma femme est chez une amie, dit Frantz précipitamment, comme s'il était à la fois content et soulagé. Près de Besançon.

Il guette la réaction. Quitte ou double. Si le gendarme demande l'identité de l'amie…

— Bien, dit Jondrette sur un ton satisfait. Elle est en bonne santé ?

— Oui… Enfin, ça semble. Elle est un peu perdue, je crois.

— Bien, dit encore Jondrette. Elle veut rentrer ? Elle vous a dit qu'elle voulait rentrer ?

— Oui, c'est ce qu'elle a dit. Elle veut rentrer à la maison.

Court silence sur la ligne.

— Quand cela ?

Le moteur de Frantz tourne à sa vitesse maximum.

— Je pense qu'il vaut mieux qu'elle se repose un peu. J'irai la chercher dans quelques jours, je crois que c'est le mieux.

— Bien. Quand elle rentrera, il faudrait qu'elle passe à la gendarmerie. Pour signer les papiers. Dites-lui que rien ne presse ! Qu'elle se repose d'abord…

Et Jondrette, juste avant de raccrocher :

— Dites-moi, juste une chose, là… Vous n'êtes pas mariés depuis longtemps…

— Un peu moins de six mois.

Jondrette fait silence. Au-dessus du téléphone, il doit avoir son regard scrutateur.

– Et sa… son geste, là, vous pensez… que c'est en rapport avec votre mariage ?

Frantz répond à l'intuition.

– Elle était déjà un peu dépressive avant notre mariage… Mais, oui, évidemment, c'est pas impossible. Je vais en parler avec elle.

– C'est le mieux, monsieur Berg. Croyez-moi, c'est le mieux. Merci de nous avoir prévenus aussi vite. Parlez-en avec elle quand vous irez chercher vot' dame…

La rue Courfeyrac donne tout près de la place Bellecour. Les beaux quartiers. Frantz a refait un tour sur internet mais n'a pas appris grand-chose de plus qu'il y a deux ans.

Il a eu du mal à trouver un poste d'observation. Hier, il a été contraint de changer de café très fréquemment. Ce matin, il a loué une voiture depuis laquelle il peut observer l'immeuble plus facilement et suivre Valérie s'il le faut. Elle travaillait dans une société de transport à l'époque où elle fréquentait Sophie, elle s'agite maintenant dans l'entreprise d'un garçon aussi inutile et aussi riche qu'elle, qui s'est persuadé qu'il a une vocation de styliste. Le genre d'entreprise dans laquelle on peut travailler d'arrache-pied pendant deux ans avant de se rendre compte qu'elle ne rapporte pas un clou. Ce qui, en l'espèce, n'a d'importance ni pour Valérie ni pour son ami. Le matin, elle quitte son domicile d'un pas alerte et décidé, et prend un taxi sur la place Bellecour pour aller travailler.

Dès qu'il l'a vue apparaître dans la rue, il a su que Sophie n'était pas là. Valérie est une fille à « prise directe », tout ce qu'elle vit se voit. À son pas, à sa démarche, Frantz a vu qu'elle n'avait pas de souci, pas

d'inquiétude, la démarche de cette fille respire la sécurité et l'absence totale de préoccupation. Il est quasiment certain que Sophie n'est pas venue se réfugier ici.
D'ailleurs, Valérie Jourdain est une fille bien trop
égoïste pour recueillir Sophie Duguet, meurtrière réci-
diviste, recherchée par toutes les polices, même si elle
est son amie d'enfance. Cette fille a ses limites. Très
courtes.

Et si pourtant, c'était le cas ? Lorsque Valérie a été
partie, il est monté à l'étage où elle habite. Porte
blindée, serrure trois points. Il est resté un très long
moment l'oreille collée à la porte. Il a fait mine de
monter les étages ou de les redescendre chaque fois
qu'un habitant de l'immeuble entrait ou sortait puis il
revenait à son poste. Pas un bruit. Il a recommencé
l'opération à quatre reprises dans la journée. Au total,
il a passé plus de deux heures l'oreille collée à la porte.
À partir de 18 heures, le bruit des appartements, les
téléviseurs, les radios, les conversations, même feu-
trées, ne lui ont plus permis de discerner si des bruits
secrets manifestaient une présence quelconque dans
l'appartement réputé vide de Valérie.

Vers 20 heures, lorsque la jeune femme est rentrée
chez elle, Frantz était là, quelques marches au-dessus
du palier. Valérie a ouvert sa porte sans un mot. Il a
aussitôt collé son oreille à la porte. Pendant quelques
minutes, il a discerné les bruits quotidiens, (cuisine,
toilettes, tiroirs…) puis de la musique et enfin la voix
de Valérie au téléphone, pas très loin du couloir
d'entrée… Une voix claire. Elle plaisante, mais elle dit
que non, elle ne sortira pas ce soir, qu'elle a du travail
en retard. Elle raccroche, bruits de cuisine, la radio…

Il y a évidemment une part d'incertitude dans sa
décision mais il décide de se fier à son intuition. Il sort

de l'immeuble d'un pas pressé. La Seine-et-Marne est à moins de quatre heures.

Neuville-Sainte-Marie. Trente-deux kilomètres de Melun. Frantz a d'abord tourné plusieurs fois pour voir si la police n'y exerce pas une surveillance. C'est ce qu'ils ont dû faire au début, mais ils n'ont pas assez de moyens. Et tant que l'opinion publique ne s'émeut pas d'un nouveau meurtre…

Il a laissé sa voiture de location sur le parking d'un supermarché, à la sortie de la ville. En une quarantaine de minutes, il a gagné à pied un petit bois et, de là, une carrière désaffectée dont il a forcé le grillage et d'où il a une vue convenable et un peu plongeante sur la maison. Il n'y a pas beaucoup de passage. La nuit, quelques couples peut-être. Ils doivent venir en voiture. Aucun risque d'être surpris : les phares préviendront.

M. Auverney n'est sorti que trois fois. Les deux premières fois pour aller chercher le linge – la buanderie a été aménagée dans une aile qui semble ne pas communiquer avec la maison – et pour prendre le courrier – la boîte aux lettres est plantée à une cinquantaine de mètres de là, un peu en contrebas du chemin. La troisième fois, il est parti en voiture. Frantz a balancé un instant : le suivre ? Rester ? Il est resté. De toute manière, il n'aurait pas été possible de le suivre, à pied, dans un village aussi petit.

Patrick Auverney est resté absent une heure et vingt-sept minutes et pendant ce laps de temps, Frantz n'a cessé de fixer à la jumelle chaque détail de la maison. Autant il a été certain, dès qu'il a vu Valérie Jourdain marcher dans la rue, que Sophie n'était pas là, autant il se sent maintenant indécis. Peut-être le temps qui passe, les heures qui tournent à une vitesse inquiétante le poussent-ils à espérer une solution rapide. Une autre inquiétude l'incite aussi à attendre : si elle n'est pas là, il n'a aucune idée de l'endroit où elle a pu aller. Sophie est profondément déprimée, elle a tenté de se tuer. Elle est extrêmement fragile. Depuis qu'il a appris sa disparition de l'hôpital, il ne décolère pas. Il veut la récupérer. « Il faut en finir », ne cesse-t-il de se répéter. Il se reproche d'avoir attendu si longtemps. Ne pouvait-il pas conclure avant ? N'a-t-il pas déjà obtenu tout ce qu'il désirait ? La récupérer et en finir.

Frantz se demande ce qui se passe en ce moment dans la tête de Sophie. Et si, une seconde fois, elle avait voulu mourir ? Non, elle ne se serait pas sauvée. Dans une clinique, il y a plein de moyens de le faire, c'est même sans doute l'endroit où il est le plus facile de mourir. Elle pouvait s'ouvrir les veines de nouveau, les infirmières ne passent pas toutes les cinq minutes... Pourquoi se sauver ? se demande-t-il. Sophie est totalement perdue. La première fois qu'elle est partie, elle est restée presque trois heures dans un café et puis elle est revenue sans même se souvenir de ce qu'elle avait fait. Alors, il ne voit pas d'autre solution : Sophie s'est échappée de la clinique sans intention, sans savoir où elle va. Elle n'est pas partie, elle s'est sauvée. Elle cherche à fuir sa folie. Elle finira par chercher un abri. Et il a beau envisager la question sous tous les angles : il ne voit pas où une meurtrière aussi recherchée que Sophie Duguet viendrait chercher du réconfort, si ce n'est chez son père. Sophie a dû se couper de toutes ses relations pour devenir Marianne Leblanc : à moins qu'elle n'ait opté pour une destination totalement au hasard (et en ce cas elle devra rentrer à la maison très bientôt), il n'y a qu'ici, chez son père, qu'elle aura envie de se réfugier. C'est uniquement une affaire de patience.

Frantz ajuste les jumelles et observe M. Auverney qui gare sa voiture sous le hangar de la maison.

Elle a encore du travail mais la journée a été très longue et elle a hâte de rentrer. D'habitude, comme elle commence assez tard le matin, elle ne quitte pas avant 20 h 30, parfois 21 heures. En partant, elle dit qu'elle arrivera plus tôt demain, en sachant évidemment qu'elle n'en fera rien. Pendant le trajet en voiture, elle ne cesse de se répéter ce qu'elle peut et ne peut pas faire, ce qu'elle doit et ne doit pas faire. Et c'est très difficile quand on n'a jamais eu le sens de la discipline. Dans le taxi, elle feuillette un magazine d'un air détaché. Dans la rue, elle ne jette pas un regard autour d'elle. Elle compose son code, pousse la porte cochère avec entrain. Elle ne prend jamais l'ascenseur, elle fait donc comme d'habitude. Puis elle arrive sur son palier, sort sa clé, ouvre, referme, se retourne. Sophie est devant elle, dans les mêmes vêtements que la nuit dernière à son arrivée, Sophie qui lui fait signe avec impatience comme un agent de police nerveux réglant la circulation. Continuer à vivre exactement comme d'habitude ! Valérie fait OK de la main, elle s'avance et tâche de se rappeler ce qu'elle fait habituellement, dans des conditions normales. Mais là, elle ressent comme un blocage. D'un seul coup, elle ne se souvient plus de rien. Pourtant, Sophie lui a fait répéter plusieurs fois la liste des actions, mais là… plus rien. Valérie, blanche comme un cierge, regarde fixement Sophie. Elle ne peut plus bouger. Sophie pose ses mains sur ses épaules et d'une poussée autoritaire la contraint à s'asseoir sur la chaise près de la porte où habituellement elle dépose son sac en entrant. Dans la seconde qui suit, Sophie est à genoux, elle lui retire ses chaussures, les enfile et se déplace dans l'appartement. Elle passe à la cuisine, ouvre puis referme le réfrigérateur, passe aux toilettes dont elle laisse la porte ouverte, tire la chasse, passe dans la chambre… Pendant ce temps, Valérie a repris ses esprits. Maintenant elle s'en veut. Elle n'a pas été à la hauteur. Sophie réapparaît dans l'encadrement de la porte. Elle lui sourit nerveusement. Valérie ferme les yeux comme soulagée. Lorsqu'elle les rouvre, Sophie lui tend le téléphone à bout de bras et lui adresse un regard interrogatif et inquiet. Pour Valérie, c'est comme une seconde chance. Le temps de faire un numéro et elle commence à se déplacer dans l'appartement. Attention, lui a dit Sophie, ne pas surjouer, rien n'est pire, alors elle dit avec un entrain mesuré que non, elle ne sortira pas ce soir, qu'elle a du travail, elle rit un peu, passe plus de temps que d'habitude à écouter, à la fin de quoi, elle fait des bises, oui, oui, moi aussi, je t'embrasse, allez bisous, passe à la salle de bains où elle retire ses lentilles de contact après s'être lavé les mains. Quand elle revient vers le couloir d'entrée, Sophie est debout, l'oreille collée à la porte d'entrée, le regard baissé, visage concentré, comme si elle faisait une prière.

Comme exigé par Sophie, elles n'ont pas échangé un seul mot.

À son entrée, Valérie a vaguement perçu une odeur d'urine dans l'appartement. L'odeur se fait maintenant plus nette. En rangeant ses lentilles, elle s'est aperçue que Sophie avait fait pipi dans la baignoire. Elle lui fait un signe interrogatif en désignant la salle de bains. Sophie abandonne un instant sa position avec un sourire un peu triste et écarte les mains en signe d'impuissance. Elle n'a pas dû faire le moindre bruit de toute la journée et n'avait sans doute aucune autre solution que celle-ci. Valérie sourit à son tour et simule la prise d'une douche…

Pendant le dîner, parfaitement silencieux, Valérie a lu le long document que Sophie a écrit à la main au cours de la journée. De temps à autre, au cours de sa lecture, elle lui a tendu une page avec un regard dubitatif. Sophie a alors repris le stylo et calligraphié certains mots avec application. Valérie a lu très lentement, elle n'a cessé de faire non de la tête, pour elle-même, tellement tout ça lui semble dingue. Sophie a allumé la télévision. Grâce au son, elles ont pu recommencer à communiquer à voix très basse. À Valérie, cet excès de précaution semble un peu ridicule. Sophie lui serre le bras en silence en la regardant bien en face. Valérie avale sa salive. En chuchotant, Sophie a demandé : « Tu peux m'acheter un ordinateur portable, un très petit ? » Valérie a levé les yeux vers le plafond. Quelle question… !

Elle a donné à Sophie tout ce qui était nécessaire pour refaire ses pansements. Sophie a fait ça avec beaucoup d'application. Elle semblait très pensive. Elle a relevé la tête et demandé :

— Tu sors toujours avec ta petite pharmacienne ?

Valérie a opiné. Sophie a souri :

— Elle ne peut toujours rien te refuser ?

Peu après, Sophie a baillé, ses yeux se sont mis à pleurer de fatigue. Elle souriait pour s'excuser. Elle n'a pas voulu dormir seule. Avant de s'endormir, elle serre Valérie dans ses bras. Elle veut dire quelque chose mais les mots ne lui viennent pas. Valérie ne dit rien non plus. Elle resserre simplement son étreinte.

Sophie s'est endormie comme une masse. Valérie la tient contre elle. Chaque fois que ses yeux croisent ses pansements, elle a un haut-le-cœur, un frisson la parcourt tout entière. C'est étrange. Depuis plus de dix ans, Valérie aurait donné n'importe quoi pour avoir Sophie ainsi contre elle, dans son lit. « Il faut que ce soit maintenant. Et comme ça... », se dit-elle. Ça lui donne envie de pleurer. Elle sait combien ce désir-là a pesé dans son geste de la serrer dans ses bras lorsqu'elle est apparue.

Il était presque 2 heures du matin lorsque Valérie a été réveillée par la sonnette d'entrée : Sophie avait passé près de deux heures à vérifier que l'immeuble n'était pas surveillé... Quand elle a ouvert la porte, Valérie a immédiatement reconnu l'ombre de Sophie dans la jeune femme qui attendait là, les bras ballants, serrée dans un blouson de vinyle noir. Un visage de droguée, voilà ce qu'a immédiatement pensé Valérie. Parce qu'elle paraissait dix ans de plus que son âge, que ses épaules étaient basses, ses yeux cernés. Son regard disait son désespoir. Valérie a instantanément eu envie de pleurer. Elle l'a serrée dans ses bras.

Maintenant, elle écoute sa respiration lente. Sans remuer, elle tâche de voir son visage mais n'aperçoit que son front. Elle a envie de la retourner, de l'embrasser. Elle sent les larmes monter. Elle écarquille les yeux pour ne pas céder à cette tentation trop facile.

La plus grande partie de la journée, elle a tourné et retourné les éclaircissements, les interprétations, les hypothèses, les signes dont Sophie l'a submergée la nuit précédente, après leurs retrouvailles. Elle a revécu les innombrables coups de fil, les e-mails angoissés que, pendant des mois, Sophie lui a adressés. Tous ces mois où elle a cru que Sophie sombrait dans la folie. Sur la table de nuit de l'autre côté du lit, elle sent la présence de la petite photo d'identité de Sophie qui est sa plus chère possession, son trésor de guerre. Ce n'est pourtant pas grand-chose : le genre de portrait automatique et maladroit, sur fond terne, qui fait sale même neuf, qui vous navre quand il apparaît à la sortie de l'appareil, dont vous vous dites que, pour une carte de transport, « ça n'a pas d'importance », mais que vous recroisez toute l'année en vous désolant de vous trouver si moche. Sur ce cliché, que Sophie a patiemment protégé de multiples couches de ruban adhésif transparent, elle a un visage un peu idiot, un sourire contraint. Le flash de l'appareil, explosif, lui a plaqué sur le visage une teinte blanche, cadavérique. Malgré tous ces défauts, cette petite chose est sans aucun doute l'objet le plus précieux de Sophie. Pour cette photo, elle donnerait sa vie, si ce n'était pas déjà fait…

Valérie imagine Sophie le jour où elle la trouve, elle devine sa stupeur. Elle la voit, hébétée, la tourner et la retourner entre ses doigts. À cet instant, Sophie est trop perturbée pour comprendre : elle a dormi une dizaine d'heures d'affilée, s'est réveillée plus pâteuse que jamais, son crâne est prêt à exploser. Mais cette découverte lui fait un tel effet qu'elle se traîne jusqu'à la salle de bains, se déshabille et monte dans la baignoire, fixe la pomme de douche au-dessus de sa tête puis, après un court instant d'hésitation, brutalement, elle ouvre en grand le robinet d'eau froide. Elle est saisie par la violence du choc, au point que son cri se coince dans sa gorge. Elle manque défaillir, se retient à la cloison en faïence, ses pupilles se dilatent mais elle reste sous le jet, les yeux grands ouverts. Quelques minutes plus tard, emmitouflée dans la robe de chambre de Frantz, elle est assise à la table de la cuisine, elle tient un bol de thé brûlant et fixe la photo qu'elle a posée sur la table, devant elle. Elle a beau retourner les éléments dans tous les sens, la migraine peut lui marteler les tempes, il y a là une impossibilité définitive. Elle a envie de vomir. Sur une feuille de papier, elle a retrouvé des dates, reconstitué des suites logiques, recoupé des événements. Détaillant la photo, elle a observé la coiffure de cette époque, analysé les vêtements qu'elle porte ce jour-là... La conclusion est toujours la même : cette photo est celle qui figurait sur sa carte de transport en 2000, la carte qu'elle conservait dans le sac qu'un motard lui a volé en ouvrant brutalement la portière de sa voiture à un feu rouge, rue du Commerce.

Question : comment peut-elle l'avoir retrouvée dans la doublure d'un sac de voyage de Frantz ? Frantz ne *peut* pas l'avoir trouvée dans les affaires de Marianne Leblanc, parce que cette photo était perdue depuis plus de trois ans !

Elle cherchait d'anciennes tennis dans le placard de l'entrée, sa main par accident est passée dans la doublure d'un vieux sac de Frantz et elle en est ressortie avec ce cliché de trois centimètres carrés... Elle consulte l'horloge murale de la cuisine. Il est trop tard pour commencer. Demain. Demain.

Dès le lendemain et jour après jour, Sophie retourne l'appartement tout entier de manière parfaitement invisible. Elle a en permanence des écœurements épouvantables : à force de s'obliger, depuis ce jour-là, à vomir les médicaments que Frantz lui donne (celui-ci contre les migraines, celui-là pour favoriser le sommeil, celui-ci encore contre l'anxiété, « ce n'est rien, c'est à base de plantes... »), il arrive à Sophie d'être prise de nausées, elle n'a que le temps de courir jusqu'à la salle de bains ou aux toilettes. Dans son ventre, tout est détraqué. Malgré cela, elle fouille, retourne, explore, examine l'appartement de fond en comble : rien. Rien d'autre que ça, mais c'est déjà si considérable...

La voici ramenée à d'autres questions, bien plus anciennes. Sophie court des heures et des heures, des jours entiers après d'autres réponses qui ne viennent pas. Certaines fois, elle en est littéralement enflammée, comme si la vérité était une source de chaleur et qu'elle ne cessait de s'y brûler les mains, sans parvenir à la voir.

Et d'un coup, elle y arrive. Ce n'est pas une révélation, c'est une intuition, spontanée comme un coup de tonnerre. Elle regarde fixement son téléphone portable posé sur la table du salon. Calmement, elle le saisit, l'ouvre, en retire la batterie. Avec la pointe d'un couteau de cuisine, elle dévisse une seconde plaque et découvre une minuscule puce électronique de couleur orange, fixée avec un autocollant double face qu'elle retire patiemment à l'aide d'une pince à épiler. À la loupe, elle distingue un code, un mot, des chiffres : SERV.0879, puis plus loin : AH68-(REV 2.4).

Quelques minutes plus tard, Google renvoie à un site américain de fournitures électroniques, à la page d'un catalogue et en face de la référence AH68, la codification « GPS Signal ».

– Où étais-tu ? a demandé Frantz, affolé. Quatre heures, tu te rends compte, ne cessait-il de répéter comme s'il n'y croyait pas lui-même.

Quatre heures...

Juste le temps pour Sophie de quitter la maison, de prendre le car pour faire les dix-huit kilomètres jusqu'à Villefranche, de commander une boisson dans un café, d'aller dissimuler son téléphone portable dans les toilettes avant de sortir et de monter au restaurant panoramique du marché Villiers, qui offre une si belle vue sur la ville, sur la rue, et sur le café devant lequel, moins d'une heure plus tard, Frantz, visiblement prudent mais inquiet, passe deux fois de suite en moto pour tenter d'apercevoir Sophie…

De tout ce que Sophie a raconté à Valérie la nuit dernière, c'est cela qui subsiste : cet homme qu'elle a épousé pour mieux fuir est son tortionnaire. Cet homme contre qui elle se couche toutes les nuits, qui se couche sur elle… Cette fois, les larmes de Valérie ne trouvent plus de barrage et coulent silencieusement dans la chevelure de Sophie.

M. Auverney, revêtu d'une combinaison bleue, les mains protégées par des gants de chantier, est en train de décaper son portail. Depuis deux jours, Frantz note ses faits et gestes, ses déplacements, mais ne disposant d'aucun élément de comparaison, il lui est impossible de savoir s'il y a un quelconque changement dans ses habitudes. Il a observé très attentivement la maison pour guetter le moindre signe de vie en son absence. Rien ne bouge. A priori, l'homme est seul. Frantz l'a suivi dans quelques-uns de ses déplacements. Il conduit une VW spacieuse et assez récente, gris métallisé. Hier, il a fait des courses au supermarché, il est allé prendre de l'essence. Ce matin, il s'est rendu à la poste, il est ensuite resté presque une heure à la préfecture puis il est rentré chez lui après un détour par la jardinerie, où il a acheté des sacs de terreau horticole qu'il n'a d'ailleurs toujours pas déchargés. Le véhicule est garé devant le hangar qui lui sert de garage et qui comprend deux larges portes, dont une seule suffit à laisser passer la voiture. Frantz est contraint de lutter contre l'envahissement par le doute : au bout de deux jours, attendre ainsi semble vain et il a été souvent tenté de changer de stratégie. Mais il a beau retourner la question dans tous les sens : c'est ici et nulle part ailleurs qu'il doit attendre Sophie. Vers 18 heures, Auverney a refermé le bocal de décapant, il est allé se laver les mains au robinet extérieur. Il a ouvert le coffre de sa voiture pour décharger ses sacs de terreau mais devant leur poids, il s'est ravisé. Il a préféré entrer la voiture dans le hangar pour les décharger.

Frantz scrute le ciel. Pour le moment, il est clair et sa position n'est pas menacée.

Lorsque la voiture a été rentrée dans le hangar et que Patrick Auverney en a ouvert le coffre pour la seconde fois, il a regardé sa fille, couchée là en chien de fusil depuis plus de cinq heures, et il s'en est fallu d'un cheveu qu'il ne parle à voix haute. Mais Sophie avait déjà la main tendue vers lui et le regard impératif : il s'est tu. Quand elle a été sortie, elle a fait quelques mouvements d'assouplissement mais déjà elle scrutait le hangar. Puis elle s'est retournée vers son père. Elle l'a toujours trouvé beau. Lui ne pourra pas lui avouer : il l'a trouvée méconnaissable. Amaigrie, épuisée. Elle a des cernes bleus sous ses yeux brillants, comme fiévreux. Son teint est parcheminé. Il est affolé et elle l'a compris. Elle s'est serrée contre lui en fermant les yeux et s'est mise à pleurer en silence. Ils sont restés ainsi une minute ou deux. Puis Sophie s'est séparée de lui, elle a cherché un mouchoir en souriant à travers ses larmes. Il lui a tendu le sien. Elle l'a toujours trouvé fort. Elle a sorti une feuille de papier de la poche arrière de son jean. Son père a sorti ses lunettes de la poche de sa chemise et s'est mis à lire attentivement. Au cours de sa lecture, de temps à autre, il la regarde, effaré. Il regarde aussi son pansement au poignet : ça le rend malade. Il hoche la tête l'air de dire : « Ce n'est pas possible. » À la fin de sa lecture, il fait OK avec son pouce, comme c'est exigé dans le document. Ils se sourient. Il replace ensuite ses lunettes, ajuste sa tenue, respire un grand coup et quitte le hangar pour aller s'installer dans le jardin.

Quand Auverney est ressorti du hangar, il est allé disposer le salon de jardin dans une zone ombragée à quelques mètres de là, puis il est entré dans la maison. Aux jumelles, Frantz l'a vu passer dans la cuisine puis dans le salon. Il est ressorti quelques minutes plus tard avec son ordinateur portable, deux dossiers dans des chemises en carton, et il s'est installé à la table de jardin pour travailler. Il consulte peu ses notes et tape vite sur le clavier. D'où il se trouve, Frantz le voit de trois quarts dos. De temps en temps, Auverney sort un plan, le déroule, vérifie une cote, fait de rapides calculs à la main sur la couverture même de son dossier. Patrick Auverney est un homme sérieux.

La scène est effroyablement statique. N'importe quelle vigilance serait prise en défaut, mais pas celle de Frantz. Quelle que soit l'heure, il ne quittera son poste d'observation que bien longtemps après que la dernière lumière sera éteinte dans la maison.

p.auverney@neuville.fr – Vous êtes connecté.
– Tu es là ???

Sophie a mis près de vingt minutes à s'organiser un poste de travail convenable sans faire le moindre bruit. Elle a empilé des cartons dans un angle mort. Avec une vieille couverture, elle a recouvert une table de brico-lage. Puis elle a ouvert l'ordinateur portable et s'est connectée au système wi-fi de la maison de son père.

Souris_verte@msn.fr – Vous êtes connecté.

– Papa ? Je suis là.

– Ouf !

– STP, n'oublie pas : pense à varier tes gestes, consulte tes notes, fais des trucs « pro »…

– Je suis un « pro » !

– Tu es un papa-pro.

– Ta santé ?????

– Pas d'inquiétude.

– Tu plaisantes ?

– Je veux dire : plus d'inquiétude. Je vais remonter.

– Tu me fais peur.

– À moi aussi, je me suis fait peur. Mais cesse de t'inquiéter, tout va aller bien maintenant. Lu mon e-mail ?

– Je suis en train. Je l'ai ouvert dans une autre fenêtre. Mais avant tout : je t'aime. Tu me manques beaucoup. BEAUCOUP. Je t'aime.

– Je t'aime aussi. C'était si bon de te retrouver, mais NE ME FAIS PAS PLEURER MAINTENANT STP !!!

– OK. Je garde tout ça pour plus tard. Pour après… Dis-moi, tu es certaine que ce qu'on fait là sert à quelque chose parce que sinon, on a l'air un peu cons, tous les deux…

– Lis bien mon e-mail : je peux te jurer que s'il est là, il est EN TRAIN de t'observer.

– J'ai l'impression de jouer dans un théâtre vide.

– Alors, rassure-toi : tu as UN spectateur ! Et TRÈS attentif, même !

– S'il est là…

– Je SAIS qu'il est là.

– Et tu penses que RIEN ne lui échappe ?

– Je suis la preuve vivante que rien ne lui échappe.

– Ça fait réfléchir…

– Quoi ?

– Rien…

– Hou hou ?

– …

– Papa, tu es là ?

– Oui.

– Tu as fini de réfléchir ?

– Pas vraiment…

– Tu fais quoi ?

– Maintenant je fais des gestes. Je reprends ton e-mail.

– OK.

– C'est tellement dingue et en même temps ça me fait un bien fou… !

– Quoi ?

– Tout. Te voir, te savoir là. Vivante.

– … savoir aussi que je n'ai rien fait de tout ça, avoue-le !

– Oui, aussi.

– Tu as eu des doutes, hein ?

– …

– Hou hou ?

– Oui, j'en ai eu.

– Je ne t'en veux pas, tu sais, moi-même j'y ai cru. Alors toi…

– …

– Allô ?

– Je finis la lecture de ton e-mail…

– …

– OK, terminé ma lecture. Je suis sidéré.

– Des questions ?

– Des tonnes.

– Des doutes ?

– Écoute, c'est difficile comme ça…

– DES DOUTES ????

– Oui, merde !

– C'est comme ça que je t'aime. Commence par les questions.

– L'histoire des clés…

– Tu as raison : tout commence là. Au début juillet 2000, un type en moto m'arrache mon sac, dans ma voiture. Le sac m'est rendu par le commissariat deux jours plus tard : un délai qui lui permet largement de faire des doubles de tout. Notre appartement, la voiture… Il pouvait entrer

260

chez nous, prendre des choses, les changer de place, interroger nos mails, bref : TOUT, absolument TOUT !

– Tes… troubles, datent de cette époque ?

– Ça correspond. À l'époque, je prenais des trucs pour dormir, à base de plantes. Je ne sais pas ce qu'il mettait dedans, mais je pense que c'est ce qu'il me donne aussi depuis. Après la mort de Vincent, j'ai pris mon poste chez les Gervais. La femme de ménage a perdu son trousseau quelques jours après mon entrée en service. Elle l'a cherché partout, elle était paniquée et elle a eu peur d'en parler aux patrons. Miraculeusement, elle l'a retrouvé pendant le week-end. Même schéma… Je pense qu'il s'est servi de ce jeu-là pour venir étrangler le petit.

– Possible… Et le type en moto ?

– Des types en moto, il y en a plein, mais je sais que c'est toujours le même ! Celui qui me vole mes clés, celui qui vole le trousseau de la femme de ménage, le type qui nous suit, Vincent et moi, que Vincent renverse et qui se sauve, celui que je piège en cachant mon téléphone portable dans les toilettes d'un café à Villefranche…

– Bon, OK, les choses tiennent bien dans cet ordre-là. Qu'attends-tu pour prévenir la police ?

– …

– Tu as suffisamment d'éléments, non ?

– Je n'ai pas l'intention de le faire.

– ????? Que veux-tu de plus ?

– Ce n'est pas suffisant…

– ??

– Disons que ça ne me suffit pas.

– C'est totalement con !

– C'est ma vie.

– Alors c'est moi qui vais le faire !

– Papa ! Je suis Sophie Duguet ! Je suis recherchée pour AU MOINS trois meurtres ! ! Si la police me trouve maintenant, c'est l'internement. À vie ! Tu penses que la police va prendre au sérieux mes élucubrations si je n'ai pas de PREUVES certaines ?

– Mais… tu les as… !

– Non ! Ce que j'ai, c'est un faisceau de circonstances, tout ça ne tient que sur une hypothèse de départ absolument minuscule et qui ne pèsera pas lourd devant trois meurtres, dont celui d'un enfant de six ans !

– OK. Pour le moment du moins... Autre chose : comment peux-tu être certaine que ce type, c'est bien TON Frantz ?

– Il m'a connue par une agence matrimoniale où je me suis inscrite sous le nom de Marianne Leblanc (celui qui figurait sur l'acte de naissance que j'ai acheté). Il ne m'a jamais connue que sous ce nom.

– Et alors... ?

– Alors explique-moi pourquoi, quand je me suis ouvert les veines et qu'il s'est mis à hurler, il m'a appelée « Sophie » ???

– Évidemment... Mais... POURQUOI t'ouvrir les veines ?????????

– Papa ! J'ai réussi une seule fois à m'enfuir : il m'a rattrapée à la gare. À partir de ce jour, il est toujours resté avec moi. Quand il sortait, il fermait à clé. Pendant plusieurs jours, j'ai réussi à ne rien prendre de ce qu'il me donnait : mes migraines, mes angoisses se sont estompées... D'ailleurs, je n'avais pas d'autre solution. Il fallait que je trouve une porte de sortie : dans un hôpital, il ne pouvait pas me surveiller vingt-quatre heures sur vingt-quatre...

– Ça aurait pu mal tourner...

– Impossible ! Ce que j'ai fait était spectaculaire mais véniel. On ne meurt pas comme ça... Ensuite, il ne m'aurait jamais laissée mourir. Il veut me tuer lui-même. C'est ça qu'il veut.

– ...

– Tu es là ?

– Oui, oui, je suis là... En fait, j'essaie de réfléchir mais avant tout, j'ai de la colère, mon cœur ! Je sens monter en moi de la colère, c'est terrible.

– Moi aussi, mais avec lui, la colère, ça ne marche pas. Avec lui, il faut tout autre chose.

262

– Quoi ??

– ...

– !!! QUOI ??

– Il est intelligent, il faut de la ruse...

– ??? Que vas-tu faire maintenant ?

– Je ne sais pas encore mais dans tous les cas : y retourner.

– Attends ! C'est DINGUE ! ! Je ne te laisse pas y retourner : PAS QUESTION !

– Je savais que tu dirais ça...

– Je ne te laisse pas repartir avec lui, point barre !

– Je vais encore me retrouver seule ?

– Quoi ?

– Je te demande si je vais encore une fois me retrouver seule ! En clair : ton aide s'arrête là ? Tout ce que tu m'offres, c'est ta compassion et ta colère ? TU SAIS CE QUE J'AI VÉCU ???? Est-ce que tu réalises ??? Vincent est mort, papa ! Il a tué Vincent ! Il a tué ma vie, il a tué... tout ! ! Je vais être seule à nouveau ?

– Écoute, souris verte...

– Ne me fais pas chier avec ta souris verte ! JE SUIS LÀ ! ! Tu m'aides, oui ou merde ??

– ...

– ...

– Je t'aime. Je t'aide.

– Oh, papa, je suis si fatiguée...

– Reste un peu ici, repose-toi.

– Je dois repartir. Et c'est à ça que tu vas m'aider. OK ?

– Bien sûr... mais reste quand même une sacrée question...

– ??

– Pourquoi il fait tout ça ? Tu le connais ? Tu l'as connu ?

– Non.

– Il a de l'argent, du temps et un acharnement visiblement pathologique... Mais... pourquoi sur TOI ?

– C'est pour ça que je suis là, papa : c'est bien toi qui as récupéré les dossiers de maman ?

263

– ???

– Je pense que c'est à ça qu'il faut remonter. Est-ce qu'il a été un patient de maman ? Lui ou quelqu'un de proche de lui ? Je n'en sais rien.

– J'ai deux ou trois trucs, je crois. Dans un carton… Je ne les ai jamais ouverts.

– Alors, je crois que c'est le moment.

Frantz a dormi dans sa voiture de location. La première nuit, quatre heures sur le parking du supermarché, la seconde, quatre heures encore sur le parking de la gare routière. Mille fois il a regretté son choix stratégique, mille fois il a décidé de rebrousser chemin, mais chaque fois il a tenu bon. C'est du sang-froid qu'il faut, rien d'autre. Sophie ne peut aller ailleurs. Elle va venir. Forcément. Elle est une criminelle recherchée, elle n'ira pas à la police, elle va rentrer à la maison ou venir ici, elle n'a aucun autre choix. N'empêche. Rester ici des heures et des heures à regarder à la jumelle une maison où il ne se passe rien, ça vous mine le moral, le doute finit toujours par se frayer un chemin et il faut quatre années de travail et de conviction pour y faire barrage.

À la fin du troisième jour, Frantz fait un aller-retour à la maison. Il prend une douche, se change, dort quatre heures. Il en profite pour prendre ce qui lui manque (Thermos, appareil photo, polaire, couteau suisse, etc.). Aux premières lueurs de l'aube, il est de nouveau à son poste.

La maison d'Auverney est une longue bâtisse à un étage comme on en trouve des tas dans la région. À l'extrémité droite, la buanderie et un appentis où il doit entreposer le mobilier de jardin en hiver. À l'extrémité gauche, celle qui se trouve juste en face de Frantz, le hangar où il gare sa voiture et range son impressionnant matériel de bricolage. C'est un grand bâtiment qui pourrait accueillir deux autres véhicules. Quand il est là et qu'il pense ressortir la voiture, il laisse la porte de droite ouverte.

Il est sorti ce matin en costume. Il doit avoir un rendez-vous. Il a ouvert le hangar en grand et il a retiré sa veste pour amener jusque dans le jardin un petit véhicule-tondeuse, le genre de truc qui sert à tondre l'herbe sur les terrains de golf. La machine doit être en panne parce qu'il a dû la pousser, la tirer et que ce truc a l'air de peser des tonnes. Il a coincé dessus une enveloppe. Sans doute quelqu'un passera-t-il la prendre dans la journée. Frantz a profité de l'ouverture des deux portes pour regarder – et faire quelques photos – l'ensemble du hangar : toute une moitié est occupée par des piles de cartons, des sacs de terreau, des valises fermées par du ruban adhésif. Auverney a quitté la maison vers 9 heures. Il n'a plus reparu depuis. Il est presque 14 heures. Rien ne bouge.

Fiche clinique

Sarah Berg, née Weiss le 22 juillet 1944
Parents déportés et morts à Dachau, date inconnue
Épouse Jonas Berg le 4 décembre 1964
Naissance d'un fils, Frantz, le 13 août 1974
1982 – Diagnostic de psychose maniaco-dépressive
   (3ᵉ forme : mélancolie anxieuse) – Hôpital L. Pasteur
1985 – Hospitalisation clinique du Parc (Dr Jean-Paul
   Roudier)
1987-1988 – Hospitalisation clinique des Rosiers
   (Dr Catherine Auverney)
1989 – Hospitalisation clinique Armand-Brussières
   (Dr Catherine Auverney)

1 juin 1989 – Après un entretien avec le Dr Auverney, Sarah Berg revêt sa robe de mariée et se défenestre du 5ᵉ étage. Morte sur le coup.

On a beau être taillé dans le roc, l'attente, ça épuiserait n'importe qui. Voilà maintenant trois jours entiers que Sophie a disparu... Auverney est rentré vers 16 h 30. Il a jeté un œil sur la tondeuse et repris, d'un geste fataliste, l'enveloppe qu'il y avait posée avant de partir.

C'est exactement à ce moment que le téléphone de Frantz a sonné.

Il y a d'abord eu un grand silence. Il a dit : « Marianne... ? » Il a entendu comme des sanglots. Il a répété :

– Marianne, c'est toi ?

Cette fois, plus de doute. À travers ses sanglots, elle a dit :

– Frantz... tu es où ?

Elle a dit :

– Viens vite.

Puis elle s'est mise à répéter en boucle : « Tu es où ? » comme si elle n'attendait aucune réponse.

– Je suis là, a tenté de dire Frantz.

Puis :

– Je suis rentrée..., a-t-elle dit d'une voix rauque, épuisée. Je suis à la maison.

– Alors ne bouge pas... Ne t'inquiète pas, je suis là, je vais rentrer très vite.

– Frantz... Je t'en supplie, reviens vite...

– Je serai là dans... un peu plus de deux heures. Je laisse mon téléphone allumé. Je suis là, Marianne, tu n'as plus à avoir peur. Si tu as peur, tu m'appelles, d'accord ?

Puis, comme elle ne répond pas :

266

– D'accord ?

Il y a eu un silence et elle a dit :

– Viens vite…

Et elle a recommencé à pleurer.

Il a refermé son téléphone. Il ressent un immense soulagement. Elle n'a pas pris ses médicaments depuis plus de trois jours, mais à sa voix, il la sent entamée, asthénique. Par bonheur, cette fuite ne semble pas lui avoir redonné des forces et le bénéfice semble intact. Rester attentif quand même. Savoir où elle est allée. Frantz est déjà au grillage. Il rampe et commence à courir. Rentrer très vite. Il ne peut être sûr de rien. Et si elle repartait ? La rappeler tous les quarts d'heure jusqu'à son arrivée. Il reste vaguement inquiet mais avant tout, ce qui surnage, c'est le soulagement.

Frantz court à sa voiture et tout se libère. Tandis qu'il démarre, il se met à pleurer comme un enfant.

SOPHIE ET FRANTZ

Lorsqu'il ouvre la porte, Sophie est assise devant la table de la cuisine. Elle donne l'impression de s'être assise là il y a des siècles et de ne plus en avoir bougé. La table est vide, à l'exception du cendrier débordant ; elle a les mains jointes, posées sur la toile cirée. Elle porte des vêtements qu'il ne lui connaît pas, fripés, mal assortis, qu'on dirait achetés dans une brocante. Ses cheveux sont sales, ses yeux rouges. Elle est terriblement maigre. Elle se tourne lentement vers lui, comme si le mouvement lui demandait un effort démesuré. Il s'avance. Elle veut se lever mais elle n'y parvient pas. Elle penche simplement la tête de côté et dit : « Frantz. »

Il la serre contre lui. Elle sent très fort la cigarette. Il demande :

— Tu as mangé au moins ?

Elle reste collée à lui et fait non de la tête. Il s'est promis de ne rien lui demander maintenant, mais il ne peut pas s'en empêcher :

— Tu étais où ?

Sophie dodeline de la tête puis s'écarte de lui, le regard perdu.

— Je ne sais pas, articule-t-elle. J'ai fait du stop…

— Il ne t'est rien arrivé, au moins ?

Elle fait signe que non.

Frantz reste là un long moment à la tenir contre lui. Elle a cessé de pleurer, blottie entre ses bras comme un petit animal apeuré. Elle s'est abandonnée mais elle reste incroyablement légère. Elle est tellement maigre… Il se demande, bien sûr, où elle est allée, ce qu'elle a bien pu faire pendant tout ce temps. Elle finira par le lui dire, il n'y a plus aucun secret pour lui dans la vie de Sophie. Mais ce qui domine, dans ces instants de silence où ils se retrouvent, c'est qu'il voit combien il a eu peur.

Après avoir touché l'héritage de son père, Frantz était convaincu qu'il allait pouvoir se consacrer tout entier au docteur Catherine Auverney, aussi la nouvelle de sa mort quelques mois plus tôt lui a-t-elle fait l'effet d'une trahison. L'existence se montrait totalement déloyale. Mais aujourd'hui, quelque chose irrigue toutes ses fibres : le même soulagement que le jour où il a découvert l'existence de Sophie et où il a compris qu'elle remplacerait le docteur Auverney. Qu'elle mourrait à sa place. C'est ce trésor qu'il a failli perdre au cours de ces trois jours. Il la serre contre lui et ressent un puissant bien-être. Il baisse légèrement la tête et respire l'odeur de ses cheveux. Elle s'écarte légèrement, le regarde. Paupières gonflées, visage sali. Mais elle est belle. Indéniablement. Il se penche et cette vérité, soudain, lui apparaît dans toute sa nudité, dans toute sa vérité : il l'aime. Ce n'est pas vraiment cela qui le frappe, il y a longtemps qu'il l'aime. Non, ce qui est terriblement émouvant, c'est qu'à force de lui prodiguer tous ses soins, à force de la travailler, de la piloter, de la guider, de la pétrir, Sophie a maintenant exactement le visage de Sarah. À la fin de sa vie, Sarah elle aussi avait ces joues creuses, ces lèvres grises, ces yeux vides, ces épaules osseuses, cette maigreur évanescente. Comme Sophie aujourd'hui, Sarah le regardait avec amour, comme s'il était la seule issue à tous les malheurs du monde, la seule promesse de retrouver un jour un semblant de sérénité. Ce rapprochement entre les deux femmes le bouleverse. Sophie est parfaite. Sophie est un exorcisme, elle va mourir merveilleusement. Frantz va pleurer beaucoup. Elle va beaucoup lui manquer. Beaucoup. Et il va être très malheureux d'être guéri sans elle...

Sophie peut encore regarder Frantz à travers le mince rideau de larmes, mais elle sait que le liquide lacrymal fait effet pendant peu de temps. Il est difficile de comprendre ce qui se passe en lui. Alors, rester là, ne pas bouger, se laisser faire... Attendre. Il tient ses épaules entre ses mains. Il la serre contre lui et à cet instant précis, elle sent quelque chose en lui qui faiblit, qui se creuse et qui fond, elle ne sait pas quoi. Il la serre et elle commence à prendre peur parce que son regard est d'une fixité étrange. Des pensées courent visiblement dans sa tête. Elle ne le quitte pas des yeux, comme si elle voulait l'immobiliser. Elle avale sa salive et dit : « Frantz... » Elle tend ses lèvres, qu'il prend aussitôt. C'est un baiser retenu, tendu, un peu pensif, mais il y a quand même quelque chose de vorace dans cette bouche. D'impératif. Et quelque chose de dur en bas de son ventre. Sophie se concentre. Elle voudrait faire un calcul dans lequel la peur n'entrerait pas en compte mais c'est impossible. Elle se sent tenue, prise. Il est physiquement fort. Elle a peur de mourir. Alors elle se serre contre lui, serre son bassin contre son ventre, elle le sent se durcir et cela la rassure. Elle pose sa joue contre lui et regarde vers le sol. Elle peut respirer. De haut en bas, elle relâche tous ses muscles, un à un, et son corps se dissout peu à peu dans les bras de Frantz. Il la soulève. Il l'entraîne dans la chambre ct l'allonge. Elle pourrait s'endormir ainsi.

Elle l'entend qui s'éloigne, passe dans la cuisine, elle ouvre les yeux brièvement, les referme. Maintenant le bruit caractéristique de la petite cuillère contre les parois de verre. Sa présence de nouveau au-dessus d'elle. Il dit : « Tu vas dormir un petit peu maintenant, pour te reposer. C'est ça le plus important : te reposer. » Il tient sa tête et elle avale lentement le liquide. Pour couvrir le goût, il met toujours beaucoup de sucre. Puis il repart dans la cuisine. D'un geste, elle se renverse sur le côté, écarte le drap, plonge deux doigts au fond de sa gorge. Son estomac fait un bond, elle régurgite le liquide dans un mouvement qui lui retourne le ventre, elle tire le drap et se rallonge. Il est déjà là. Il passe sa main sur son front. « Dors tranquillement », dit-il dans un souffle. Il pose sa bouche sur ses lèvres sèches. Il admire ce beau visage. Il l'aime maintenant. Ce visage, c'est sa possession. Il a déjà peur du moment où elle ne sera plus là…

– Les gendarmes sont venus…

Sophie n'a pas pensé à ça. Les gendarmes. Son regard trahit immédiatement son inquiétude. Frantz sait à quel point la vraie Sophie peut craindre les gendarmes. Jouer fin.

– Forcément, ajoute-t-il. La clinique a été obligée de les prévenir. Ils sont venus ici…

Il profite un instant de la panique de Sophie puis il la serre dans ses bras.

– Je me suis occupé de tout, rassure-toi. Je ne voulais pas qu'on te cherche. Je savais que tu allais revenir.

Au cours de tous ces mois, elle est parvenue à ne jamais être en contact avec la police. Et la voici maintenant dans la nasse. Sophie respire à fond, tente de réfléchir. Frantz va devoir la sortir de là. Leurs intérêts convergent. Jouer fin.

– Tu dois aller signer des papiers. Comme quoi tu es revenue… Je leur ai dit que tu étais à Besançon. Chez une amie. Il vaut mieux se débarrasser de ça maintenant.

Sophie dodeline de la tête. Elle fait « non ». Frantz la serre encore un peu plus contre lui.

Le hall de la gendarmerie est tapissé d'affiches décolorées montrant des cartes d'identité agrandies, dispensant des conseils de prudence, proposant des numéros d'appel d'urgence pour toutes les circonstances. Le gendarme Jondrette regarde Sophie avec une sérénité bonhomme. Il aimerait bien avoir une femme comme ça. Déliquescente. Ça doit donner à un homme l'impression d'être utile. Son regard passe de Sophie à Frantz. Puis il tapote sur la table devant lui. Ses gros doigts se fixent sur un imprimé.

– Alors, comme ça, on se sauve de la clinique…

C'est sa manière à lui de se montrer diplomate. Il a devant lui une femme qui a tenté de mourir et il ne trouve rien d'autre à dire. Instinctivement, Sophie comprend qu'il faut flatter l'idée qu'il se fait de la force d'un mâle. Elle baisse les yeux. Frantz passe son bras autour de ses épaules. Joli couple.

– Et vous étiez à…

– Besançon, lâche Sophie dans un souffle.

– C'est ça, à Besançon. C'est ce que m'a dit votre mari. Dans de la famille…

Sophie change de stratégie. Elle lève les yeux et fixe Jondrette. Il a beau être rustique, le gendarme, il sent des choses. Et ce qu'il sent, c'est que cette Mme Berg est un caractère.

– C'est bien, la famille…, lâche-t-il. Je veux dire, dans ces cas-là, c'est bien…

– Il faut signer quelque chose, je crois…

Dans leur dialogue passablement voilé, la voix de Frantz ramène un peu de réalité. Jondrette s'ébroue.

– Oui. Là…

Il retourne l'imprimé vers Sophie. Elle cherche un stylo. Jondrette lui tend un stylo-bille à l'enseigne d'un garage. Sophie signe. *Berg*.

– Ça va bien se passer maintenant, dit Jondrette.

Difficile de savoir si c'est une question ou une affirmation.

– Ça va aller, dit Frantz.

Bon mari. Jondrette regarde le jeune couple enlacé quitter la gendarmerie. Ça doit être bien une femme comme ça, mais ça doit aussi être un sacré nid d'emmerdes.

Elle a appris cela avec patience : la respiration de la dormeuse. Cela demande une grande concentration, une application de chaque instant, mais maintenant elle y parvient très bien. Au point qu'une vingtaine de minutes plus tard, quand il entre dans la chambre et la regarde dormir, il est dans une totale confiance. Il la caresse à travers ses vêtements, se couche sur elle et enfouit sa tête dans l'oreiller. Le corps abandonné, elle ouvre alors les yeux, aperçoit ses épaules, elle le sent la pénétrer. Pour un peu, elle sourirait…

Sophie vient d'entamer une période de sommeil qui va lui laisser du répit. Cette fois, dans l'euphorie du moment, tout à la joie des retrouvailles, il a eu la main un peu lourde sur le somnifère : elle dort profondément dans la chambre. Il la veille un long moment, écoute sa respiration, remarque les petites mimiques nerveuses qui agitent son visage puis il se lève, ferme l'appartement à clé et descend à la cave.

Il fait le point de la situation et parce qu'elles ne lui sont d'aucune utilité, il décide de détruire les photographies de la maison du père de Sophie. Il les visionne rapidement et les écrase au fur et à mesure. La maison, toutes les fenêtres, la voiture puis Auverney sortant de chez lui, posant l'enveloppe sur la tondeuse, Auverney travaillant à la table de jardin, déchargeant ses sacs de terreau horticole, décapant la grille. Il est 2 heures du matin. Il sort le câble de raccordement et, avant de les détruire, il télécharge quelques images afin de les visionner sur l'écran de son ordinateur. Il n'en a sélectionné que quatre. La première montre Auverney marchant dans le jardin. Il a retenu celle-ci parce qu'on voit très bien son visage de face. Pour un homme de plus de soixante ans, il est vigoureux. Visage carré, traits énergiques, regard vif. Frantz agrandit le visage à 80 %. Intelligent. À 100 %. Retors. 150 %. Ce genre de type peut être redoutable. C'est à ce trait de caractère, certainement génétique, que Sophie doit d'être encore en vie. La seconde image montre Auverney en train de travailler à sa table de jardin. Il est de trois quarts et Frantz agrandit à 100 % la petite partie de l'image où l'on distingue l'écran de son ordinateur. L'extrait reste flou. Il le transfère alors sur un logiciel de traitement de l'image et applique un filtre de renforcement afin de le rendre plus précis. Il croit distinguer la barre d'outils d'un traitement de texte mais l'ensemble reste imprécis. Il glisse l'image dans la poubelle. La troisième photo a été prise le dernier jour. Auverney est en costume. Il s'avance pour poser sur la tondeuse l'enveloppe sans doute destinée au réparateur. Impossible de lire ce qui est écrit sur l'enveloppe, ce qui n'a d'ailleurs pas d'importance. La dernière image a été prise tout à la fin de la planque. Auverney a laissé la porte principale grande ouverte et Frantz détaille l'intérieur, qu'il avait déjà longuement observé à la jumelle : une grande table ronde avec une lampe de billard qui semble descendre assez bas, au fond un meuble hi-fi encastré dans une bibliothèque comprenant un nombre impressionnant de CD. Frantz la glisse dans la corbeille. À l'instant de refermer le logiciel d'image, une dernière curiosité le prend. Il exhume de la poubelle l'image dans laquelle le hangar est visible, et, en quelques clics, agrandit ce qu'on en aperçoit dans l'ombre : cartons, sacs de terreau, ustensiles de jardinage, boîte à outils, valises. La pile de cartons est barrée en travers par l'ombre de la porte. Ceux du bas sont partiellement éclairés, ceux du haut plongent dans la pénombre. 120 %. 140 %. Frantz tente de lire les inscriptions portées au feutre noir sur la tranche de l'un des cartons. Il applique des filtres de précision, manipule le contraste, agrandit encore. Il parvient à deviner quelques lettres. Sur la première ligne : un A, un V et à la fin un S. Sur la ligne suivante un mot qui commence par D, puis C puis U puis un autre qui est « AUV… », et donc certainement « Auverney ». Sur la dernière ligne, clairement, la mention : « H à L ». Ce carton est le plus bas de la pile. Celui du dessus est traversé par la ligne lumineuse : le bas est éclairé, le haut invisible. Mais le peu qu'il en voit l'arrête brutalement. Frantz reste un long moment interdit devant cette image et la signification que cela prend pour lui. Il est devant les cartons contenant les archives du docteur Auverney.

Dans l'un de ces cartons se trouve le dossier médical de sa mère.

La clé tourne dans la serrure. La voilà seule. Sophie se lève aussitôt, court au placard, se hausse sur la pointe des pieds, attrape sa clé et déverrouille aussitôt la porte, tous les muscles tendus. Elle écoute le pas de Frantz dans l'escalier sonore. Elle court à la fenêtre mais elle ne le voit pas sortir. À moins qu'il ne soit passé par le local des poubelles, ce qui est peu probable puisqu'il est en bras de chemise, il est quelque part dans le bâtiment. Elle enfile en vitesse des chaussures plates, referme la porte silencieusement et descend l'escalier. Aucun téléviseur ne résonne plus dans cette partie de l'immeuble. Sophie calme sa respiration, s'arrête au rez-de-chaussée, s'avance… Il n'y a pas d'autre issue que celle-ci. Elle ouvre lentement la porte en priant qu'elle ne grince pas. La pénombre n'est pas totale et en bas de l'escalier qui s'ouvre devant elle, elle distingue une lueur assez lointaine. Elle écoute mais n'entend que son cœur et ses tempes battre. Elle descend lentement. En bas, la lumière la guide vers la droite. Ce sont des caves. Au fond, à gauche, une porte est restée entrouverte. Il n'est pas nécessaire d'aller plus loin, ce serait même dangereux. Frantz conserve trois clés sur le trousseau de sa moto. Voici à quoi sert la dernière. Sophie remonte en silence. Attendre une occasion.

Au goût, nettement plus amer qu'à l'accoutumée, ce devait être une dose massive. Heureusement, Sophie sait maintenant s'organiser. Près du lit, elle dispose une boule de mouchoirs en papier chiffonnés dans laquelle elle peut régurgiter et qu'elle renouvelle chaque fois qu'elle va aux toilettes. Ça ne marche pas à tous les coups. Avant-hier, Frantz est resté près d'elle trop longtemps. Il ne s'est pas éloigné une seconde. Elle a senti que le liquide se frayait un chemin tortueux dans sa gorge. Avant de se mettre à tousser, ce qu'elle n'a jamais fait et qui n'aurait pas manqué de l'inquiéter, elle s'est résolue à avaler en simulant un mouvement de sommeil agité. Quelques minutes plus tard, elle a senti son corps s'engourdir, ses muscles s'avachir. Ça lui a fait penser aux dernières secondes avant l'opération, quand l'anesthésiste vous demande de compter jusqu'à cinq.

Cette fois-là, ça a été un échec, mais sa technique est élaborée et quand les conditions sont réunies, tout se passe bien. Elle sait stocker le liquide dans sa bouche et avaler sa salive. Si Frantz s'éloigne dans les quelques minutes qui suivent, elle bascule rapidement sur le côté, saisit la boule de mouchoirs et recrache. Mais si elle conserve trop longtemps le médicament dans sa bouche, il pénètre en elle par la muqueuse, se mêle à sa salive… Et si elle doit avaler, il lui reste une petite possibilité de se provoquer une nausée, mais elle doit le faire dans les toutes premières secondes. Cette fois, tout s'est bien passé. Quelques minutes après avoir recraché, elle simule la respiration de la dormeuse en eaux profondes et quand Frantz se penche sur elle, qu'il commence à la caresser et à lui parler, elle remue la tête de droite et de gauche, comme si elle voulait fuir ses mots. Elle s'agite, doucement d'abord puis, en vitesse de croisière, elle gesticule, se tortille, bascule et se lance même dans de petits sauts de carpe quand elle a besoin de manifester un paroxysme dans son cauchemar. Frantz, lui aussi, suit son rituel. Il se penche d'abord sur elle et lui parle calmement, il la caresse un peu, les cheveux, les lèvres du bout des doigts, la gorge, mais ensuite toute son énergie passe dans ses mots.

Frantz lui parle et observe. Il modifie son discours selon qu'il veut la bouleverser ou au contraire la calmer. Il inscrit toujours des morts au programme. Ce soir, voici Véronique Fabre. Sophie se souvient très bien : le canapé sur lequel elle parvient à s'accouder, le corps de cette fille dans une mare de sang. Le couteau de cuisine que Frantz a dû mettre dans sa main.

– Que s'est-il passé, Sophie ? demande Frantz. Une colère ? C'est cela, n'est-ce pas, une colère…

Sophie tente de se retourner pour lui échapper.

– Tu la revois très bien, cette fille, non ? Rappelle-toi. Elle porte un ensemble gris, assez triste. On voit juste un col blanc, rond… à la naissance de son cou. Tu la revois maintenant, c'est bien. Elle porte des chaussures plates…

La voix de Frantz est grave, son débit est lent.

– J'étais inquiet, tu sais, Sophie. Tu étais chez elle depuis presque deux heures… je ne te voyais pas descendre…

Sophie pousse de petits gémissements, tourne la tête nerveusement. Ses mains s'agitent sur le drap de manière désordonnée.

– … et dans la rue, je vois cette fille qui court à la pharmacie. Elle explique que tu t'es trouvée mal… Tu imagines, mon ange, ce que j'ai pu être inquiet ?

Sophie tente de se soustraire à la voix en se retournant furieusement. Frantz se lève, fait le tour du lit, s'agenouille et poursuit, très près de son oreille.

– Je ne lui ai pas laissé le temps de te soigner. Dès qu'elle est entrée, j'ai sonné. En ouvrant la porte, elle avait encore le sachet de la pharmacie entre les mains. Derrière elle, je t'ai vue, mon ange, ma Sophie, étendue sur le canapé, si profondément endormie, comme aujourd'hui, mon tout petit… Quand je t'ai vue, j'ai cessé d'être inquiet. Tu étais très jolie, tu sais. Très.

Frantz passe son index sur les lèvres de Sophie, elle ne peut s'empêcher d'un réflexe de recul. Pour donner le change, elle cligne furieusement des yeux, fait de minuscules mouvements spasmodiques avec les lèvres…

– J'ai fait exactement ce que tu aurais fait, ma Sophie… Mais d'abord, je l'ai estourbie. Rien de grave, je l'ai simplement fait tomber sur les genoux, juste le temps de faire quelques pas jusqu'à la table et d'attraper le couteau de cuisine. Ensuite, j'ai attendu qu'elle se relève. Elle avait un regard étonné, affolé aussi, bien sûr, c'était beaucoup de sensations pour elle, il faut comprendre. Ne t'agite pas comme ça, mon ange. Je suis là, tu sais qu'il ne peut rien t'arriver.

Sophie effectue un nouveau saut de carpe et se retourne, elle monte ses mains vers son cou, comme si elle voulait se boucher les oreilles mais qu'elle ne savait plus comment faire, ses gestes semblent désordonnés et vains.

– J'ai fait comme toi. Tu te serais approchée, n'est-ce pas ? Tu l'aurais regardée dans les yeux. Tu te souviens de son regard ? Un regard très expressif. Tu ne lui aurais pas laissé le temps, tu l'aurais fixée et, d'un coup, très fort, tu aurais planté le couteau dans son ventre. Sens ce que ça fait dans le bras, Sophie, d'enfoncer comme ça un couteau dans un ventre de fille. Je vais te montrer.

Frantz se penche sur elle, prend doucement son poignet. Elle résiste mais il le tient déjà fermement et à l'instant où il répète ces mots, il fait le geste dans l'air, le bras de Sophie, manipulé en force, s'enfonce dans l'air et semble y rencontrer une résistance élastique…

– Voilà, ce que ça te fait, Sophie, tu enfonces ainsi le couteau, d'un seul grand coup et tu tournes ainsi, bien au fond…

Sophie commence à crier.

– Vois le visage de Véronique. Vois d'abord comme elle souffre, comme tu lui fais mal. Tout son ventre est en feu, vois ses yeux écarquillés, sa bouche ouverte sur la douleur et toi, voilà, tu continues de tenir le couteau au fond de son ventre. Tu es impitoyable, Sophie. Elle commence à hurler. Alors, pour la faire taire, tu retires le couteau – il est déjà plein de son sang, vois comme il est lourd maintenant – et tu le replonges une nouvelle fois. Sophie, il faut t'arrêter… !

Mais disant cela, Frantz continue de lancer le poignet de Sophie droit devant elle, dans le vide. Sophie attrape son poignet avec son autre main mais Frantz est trop fort, elle crie maintenant, s'agite, tente de remonter ses genoux mais rien n'y fait, c'est comme, enfant, se battre contre un adulte…

– Rien ne peut donc t'arrêter ? poursuit Frantz. Une fois, deux fois, et encore, et encore, tu ne cesses de planter ton couteau dans son ventre, et encore, et encore et tout à l'heure tu te réveilleras avec le couteau dans la main et à côté de toi, Véronique dans la mare de son sang. Comment peut-on faire des choses pareilles. Sophie ! Comment peut-on vivre encore quand on est capable de faire de pareilles choses ?

Depuis plusieurs jours, Sophie parvient à ne dormir que quelques heures par nuit grâce à un mélange détonant de Vitamine C, de caféine et de Glucuronamide. Frantz dort profondément. Sophie le regarde. Cet homme a un visage volontaire et même lorsqu'il dort, il dégage une énergie et une volonté puissantes. Sa respiration, très lente jusqu'ici, est plus irrégulière maintenant. Il grogne dans son sommeil, comme s'il ressentait une gêne à respirer. Sophie est nue, elle a un peu froid. Elle croise les bras et le regarde. Elle le hait calmement. Elle passe à la cuisine. Là, une porte donne sur un minuscule local que dans la résidence on appelle le « séchoir », allez savoir pourquoi. Moins de deux mètres carrés avec une petite ouverture sur l'extérieur – il y fait froid été comme hiver – où l'on range tout ce qui ne tient pas ailleurs et dans lequel trône le vide-ordures. Sophie en ouvre délicatement le tiroir et passe sa main à l'intérieur, assez loin, vers le haut. Elle en retire un sac en plastique transparent qu'elle ouvre rapidement. Elle pose sur la table une seringue courte et un flacon de produit. Elle pose le sachet avec les produits restants dans le tiroir du vide-ordures et, par précaution, fait quelques pas jusqu'à la chambre. Frantz dort toujours profondément, il ronfle légèrement. Sophie ouvre le réfrigérateur, sort le pack de quatre yaourts liquides que Frantz est le seul à manger. L'aiguille de la seringue passe sous la capsule souple et ne laisse qu'un minuscule trou masqué par le couvercle. Après avoir injecté une dose de produit dans chacun, Sophie les secoue un à un pour accélérer le mélange et les repose ensuite à leur place. Quelques minutes plus tard, le sac plastique est de nouveau à sa place et Sophie se glisse dans le lit. Le seul contact avec le corps de Frantz lui donne un indescriptible dégoût. Elle aimerait bien le tuer dans son sommeil. Avec un couteau de cuisine par exemple.

Selon lui, Sophie devrait dormir une dizaine d'heures. Ce sera largement suffisant si tout se passe bien. Dans le cas contraire, il devra refaire une tentative plus tard, mais il est si excité que cette perspective, il ne veut même pas l'envisager. En pleine nuit, il ne lui faut qu'un peu moins de deux heures pour rejoindre Neuville-Sainte-Marie.

C'est une nuit qui annonce de la pluie. Ce serait idéal. Il a laissé la moto à l'orée du petit bois, c'est-à-dire au plus près qu'il puisse s'avancer. Quelques minutes plus tard, deux bonnes nouvelles l'accueillent simultanément : la maison d'Auverney est plongée dans le noir et les premières gouttes de pluie s'écrasent au sol. Il pose son sac de sport à ses pieds, s'extrait rapidement de sa combinaison sous laquelle il porte un jogging léger. Le temps de passer des tennis et de refermer son sac, Frantz descend la petite colline qui sépare le bois du jardin d'Auverney. D'un bond, il franchit la grille. Pas de chien, il le sait. À l'instant où il touche à la porte du hangar, une lumière s'allume à une fenêtre de l'étage. C'est la chambre d'Auverney. Il se plaque contre la porte. À moins qu'il ne descende et sorte dans le jardin, Auverney ne peut pas s'apercevoir de sa présence. Frantz consulte sa montre. Il est presque 1 heure du matin. Il a du temps devant lui mais aussi une impatience folle, le genre d'état d'esprit qui vous fait commettre des erreurs. Il respire à fond. La fenêtre de la chambre projette un rectangle de lumière qui troue le rideau de pluie fine et s'échoue sur la pelouse. On discerne une forme qui passe et disparaît. Les nuits où il l'a observé, Auverney n'a pas semblé sujet à des insomnies, mais peut-on savoir… Frantz croise les bras, regarde la pluie qui grillage la nuit et se prépare à une longue attente.

Quand elle était enfant, les nuits d'orage comme celle-ci l'électrisaient. Elle ouvre les fenêtres en grand et aspire profondément la fraîcheur qui lui glace les poumons. Elle en a besoin. Elle n'est pas parvenue à régurgiter la totalité du médicament de Frantz et elle titube un peu, la tête lourde. L'effet ne devrait pas durer, mais elle se trouve dans la phase ascendante du soporifique et cette fois, Frantz a forcé la dose. S'il a fait ce choix, c'est qu'il s'est absenté pour un bon moment. Il est parti vers 23 heures. Selon elle, il ne sera pas de retour avant 3 ou 4 heures du matin. Dans le doute, elle se base sur 2 h 30. Elle se tient aux meubles pour ne pas chuter et ouvre la porte de la salle de bains. Elle a l'habitude maintenant. Elle retire son tee-shirt, entre dans la baignoire, respire un grand coup et ouvre l'eau froide à fond. Elle pousse un cri rauque et volontaire, se contraint à continuer de respirer. Quelques secondes plus tard elle est gelée et se frotte vigoureusement avec une serviette qu'elle étend aussitôt dans le séchoir, face à la lucarne. Elle se prépare un thé très fort (qui ne laisse aucune haleine, contrairement au café) et en attendant qu'il infuse elle fait des mouvements toniques, bras et jambes, quelques pompes pour accélérer la circulation du sang et peu à peu elle sent revenir en elle un peu de vitalité. Elle sirote son thé brûlant puis lave et essuie sa vaisselle. Prenant un peu de recul elle regarde dans la cuisine si rien ne trahit son passage. Elle monte sur une chaise, soulève une dalle du faux plafond et en retire une petite clé plate. Avant de descendre à la cave, elle enfile des gants de latex et change de chaussures. Elle referme très lentement la porte et descend.

La pluie n'a pas cessé un seul instant. On entend, très loin, le bruit feutré des camions passant sur la nationale. À piétiner ainsi en silence sur quelques centimètres carrés, Frantz a commencé à prendre froid. À l'instant où il éternue pour la première fois, la lumière de la chambre s'éteint. Il est très exactement 1 h 44. Frantz se donne vingt minutes. Il reprend sa position d'attente et se demande s'il va falloir consulter un médecin. Un premier coup de tonnerre résonne au loin, le ciel se zèbre et éclaire toute la propriété pendant un court instant.

À 2 h 05 très précisément, Frantz quitte sa position, longe calmement le bâtiment et tâte le châssis d'une petite fenêtre à hauteur d'homme à travers laquelle, à la lumière de sa torche, il distingue clairement l'intérieur. Le châssis est ancien, les hivers en ont fait gonfler le bois. Frantz sort sa trousse à outils, pose une main sur le centre de la fenêtre, teste la résistance, mais à peine a-t-il poussé, la fenêtre s'ouvre violemment, venant heurter bruyamment le mur. Dans le vacarme de l'orage, il y a peu de risque que le bruit soit monté jusqu'à l'étage, de l'autre côté du bâtiment. Il referme sa trousse, la pose soigneusement sur l'appui, se hisse par la fenêtre et retombe délicatement de l'autre côté. Le sol a été cimenté. Il retire ses chaussures pour ne pas laisser de traces. Quelques secondes plus tard, torche en main, il s'avance vers les cartons d'archives du docteur Auverney. Il ne lui faut pas plus de cinq minutes pour extraire celui qui porte les lettres A à G. Il ne peut s'empêcher de ressentir une excitation qui lui fait perdre son flegme, il est contraint de se forcer à prendre de longues respirations et à laisser pendre ses bras mollement le long du corps…

Les cartons pèsent tous très lourd. Ils sont fermés avec un simple Scotch large. Frantz retourne celui qui l'intéresse. Le fond est simplement collé. Il suffit de glisser une lame de cutter pour décoller les quatre rabats de carton ondulé. Il se trouve alors devant une impressionnante pile de chemises en papier. Il en sort une au hasard : « Gravetier ». Le nom est écrit au feutre bleu sur la chemise, en lettres capitales. Il la renfourne dans le carton. Il sort plusieurs chemises et sent s'approcher la délivrance. Baland, Baruk, Benard, Belais, Berg ! Une chemise orange, les lettres sont écrites, de la même main, toujours en lettres capitales. Elle est très mince. Frantz l'ouvre nerveusement. Il n'y a que trois documents. Le premier est intitulé : « bilan clinique », établi au nom de Berg, Sarah. Le second est une simple note, reprenant des éléments administratifs et d'état civil, le dernier, une feuille avec des indications médicamenteuses, portées à la main et pour la plupart indéchiffrables. Il extrait le bilan clinique, le plie en quatre et le passe sous son jogging. Il remet le dossier à sa place, retourne le carton, fait glisser quelques points de colle extraforte sous les rabats et repose le carton ainsi refermé. Quelques secondes plus tard, il enjambe de nouveau la fenêtre et retombe dans le jardin. Moins de quinze minutes après, il roule sur l'autoroute en se contraignant à respecter les limitations de vitesse.

Dès qu'elle a passé la porte, Sophie a pris peur instantanément. Pourtant, elle sait qui est Frantz. Mais le spectacle offert par sa cave… c'est comme rentrer dans son inconscient. Les murs sont intégralement recouverts de photographies. Les larmes montent instantanément. Un désespoir terrible la saisit lorsque son regard tombe sur les photos en gros plan et agrandies de Vincent, son beau visage si triste. Il y a là quatre ans de sa vie. Elle marchant (où était-ce ?), les grands clichés en couleur pris en Grèce et qui lui ont coûté son poste chez Percy's dans des conditions si honteuses… Elle encore à la sortie d'un supermarché, c'est en 2001, ici la maison de l'Oise… Sophie se mord le poing. Elle voudrait hurler, elle voudrait faire exploser cette cave, cet immeuble, la terre entière. Elle se sent violée une fois de plus. Sur cette photo, Sophie est tenue par le vigile d'une supérette. Ici, elle entre dans un commissariat, plusieurs clichés la montrent en gros plan à l'époque où elle était jolie. La voici moche comme tout, c'est dans l'Oise, elle marche bras dessus bras dessous avec Valérie dans le jardin. Elle a déjà l'air triste. Voici… Voici Sophie tenant par la main le petit Léo, Sophie se met à pleurer, rien n'y fait, elle ne peut plus réfléchir, elle ne plus penser, elle ne peut que pleurer, sa tête dodeline de droite et de gauche sous l'effet de ce malheur irréparable qu'est sa vie, étalée là. Elle commence à geindre, des sanglots montent dans sa gorge, les larmes noient les photos et la cave et sa vie, Sophie tombe à genoux, elle lève les yeux vers les murs, son regard attrape ici Vincent couché sur elle, nu, la photo a été prise par la fenêtre de leur appartement, comment est-cc même possible, des gros plans d'objets à elle, portefeuille, sac, plaquette de pilules, elle de nouveau ici avec Laure Dufresne, là encore… Sophie gémit, elle plaque son front sur le sol et continue de pleurer, Frantz peut arriver maintenant, ça n'a plus d'importance, elle est prête à mourir.

Mais Sophie ne meurt pas. Elle relève enfin la tête. Une colère féroce, peu à peu, vient remplacer son désespoir. Elle se redresse, essuie ses joues, sa fureur est intacte. Frantz peut arriver maintenant, ça n'a plus d'importance, elle est prête à le tuer.

Sophie est partout sur les murs, à l'exception de la cloison de droite, qui ne comprend que trois clichés. Dix, vingt, trente fois peut-être les trois mêmes clichés, recadrés, colorisés, N & B, sépia, retravaillés, trois images de la même femme. Sarah Berg. C'est la première fois qu'elle la voit. La ressemblance avec Frantz est stupéfiante, les yeux, la bouche... Sur deux clichés elle est jeune, la trentaine sans doute. Jolie. Très jolie même. Sur la troisième image, ce doit être plus près de la fin. Elle est assise sur un banc, devant une pelouse où dégouline un saule pleureur, les yeux perdus. Visage mécanique.

Sophie se mouche, s'assied à la table, soulève le couvercle de l'ordinateur portable et appuie sur la touche de démarrage. Quelques secondes plus tard, la fenêtre du mot de passe clignote. Sophie regarde l'heure, elle se donne quarante-cinq minutes et commence par les évidences : sophie, sarah, maman, jonas, auverney, catherine...

Quarante-cinq minutes plus tard, il lui faut renoncer.

Elle rabat précautionneusement le couvercle et commence à fouiller les tiroirs. Elle trouve des tas d'objets à elle, les mêmes parfois que ceux qui figurent sur les photos punaisées au mur. Il lui reste quelques minutes sur le temps qu'elle s'est accordé. À l'instant de partir, elle ouvre un cahier à petits carreaux et commence à lire :

3 mai 2000

Je viens de l'apercevoir pour la première fois. Elle s'appelle Sophie. Elle sortait de chez elle. Je n'ai guère distingué que sa silhouette. Visiblement, c'est une femme pressée. Elle est montée en voiture et elle a détalé aussitôt, au point que j'ai eu du mal à la suivre en moto.

CONFIDENTIEL

Dr Catherine Auverney
Clinique Armand-Brussières
à
Dr Sylvain Lesgle
Directeur de la clinique Armand-Brussières

16 novembre 1999

Bilan clinique

Patiente : *Sarah Berg, née Weiss*
Adresse : *(voir dossier adm.)*
Née le : *le 22 juillet 1944 à Paris (XIᵉ)*
Profession : *sans*
Décédée : *le 4 juin 1989 à Meudon (92)*

*Mme Sarah Berg a été prise en charge pour la première
fois en septembre 1982 (hôpital Pasteur). Le dossier ne
nous a pas été communiqué. Par recoupements, nous
savons que cette hospitalisation résultait d'une prescrip-
tion de son médecin traitant sur la demande insistante de
son époux, Jonas Berg, mais avec l'accord de la patiente.
Elle ne semble pas avoir été prolongée au-delà du délai
d'urgence.*
*Mme Sarah Berg a été prise en charge une seconde
fois en 1985 par le Dr Roudier (clinique du Parc). La
patiente souffrait alors de symptômes dépressifs majeurs
chroniques dont les premières manifestations étaient
extrêmement anciennes et remontaient au milieu des
années 1960. L'hospitalisation, consécutive à une TS aux
barbituriques, s'est déroulée du 11 mars au 26 octobre.*
*J'ai personnellement pris en charge Sarah Berg en
juin 1987, lors de sa troisième hospitalisation (achevée le
24 février 1988). J'apprendrai plus tard que la TS qui
justifiait cette hospitalisation avait connu, au moins, deux
précédents entre 1985 et 1987. Le* modus operandi *de*

ces TS, essentiellement médicamenteux, peut, à l'époque, être considéré comme stable. L'état de la patiente justifie alors un traitement massif, seul à même de lutter efficacement contre de nouveaux passages à l'acte suicidaires. Conséquence de ce traitement : il faudra attendre la fin juillet 1987 pour entrer réellement en contact avec la patiente.

Lorsque nous y parvenons, Sarah Berg, alors âgée de quarante-trois ans, se révèle une femme d'une intelligence vive et réactive, disposant d'un vocabulaire riche, voire complexe, et d'une indéniable capacité d'élaboration. Sa vie est évidemment marquée par la déportation de ses parents et leur disparition au camp de Dachau peu après sa naissance. Les premières manifestations dépressives à caractère délirant, sans doute très précoces, semblent articuler une forte culpabilité – courante dans ces configurations – à une puissante hémorragie narcissique. Lors de nos entretiens, Sarah ne cessera d'évoquer ses parents et posera fréquemment la question de la justification historique (sur le thème : pourquoi eux ?). Cette question masque évidemment une dimension psychiquement plus archaïque, liée à la perte d'amour de l'autre et à la perte d'estime de soi. Sarah, on doit le souligner, est un être extrêmement émouvant, parfois même désarmant dans la sincérité débordante avec laquelle elle accepte, jusqu'à l'excès, de se mettre en question. Souvent bouleversante lorsqu'elle évoque l'arrestation de ses parents, le refus du deuil – à peine retardé par une activité aussi débordante que secrète de recherche auprès des survivants... –, Sarah se révèle un être d'une sensibilité douloureuse, à la fois naïve et lucide. Le principe névrotique dans lequel s'insère son enfance articule la culpabilité de la survivante au sentiment d'indignité qu'on trouve chez bien des orphelins qui interprètent inconsciemment le « départ » de leurs parents comme la preuve qu'ils n'étaient pas des enfants intéressants.

Nous mettrons en facteur commun à l'ensemble de cette analyse que des facteurs génétiques, échappant évidem-

ment à nos investigations, ont pu participer à la maladie
de Sarah Berg. Nos préconisations iraient bien sûr dans
le sens d'une surveillance étroite de la descendance
directe de cette patiente chez qui des symptômes
dépressifs marqués par des fixations morbides et des
manifestations obsessionnelles sont évidemment à
redouter. [...]

Frantz est rentré en plein milieu de la nuit. Sophie
s'est réveillée en entendant la porte, elle a aussitôt
replongé dans ce faux sommeil qu'elle maîtrise maintenant si bien. Au bruit de ses pas dans l'appartement,
à la manière dont il a fermé la porte du réfrigérateur,
elle a compris qu'il était très excité. Lui d'ordinaire si
calme... Elle a deviné sa silhouette à la porte de la
chambre. Puis il s'est approché du lit, s'est agenouillé.
Il a caressé ses cheveux. Il semblait pensif. Au lieu de
se coucher, malgré l'heure avancée de la nuit, il est
retourné au salon, il a gagné la cuisine. Elle a cru per-
cevoir des bruits de papier, comme s'il ouvrait une
enveloppe. Puis plus rien. Il ne s'est pas recouché de la
nuit. Elle l'a trouvé au matin, assis sur une chaise de
cuisine, le regard perdu. Il ressemblait de nouveau terriblement à la photographie de Sarah, quoique en plus
désespéré. Comme s'il avait soudain vieilli de dix ans.
Il s'est contenté de lever les yeux vers elle, comme s'il
regardait à travers elle.

— Tu es malade ? a demandé Sophie.

Elle a serré son peignoir. Frantz n'a pas répondu. Ils
sont restés un long moment ainsi. Étrangement, Sophie
a eu l'impression que ce silence, si nouveau, si inattendu, était la première communication réelle entre eux
depuis qu'ils se connaissaient. Elle n'aurait su dire à
quoi cela tenait. Le jour entrait par la fenêtre de la cuisine et éclaboussait les pieds de Frantz.

— Tu es sorti ? a demandé Sophie.

Il a regardé ses pieds, tachés de boue, comme s'ils ne lui appartenaient pas.

— Oui… Enfin, non…

Décidément, quelque chose ne tournait pas rond. Sophie s'est avancée, s'est contrainte à passer sa main sur la nuque de Frantz. Ce contact l'a révulsée mais elle a tenu bon. Elle a fait chauffer de l'eau.

— Tu veux du thé ?

— Non… Enfin, oui…

Curieuse atmosphère. Il semblait qu'elle sortait de sa nuit et que lui y entrait.

Son visage est extrêmement blanc. Il dit simplement : « Je me sens patraque. » Depuis deux jours, il se nourrit très peu. Elle lui conseille les laitages : il mange trois yaourts qu'elle prépare avec soin, boit du thé. Puis il reste là, assis à la table, à regarder la toile cirée. Il rumine. À elle, ça lui fait peur, cet air sombre. Il reste ainsi un long moment perdu dans des pensées. Puis il commence à pleurer. Simplement. Son visage ne manifeste aucun chagrin, les larmes coulent et tombent sur la toile cirée. Depuis deux jours.

Il s'essuie les yeux maladroitement puis il dit : « Je suis malade. » Sa voix tremble, elle est faible.

— La grippe, peut-être…, répond Sophie.

Le genre de phrase idiote qui attribue les larmes à la grippe. Mais des pleurs chez lui, c'est si inattendu…

— Allonge-toi, se reprend-elle. Je vais te préparer une boisson chaude.

Il murmure quelque chose comme : « Oui, c'est bien… », mais elle n'est pas certaine. C'est étrange comme atmosphère. Il se lève, fait demi-tour, entre dans la chambre et s'allonge tout habillé. Elle lui prépare du thé. L'occasion idéale. Elle vérifie qu'il est toujours allongé puis elle ouvre le vide-ordures…

Elle ne sourit pas mais elle ressent un soulagement profond. La dynamique vient de se renverser. Le sort l'a aidée, c'est bien le moins qu'elle pouvait lui demander. À la première faiblesse, elle était décidée à prendre la main. À partir de maintenant, se promet-elle, elle ne le lâchera plus. Sauf mort.

Quand elle entre dans la chambre, il la regarde étrangement, comme s'il reconnaissait quelqu'un qu'il n'attendait pas, comme s'il allait lui dire quelque chose de grave. Mais rien. Il se tait. Il s'appuie sur son coude.

– Tu devrais te déshabiller…, dit-elle en prenant un air affairé.

Elle tasse les oreillers, tire les draps. Frantz se lève, se déshabille lentement. Il semble très abattu. Elle sourit : « Tu dors déjà, on dirait… » Avant de se coucher, il prend le bol qu'elle lui a préparé. « Ça va t'aider à dormir un peu… » Frantz commence à boire et dit : « Je sais… »

[…] Sarah Weiss épouse en 1964 Jonas Berg, né en 1933 et comme on voit, plus âgé qu'elle de onze ans. Ce choix confirme la recherche d'une parenté symbolique destinée, autant que faire se peut, à pallier l'absence de parenté directe. Jonas Berg est un homme très actif, imaginatif, c'est un immense travailleur et un homme d'affaires extrêmement intuitif. Saisissant l'opportunité économique offerte par les Trente Glorieuses, Jonas Berg crée, en 1959, la première chaîne de supérettes de France. Quinze ans plus tard, devenue enseigne franchisée, l'entreprise ne comptera pas moins de quatre cent trente magasins, assurant à la famille Berg une prospérité que la prudence de son fondateur permettra de maintenir lors de la crise économique des années 1970, voire

d'intensifier par l'acquisition d'immeubles de rapport notamment. Son décès interviendra en 1999.

Jonas Berg, par sa solidité et les sentiments sincères qu'il lui voue, restera pour son épouse un inaliénable pivot de sécurité. Il semble que les premières années du couple aient été marquées par la montée, d'abord peu explicite puis plus sensible au fil du temps, des symptômes dépressifs de Sarah, qui basculent progressivement dans une dimension réellement mélancolique.

En février 1973, Sarah est enceinte pour la première fois. Le jeune couple accueille cet événement dans une allégresse totale. Si Jonas Berg rêve sans doute secrètement d'un fils, Sarah, elle, espère la survenue d'une fille (évidemment destinée à devenir « l'objet idéal de réparation » et le palliatif permettant d'endiguer la faille narcissique originelle). Cette hypothèse est confirmée par le bonheur exceptionnel du couple pendant les premiers mois de cette grossesse et la disparition presque complète des symptômes dépressifs de Sarah.

Le second événement décisif de la vie de Sarah (après la disparition de ses parents) intervient en juin 1973, lorsqu'elle accouche prématurément d'une petite fille mort-née. La béance rouverte va provoquer chez elle des dégâts que sa seconde grossesse rendra irréparables. [...]

Quand elle a été certaine qu'il dormait, Sophie est descendue à la cave ; elle en a remonté le cahier qui contient son journal. Elle allume une cigarette, pose le cahier sur la table de la cuisine et commence sa lecture. Dès les premiers mots, tout est là, bien en place, à peu près comme elle l'a imaginé. Page après page, sa haine se renforce, devient une boule dans son ventre. Les mots, dans le cahier de Frantz, font écho aux photographies dont il a tapissé les murs de sa cave. Après les portraits, voici défiler les noms : Vincent et Valérie d'abord... De temps à autre, Sophie lève les yeux vers la fenêtre, écrase sa cigarette, en rallume une autre. À cet instant, si Frantz venait à se lever, elle pourrait lui planter un couteau dans le ventre sans sourciller tant elle le hait. Elle pourrait le poignarder dans son sommeil, ce serait si facile. Mais c'est parce qu'elle le hait tant qu'elle n'en fait rien. Elle a plusieurs solutions. Et elle n'a pas encore fait son choix.

Sophie a tiré une couverture du placard et elle dort dans le canapé du salon.

Frantz émerge après une douzaine d'heures de sommeil, mais c'est comme s'il dormait encore. Sa démarche est lente, son visage est extrêmement pâle. Il regarde le canapé sur lequel Sophie a abandonné la couverture. Il ne dit rien. Il la regarde.

— Tu as faim ? demande-t-elle. Tu veux appeler un médecin ?

Il fait « non » de la tête mais elle ne sait pas s'il évoque la faim ou le médecin. Peut-être les deux.

— Si c'est la grippe, ça passera, dit-il d'une voix blanche.

Il s'effondre plus qu'il ne s'assoit, en face d'elle. Il pose ses mains devant lui, comme des objets.

— Il faut que tu prennes quelque chose, dit Sophie.

Frantz fait signe que c'est comme elle veut. Il dit : « C'est comme tu veux… »

Elle se lève, va à la cuisine, glisse un plat surgelé dans le micro-ondes et allume une nouvelle cigarette en attendant la sonnerie. Il ne fume pas et ordinairement la fumée le dérange, mais il est si faible qu'il ne semble même pas remarquer qu'elle fume, qu'elle écrase ses mégots dans les bols du petit déjeuner. Lui d'ordinaire si méticuleux.

Frantz tourne le dos à la cuisine. Lorsque le plat est chaud, elle en dispose la moitié dans une assiette. Le temps de vérifier que Frantz est toujours à sa place, elle mélange le somnifère à la sauce tomate.

Frantz goûte et lève les yeux vers elle. Le silence la met mal à l'aise.

– C'est bon, dit-il enfin.

Il goûte les lasagnes, attend quelques secondes, goûte la sauce.

– Il y a du pain ? demande-t-il.

Elle se lève de nouveau et lui apporte un sachet plastique contenant du pain industriel coupé en tranches. Il commence à saucer. Il mange le pain sans envie, mécaniquement, consciencieusement, jusqu'à la fin.

– Qu'est-ce que tu as, exactement ? demande Sophie. Tu as mal quelque part ?

Il désigne sa cage thoracique d'un geste flou. Ses yeux sont gonflés.

– Une boisson chaude te fera du bien…

Elle se lève, lui prépare du thé. Quand elle revient, elle constate qu'il a de nouveau les yeux mouillés. Il boit le thé très lentement, mais bientôt il abandonne, repose son bol et se déplie avec difficulté. Il passe aux toilettes puis il retourne s'allonger. Appuyée au chambranle de la porte, elle le regarde s'installer. Il peut être 15 heures.

– Je vais aller faire quelques courses…, risque-t-elle.

Jamais il ne la laisse sortir. Mais cette fois, Frantz rouvre les yeux, la fixe puis tout son corps semble envahi par la torpeur. Le temps pour Sophie de s'habiller, il a sombré dans le sommeil.

[…] Sarah est en effet enceinte une seconde fois dès février 1974. Dans la configuration profondément dépressive dans laquelle elle s'inscrit à cette époque, cette grossesse résonne évidemment puissamment sur le

plan symbolique, la nouvelle conception ayant eu lieu quasiment un an jour pour jour après la précédente, Sarah est en proie à des craintes de caractère magique (« cet enfant qui vient a "tué" le précédent pour pouvoir exister ») puis à des angoisses auto-accusatrices (elle a tué sa fille comme elle a déjà tué sa mère) et enfin à des manifestations d'indignité (elle se vit comme une « mère impossible », certainement incapable de donner la vie).

Cette grossesse, qui sera à la fois un calvaire pour le couple et un martyre pour Sarah, est émaillée d'innombrables incidents dont la thérapie ne révélera sans doute que quelques aspects. Sarah tente, à plusieurs reprises et en cachette de son mari, de provoquer une fausse couche. On mesure l'impérieux besoin psychique d'avorter à la violence des méthodes auxquelles Sarah recourt à cette époque... Deux TS marquent également cette période, qui sont autant de manifestations de refus de grossesse de la part de la jeune femme qui vit de plus en plus l'enfant à naître – dont elle ne doute jamais qu'il sera un garçon – comme un intrus, un « étranger à elle » qu'elle revêt peu à peu d'un aspect ouvertement malfaisant, cruel, voire diabolique. Cette grossesse parvient miraculeusement à terme le 13 août 1974 par la naissance d'un garçon prénommé Frantz.

Objet symbolique de substitution, cet enfant va rapidement renvoyer le deuil parental au second plan et potentialiser, sur lui seul, toute l'agressivité de Sarah, dont les formes haineuses seront fréquentes et manifestes. La première de ces manifestations prendra la forme d'un mausolée que pendant les premiers mois de la vie de son fils, Sarah dressera à la mémoire de sa fille mort-née. Le caractère magique et occulte des « messes noires » auxquelles elle m'avouera se livrer en secret à cette période démontre, s'il en était besoin, l'aspect métaphorique de sa demande inconsciente : elle appelle, de son propre aveu, sa « fille morte qui est au ciel » à précipiter le fils vivant « dans les flammes de l'enfer ». [...]

Sophie descend faire des courses pour la première fois depuis des semaines. Avant de partir, elle s'est regardée dans la glace et s'est trouvée d'une grande laideur, mais elle a trouvé du plaisir à marcher dans la rue. Elle se sent libre. Elle pourrait partir. C'est ce qu'elle fera quand tout sera en ordre, se dit-elle. Elle a remonté un sac de nourriture. De quoi tenir plusieurs jours. Mais elle sait intuitivement que ce ne sera pas nécessaire.

Il dort. Sophie s'est assise sur une chaise à côté du lit. Elle le regarde. Elle ne lit pas, ne parle pas, elle ne bouge pas. Situation inversée. Sophie n'y croit pas. Ce serait donc si simple ? Pourquoi maintenant ? Pourquoi d'un seul coup Frantz est-il ainsi tombé à terre ? Il semble cassé. Il fait des rêves. Il s'agite, elle le regarde comme un insecte. Il pleure dans son sommeil. Elle le hait tant que parfois elle n'en ressent plus rien. Frantz devient alors comme une idée. Un concept. Elle va le tuer. Elle est en train de le tuer.

Exactement à l'instant où elle pense : « Je suis en train de le tuer », inexplicablement, Frantz ouvre les yeux. Comme sous l'effet d'un interrupteur. Il fixe Sophie. Comment peut-il se réveiller avec ce qu'elle lui a donné ? Elle a dû se tromper... Il tend la main et attrape son poignet, fermement. Elle recule sur sa chaise. Il la fixe et la tient, toujours sans un mot. Il dit : « Tu es là ? » Elle avale sa salive. « Oui », murmure-t-elle. Comme s'il avait simplement fait une parenthèse dans son rêve, Frantz referme les yeux. Il ne dort pas. Il pleure. Ses yeux restent clos mais les larmes coulent lentement jusque dans son cou. Sophie patiente un moment encore. Frantz se retourne rageusement du côté du mur. Ses épaules sont secouées de sanglots.

Quelques minutes plus tard, sa respiration ralentit. Il commence à ronfler doucement.

Elle se lève, se rassoit à la table du salon et rouvre le cahier.

L'effarante clé de tous les mystères. Le cahier de Frantz détaille sa chambre face à l'appartement qu'elle occupait avec Vincent. Chaque page est un viol, chaque phrase une humiliation, chaque mot une cruauté. Tout ce qu'elle a perdu est là, devant elle, tout ce qui lui a été volé, sa vie tout entière, ses amours, sa jeunesse... Elle se lève et vient regarder le sommeil de Frantz. Elle fume au-dessus de lui. Elle n'a tué qu'une seule fois dans sa vie, un patron de fast-food, elle s'en souvient sans crainte ni remords. Et ce n'est rien encore. Cet homme qui dort dans ce lit, quand elle va le tuer...

Apparaît dans le journal de Frantz la forte silhouette d'Andrée. Quelques pages plus loin, la mère de Vincent dévale l'escalier de son pavillon et s'écrase en bas pendant que Sophie est plongée dans un sommeil comateux. Tuée sur le coup... Andrée bascule par la fenêtre... Jusqu'ici, Sophie avait peur de sa vie. Mais elle ne mesurait pas tout ce que les sombres coulisses de son existence pouvaient receler d'horreur. Sophie en a le souffle coupé. Elle referme le cahier.

[...] On doit sans doute au sang-froid de Jonas, à sa résistance psychique et physique et à la place indubitablement positive qu'il conserve dans la vie de son épouse le fait que la haine de Sarah à l'égard de son fils n'entraîne jamais d'accident médico-légal. On doit néanmoins relever que l'enfant est, à ce moment, l'objet de la part de sa mère de sévices discrets : elle évoquera notamment des pincements, coups sur la tête, torsions des *membres, brûlures, etc., dont elle veillera à ce qu'ils n'apparaissent jamais au grand jour. Sarah explique qu'elle doit alors lutter contre elle-même jusqu'à la limite de ses forces pour ne pas tuer cet enfant qui condense maintenant toute sa rancune à l'égard de la vie.*

La place du père, nous l'avons dit, va sans doute constituer l'ultime protection permettant à cet enfant de survivre à une mère potentiellement infanticide. Le regard du père conduira Sarah à développer un comportement schizoïde : elle parvient en effet, au prix d'une immense énergie psychique, à jouer un double jeu : offrir les traits d'une mère aimante et attentive à un enfant dont, en secret, elle souhaite la mort. Ce désir secret se manifeste dans de nombreux rêves au cours desquels, par exemple, l'enfant est condamné à retrouver et à remplacer ses grands-parents au camp de Dachau. Dans d'autres constructions oniriques, le petit garçon est émasculé, éviscéré, voire crucifié, ou bien il périt noyé, brûlé ou écrasé, le plus souvent dans des souffrances atroces qui ont sur la mère un pouvoir réconfortant et pour tout dire, libérateur.

Donner le change à l'entourage et à l'enfant lui-même réclame à Sarah Berg une attention de tous les instants. On peut penser que c'est précisément cette attention à déguiser, à cacher, à réprimer sa haine à l'égard de son fils qui rongera son énergie psychique, jusqu'à la précipiter dans les phases résolument dépressives des années 1980.

Paradoxalement, c'est même son propre fils qui, du stade de victime (ignorante) passera à celui de bourreau (involontaire) puisque son existence sera, en soi, et indépendamment de son comportement, le réel agent déclencheur de la mort de sa mère. […]

Vingt heures plus tard, Frantz s'est levé. Ses yeux sont gonflés. Il a beaucoup pleuré dans son sommeil. Il apparaît à la porte de la chambre alors que Sophie est en train de fumer à la fenêtre en regardant le ciel. Avec les soporifiques qu'il ingurgite, faire ce chemin relève de la volonté pure. Sophie a définitivement pris le dessus. Elle vient, au cours de ces dernières vingt-quatre heures, de remporter la course moléculaire à laquelle tous deux se sont livrés l'un contre l'autre. « Tu es absolument héroïque », dit froidement Sophie tandis que Frantz titube dans le couloir à la recherche des toilettes. Il grelotte en marchant, son corps est saisi de brusques frissons qui le parcourent de la tête aux pieds. Le poignarder là, tout de suite, serait une formalité... Elle s'avance jusqu'aux toilettes et le regarde, assis sur la cuvette. Il est si faible que lui écraser la tête ici avec n'importe quoi serait d'une facilité... Elle fume et le regarde gravement. Il lève les yeux vers elle.

– Tu pleures, constate-t-elle en aspirant une bouffée de cigarette.

Il lui répond par un sourire maladroit puis se lève en se retenant aux cloisons. Il tangue dans le salon en direction de la chambre. Ils se croisent de nouveau à la porte de la chambre. Il penche la tête, comme s'il hésitait, en se tenant au chambranle de la porte. Il fixe cette femme au regard glacé et il hésite. Puis il baisse la tête et sans un mot, il s'allonge sur le lit, les bras largement ouverts. Il ferme les yeux.

Sophie revient à la cuisine et ressort le journal de Frantz, qu'elle avait dissimulé dans le dernier tiroir. Elle reprend sa lecture. Elle revit l'accident de Vincent, sa mort... Elle sait maintenant de quelle manière Frantz s'est introduit dans la clinique, de quelle manière, après l'heure du repas, il est allé chercher Vincent, contournant, en poussant son fauteuil, le local des infirmiers, comment il a poussé la porte de sécurité conduisant au grand escalier monumental. Sophie imagine, en une fraction de seconde, le visage terrifié de Vincent, elle ressent son impuissance jusque dans sa chair. Et à ce moment-là, elle décide brutalement que le reste du journal ne l'intéresse plus. Elle ferme le cahier, se lève, ouvre la fenêtre en grand : elle est vivante.

Et elle est prête.

Frantz dort de nouveau près de six heures. Cela fait plus de trente heures sans boire ni manger, perdu dans un sommeil comateux. Sophie en vient même à penser qu'il va crever là, comme ça. D'un retour de flamme. D'overdose. Il a ingurgité des doses qui en auraient déjà tué de moins solides. Il a fait de nombreux cauchemars et souvent Sophie l'a entendu pleurer dans son sommeil. Elle a dormi dans le canapé. Elle a aussi ouvert une bouteille de vin. Elle est descendue racheter des cigarettes et faire quelques courses. À son retour, Frantz est assis dans le lit, sa tête, trop lourde pour lui, bascule d'un côté et de l'autre. Sophie le regarde en souriant.

– Te voilà prêt…, dit-elle.

Il répond par un sourire maladroit mais il ne parvient pas à ouvrir les yeux. Elle s'approche de lui, le pousse du plat de la main. C'est comme si elle l'avait bousculé d'un grand coup d'épaule. Il se retient au lit et parvient à rester assis, bien que tout son corps reste à se balancer à la recherche d'un équilibre pourtant instable.

– Te voilà fin prêt…, dit-elle.

Elle pose une main sur sa poitrine et le fait céder sans difficulté. Il s'allonge. Sophie quitte l'appartement munie d'un grand sac-poubelle vert.

C'est la fin. Ses gestes maintenant sont calmes, simples, résolus. Une part de sa vie touche à son terme.

Une dernière fois, elle regarde les photographies puis, une par une, elle les détache et les met dans un sac. La tâche lui prend presque une heure. Parfois elle s'arrête un instant sur l'une ou l'autre mais cela ne lui fait plus le même mal que la première fois. C'est comme un album photo ordinaire dans lequel elle rencontrerait, sans les chercher, des images de sa vie un peu oubliées. Ici Laure Dufresne en train de rire. Sophie se souvient de son visage dur, fermé, lorsqu'elle a posé devant elle les lettres anonymes que Frantz avait produites. Il faudrait rétablir les vérités, il faudrait réparer, se laver de tout ça, mais cette vie est loin d'elle. Sophie est lasse. Soulagée et distante. Là, c'est Valérie, qui a passé son bras sous celui de Sophie et qui lui dit quelque chose dans l'oreille avec un sourire gourmand. Sophie avait oublié le visage d'Andrée. Avant aujourd'hui, cette fille n'avait pas tant compté que cela dans sa vie. Sur cette photo, elle la trouve simple et sincère. Elle résiste à l'image de son corps basculant par la fenêtre de son appartement. Ensuite, Sophie ne s'arrête plus guère. Dans un second sac-poubelle, elle rassemble tous les objets. Les retrouver la bouleverse davantage encore que les images : montre, sac, clés, carnet, agenda… Et quand tout est emballé, elle prend l'ordinateur portable, le dernier sac. Elle jette d'abord l'ordinateur dans le grand container vert et tasse par-dessus le sac avec tous les objets. Elle retourne enfin à la cave, ferme la porte à clé et monte à l'appartement avec le sac de papiers.

Frantz continue de dormir mais il semble entre deux eaux. Sur le sol du balcon, elle pose la grande cocotte en fonte et commence par faire brûler le journal, dont elle dépèce les pages par poignées. Puis c'est au tour des photos. Parfois le feu est si violent qu'elle doit se reculer et patienter avant de reprendre. Elle fume alors une cigarette pensivement en regardant les images se tordre dans les flammes.

À la fin, elle nettoie convenablement la cocotte et la remet en place. Elle prend une douche et commence à préparer son sac de voyage. Elle n'emportera pas grand-chose. Le minimum vital. Tout doit maintenant rester derrière elle.

[...] *Prostration, fixité du regard, expression de tristesse, de crainte et parfois de terreur, élaboration laborieuse, fatalisme devant la mort, conviction de culpabilité, pensées magiques, demande de châtiment sont quelques-unes des figures du tableau clinique qu'offre Sarah en 1989 lorsqu'elle est de nouveau hospitalisée.*

La confiance qui s'est installée entre Sarah et moi lors de son précédent séjour permet heureusement de réinstaurer un climat positif qui est mis à profit pour calmer, objectif primordial, les manifestations d'aversion, de dégoût, d'exécration qu'elle développe en secret à l'égard de son fils, manifestations d'autant plus épuisantes qu'elle est toujours parvenue à donner le change de façon victorieuse, du moins jusqu'à la TS qui la conduit de nouveau à être suivie. À cette époque, il y a plus de quinze ans qu'elle réprime, sous l'apparence d'une mère aimante, une détestation devenue viscérale et des envies de meurtre à l'égard de son fils. [...]

Sophie a posé son sac près de la porte d'entrée. Comme après un séjour dans une chambre d'hôtel, elle fait le tour de l'appartement, rectifie ici, range là, tapote les coussins du canapé, repasse un coup d'éponge sur l'horrible toile cirée de la table, range les derniers restes de vaisselle. Puis elle ouvre le placard, en sort un carton qu'elle pose sur la table du salon. De son sac de voyage, elle extrait un flacon rempli de capsules bleu clair. Le carton ouvert, elle en sort la robe de mariée de Sarah, rejoint Frantz qui dort toujours profondément et entreprend de le déshabiller. La tâche est difficile, un corps lourd comme ça, c'est un peu comme un mort. Elle est obligée de le faire rouler plusieurs fois sur lui-même d'un côté puis de l'autre. Il est enfin nu comme un ver, elle soulève ses jambes une par une et les passe dans la robe, elle le tourne de nouveau et remonte la robe sur ses hanches. À partir de là, c'est plus difficile, le corps de Frantz est trop volumineux pour entrer jusqu'aux épaules.

– Pas grave, dit Sophie en souriant. Ne t'inquiète pas.

Il lui faudra près de vingt minutes pour parvenir à un résultat satisfaisant. Elle a dû démonter les coutures des deux côtés.

– Tu vois, murmure-t-elle, ce n'était pas la peine de s'inquiéter.

Elle se recule pour juger de l'effet. Frantz, recouvert plus qu'habillé de la robe de mariée défraîchie, est assis sur le lit, dos au mur, la tête basculée sur le côté, inconscient. Les poils de sa poitrine ressortent du décolleté rond. L'effet est saisissant et absolument pathétique.

Sophie allume une dernière cigarette et s'appuie au chambranle de la porte.

– Tu es très beau, comme ça, dit-elle en souriant. Pour un peu, je ferais des photos…

Mais il est temps d'en finir. Elle va chercher un verre et une bouteille d'eau minérale, sort les comprimés de barbiturique et, deux par deux, trois par trois parfois, elle les place dans la bouche de Frantz et le fait boire.

– Ça fait descendre…

Frantz tousse, régurgite parfois mais il finit toujours par avaler. Sophie lui donne douze fois la dose létale.

– Ça prend du temps, mais ça vaut la peine.

À la fin, il y a beaucoup d'eau dans le lit, mais Frantz a avalé tous les comprimés. Sophie recule. Elle regarde ce tableau et le trouve littéralement fellinien.

– Il manque une petite touche…

Dans son sac de voyage, elle va chercher un bâton de rouge à lèvres et revient.

– Ce n'est peut-être pas tout à fait la couleur assortie, mais bon…

Elle dessine avec application les lèvres de Frantz. Elle déborde largement en haut, en bas, sur les côtés. Elle se recule pour juger de l'effet : une tête de clown endormi dans une robe de mariée.

– C'est parfait.

Frantz grogne, tente d'ouvrir les yeux, y parvient douloureusement. Il veut articuler un mot mais renonce bien vite. Il commence à gesticuler nerveusement puis s'effondre.

Sans un regard, Sophie prend son sac de voyage et ouvre la porte de l'appartement.

[…] C'est précisément sur la personne de son fils que porte essentiellement le discours de Sarah au cours de la thérapie : le physique du jeune garçon, son esprit, ses manières, son vocabulaire, ses goûts… tout est support à la répulsion qu'elle ressent. Il devient alors nécessaire de préparer longuement les visites que son fils fait à l'établissement, grâce à l'aide compréhensive du père, très marqué par les épreuves des dernières années.

C'est d'ailleurs la venue de son fils qui constituera l'agent déclencheur de son suicide le 4 juin 1989. Au cours des jours précédents, elle fait part à plusieurs reprises de son désir de « ne plus être mise en présence de [son] fils ». Elle se déclare dans l'incapacité physique de poursuivre une seconde de plus cet effroyable jeu de dupe. Seule une séparation définitive, explique-t-elle, lui permettra peut-être de survivre. La pression involontaire de l'institution, la culpabilité, l'insistance de Jonas Berg conduisent Sarah à accepter tout de même cette visite mais, au cours d'un violent retournement de l'agressivité contre soi, alors que son fils vient de quitter sa chambre, Sarah revêt sa robe de mariée (hommage symbolique à son mari, dont le soutien ne lui aura jamais manqué) et se défenestre du cinquième étage.

Le rapport de gendarmerie effectué le 4 juin 1989 à 14 h 53 par le brigadier J. Bellerive, de la gendarmerie de Meudon, est versé au dossier administratif de Sarah Berg sous le numéro : JB-GM 1807.

Dr Catherine Auverney

Sophie s'aperçoit qu'elle ne s'est pas souciée du temps qu'il fait depuis très longtemps. Et il fait beau. Elle passe la porte vitrée de l'immeuble et s'arrête un instant sur le perron. Il ne lui reste que cinq marches à descendre pour entrer dans sa nouvelle vie. Ce sera la dernière. Elle pose son sac entre ses pieds, allume une cigarette mais renonce aussitôt et l'écrase. Devant elle, une trentaine de mètres de bitume et un peu plus loin, le parking. Elle regarde le ciel, prend son sac, descend les marches et s'éloigne du bâtiment. Son cœur bat vite. Elle respire difficilement, comme après un accident évité de justesse.

Elle a fait une dizaine de mètres lorsque soudain, elle entend son nom, loin au-dessus d'elle.

– Sophie !

Elle se retourne et lève les yeux.

À la fenêtre du cinquième, Frantz est là, dans sa robe de mariée, debout sur le balcon, au-dessus d'elle. Il a enjambé le garde-corps, il est suspendu au-dessus du vide. Il se tient de la main gauche au parapet.

Il se balance, incertain. Il la regarde. Il dit plus bas :
— Sophie…

Puis il se lance avec une détermination farouche, comme un plongeur. Ses bras s'ouvrent largement et sans un cri son corps s'écrase aux pieds de Sophie. Ça fait un bruit effroyable et sinistre.

FAITS DIVERS

Un homme de trente et un ans, Frantz Berg, s'est jeté avant-hier par la fenêtre du cinquième étage de la résidence des Petits-Champs où il demeurait. Il est mort sur le coup.

Il avait revêtu, pour se donner la mort, la robe de mariée ayant appartenu à sa mère qui, curieusement, avait trouvé la mort dans des conditions identiques en 1989.

Dépressif chronique, il s'est jeté par la fenêtre sous les yeux de sa jeune épouse alors que celle-ci partait pour un week-end chez son père.

L'autopsie a révélé qu'il avait ingéré des somnifères et une très importante quantité de barbituriques dont on ignore l'origine.

Son épouse, Marianne Berg, née Leblanc, trente ans, devient l'héritière de la fortune de la famille Berg. Son mari n'était autre en effet que le fils de Jonas Berg, le fondateur du réseau des supérettes Point fixe. Le jeune homme avait revendu l'entreprise quelques années plus tôt à une firme multinationale.

S.T.

Souris_verte@msn.fr – Vous êtes connecté.
Grand_manitou@neuville.fr – Vous êtes connecté.

– Papa ?

– Ma souris verte… Alors, tu as fait ton choix…

– Oui, j'ai dû faire très vite mais je ne regrette pas : je reste Marianne Berg. J'évite les procédures, les explications, les justifications et la presse. Je garde l'argent. Je vais me refaire une vie toute neuve.

– Bien… À toi de voir…

– Oui…

– Je te vois quand ?

– Je termine les formalités, encore un jour ou deux. On se retrouve en Normandie comme convenu ?

– Oui. Je passe par Bordeaux, comme je t'ai expliqué, c'est ce qu'il y a de plus sûr. Avoir une fille officiellement disparue m'oblige à des contorsions qui ne sont plus de mon âge…

– Ton âge, ton âge… Tu en parles comme si tu l'avais réellement…

– N'essaie pas de me séduire…

– Le plus gros est fait dans ce domaine.

– C'est vrai…

– Ho, papa, juste une chose… !

– Oui ?

– Les archives de maman… Il n'y avait que ce que tu m'as donné ?

– Oui. Mais… je t'ai déjà expliqué tout ça, non ?

– Oui. Et… ?

– Et… et… il y avait cette note-là, cette « fiche clinique », rien d'autre. Juste la page que je t'ai donnée… Je ne savais même pas que c'était là, d'ailleurs.

– Tu es sûr ?

– …

– Papa ?

– Oui, je suis sûr. Cette fiche, normalement, elle n'aurait même pas dû être là : ta mère est venue travailler ici quelques jours avant sa dernière hospitalisation et elle a laissé là sa petite boîte de fiches bristol qu'elle trimballait toujours avec elle. J'aurais dû remettre tout ça à ses associés mais j'ai oublié et après je n'y ai plus repensé. Jusqu'à ce que tu me reparles de tout ça...

— Mais... ses archives, les VRAIES, les comptes rendus de séance, tous ces trucs-là, c'est passé où ??

— ...

— C'est passé où, papa ?

— Eh bien... Après la mort de ta mère, je suppose que tout ça est resté aux mains de ses associés... Je ne sais même pas comment exactement ça se présente, ces trucs-là... Pourquoi ?

— Parce que dans les affaires de Frantz j'ai retrouvé quelque chose de bizarre. Un document de maman...

— ... sur quoi ?

— C'est un document qui relate le cas de Sarah Berg. En détail. C'est assez curieux. Ce ne sont pas ses notes de travail, c'est un rapport. Adressé à Sylvain Lesgle, on se demande bien pourquoi. Il est daté de fin 1999. Je ne sais pas comment Frantz a pu mettre la main dessus, mais pour lui ça a dû être une lecture très éprouvante... et même pire... !

— ...

— Ça ne te dit vraiment rien, papa ?

— Non, rien du tout.

— Tu ne me demandes pas de quoi ça parle ?

— Tu m'as dit que ça traitait du cas de Sarah Berg, non ?

— Je vois. En fait, c'est vraiment très curieux de la part de maman.

— ... ?

— Je l'ai lu TRÈS attentivement et je peux t'assurer que c'est tout sauf professionnel. C'est intitulé : « Bilan clinique » (tu as déjà vu ça, toi ?). Ça fait « pro », à première vue, c'est d'ailleurs pas mal fait mais, à bien regarder... c'est absolument n'importe quoi... !

— ... ?

— Ça relate, prétendument, le cas de Sarah Berg, mais on trouve là-dedans un galimatias pseudo-psychiatrique très curieux, des mots, des expressions visiblement

empruntées à des encyclopédies, à des ouvrages de vulga-
risation. Sur la partie biographique de la patiente, hormis
ce qu'on peut trouver sur internet sur son mari, par
exemple, c'est tellement élémentaire que ça pourrait être
écrit par quelqu'un qui ne l'a jamais rencontrée : il suffirait de connaître deux ou trois faits sur elle, ça suffirait
pour produire ce méli-mélo psycho-je-ne-sais-quoi…

– Ah…

– C'est TOTALEMENT fantaisiste, mais quand on n'y
connaît pas grand-chose, c'est crédible…

– …

– À mon avis (je peux me tromper !), cette biographie de
Sarah Berg est tout ce qu'il y a de plus inventé.

– …

– Ton avis, mon petit papa ?

– …

– Tu ne dis rien ?

– Ben, écoute… Tu vois… le langage des psys, ça n'a
jamais été mon truc… Moi, c'est plutôt l'architecture et
les BTP…

– Et alors ?

– …

– Hou hou ?

– Eh ben… Écoute, souris verte… J'ai fait ce que je
pouvais…

– Oh, papa… !

– Oui, bon, je reconnais : c'est un peu approximatif…

– Explique-moi !

– Le peu que nous avons découvert dans cette « fiche clinique » nous disait l'essentiel : Frantz a dû rêver longtemps de venger la mort de sa mère en tuant la tienne. Et
comme il en a été privé, c'est sur toi qu'il a transféré toute
sa haine.

– Évidemment.

– Il m'a semblé qu'on pouvait utiliser ça comme levier.
D'où l'idée de ce rapport. De quoi l'affaiblir un peu, ce
garçon… Tu avais besoin d'aide.

– Mais… comment Frantz l'a-t-il trouvé ?

313

– Tu m'as assuré qu'il m'observait très attentivement. J'ai entreposé des cartons censés être les archives de ta mère. Puis j'ai laissé la porte du garage suffisamment ouverte… Je me suis donné un peu de mal pour fabriquer des archives un peu anciennes et à la lettre B j'ai rangé le document que j'avais préparé à son intention. Je reconnais que la rédaction en était assez… approximative.

– Approximatif mais… TRÈS efficace ! Le genre de document qui déprimerait n'importe quel fils, surtout s'il est très attaché à sa mère ! Et tu le savais !

– Disons que c'était logique.

– Je n'y crois pas… Tu as fait ça ?

– Je sais, c'est très mal…

– Papa…

– Et… tu en as fais quoi, de ce truc ? Tu l'as donné à la police ?

– Non, papa. Je ne l'ai pas conservé. Je ne suis pas folle.

Polminhac, août 2007.

Pierre Lemaitre
dans Le Livre de Poche

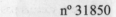

Travail soigné — n° 31850

Dès le premier meurtre, Camille Verhoeven comprend que cette affaire ne ressemblera à aucune autre. La presse, le juge, le préfet se déchaînent contre la « méthode Verhoeven ». Policier atypique, le commandant va se retrouver seul face à un assassin qui semble avoir tout prévu.

Alex — n° 32580

Qui connaît vraiment Alex ? Elle est belle. Excitante. Est-ce pour cela qu'on l'a enlevée, séquestrée et livrée à l'inimaginable ? Mais quand le commissaire Verhoeven découvre enfin sa prison, Alex a disparu.

Alain Delambre est un cadre de 57 ans, usé et humilié par quatre années de chômage. Quand un employeur accepte d'étudier sa candidature, il est prêt à tout. Trahir sa famille, voler, se disqualifier aux yeux de tous et même participer à un jeu de rôle sous la forme d'une prise d'otages…

Du même auteur :

TRAVAIL SOIGNÉ, prix Cognac 2006,
Le Livre de Poche, 2010.

CADRES NOIRS, Calmann-Lévy, 2010.

ALEX, Albin Michel, 2011.

SACRIFICES, Albin Michel, 2012.

AU REVOIR LÀ-HAUT, prix Goncourt 2013,
Albin Michel, 2013.

Le Livre de Poche s'engage pour
l'environnement en réduisant
l'empreinte carbone de ses livres.
Celle de cet exemplaire est de :
400 g éq. CO_2
Rendez-vous sur
www.livredepoche-durable.fr

**PAPIER À BASE DE
FIBRES CERTIFIÉES**

Composition réalisée par FACOMPO (Lisieux)

———————

Achevé d'imprimer en novembre 2013 en Espagne par
Black Print CPI Iberica, S.L.
Sant Andreu de la Barca (08740)
Dépôt légal 1ʳᵉ publication : janvier 2010
Édition 12 : novembre 2013
LIBRAIRIE GÉNÉRALE FRANÇAISE – 31, rue de Fleurus
75278 Paris Cedex 06

Composition réalisée par FACOMPO à Lisieux

Achevé d'imprimer en .... 2016 par CPI Brodard & Taupin
à La Flèche (Sarthe)
Dépôt légal 1re publication : mai 2016
Édition 12 : novembre 2016
LIBRAIRIE GÉNÉRALE FRANÇAISE – 31 rue de Fleurus
75741 Paris Cedex 06